# देवता बोलते नहीं

(कहानी)

# देवता बोलते नहीं

*लता शर्मा*

**कल्याणी शिक्षा परिषद**
नई दिल्ली—110002 (भारत)

**ISBN : 978-81-88457-80-9**

*प्रकाशक :*

**कल्याणी शिक्षा परिषद**

3320-21, जटवाड़ा, दरियागंज,

नई दिल्ली-110002

*संस्करण :* प्रथम, 2012 ₹ **250**



*आवरण :* निर्दोष त्यागी

*कम्प्यूटर कम्पोजिंग :* कल्याणी कम्प्यूटर सर्विसेज,
नई दिल्ली

*मुद्रक :* बी.के. आफसेट, दिल्ली

**DEVATA BOLTE NAHIN** *(Stories)*
*by* LATA SHARMA

*Published By :*
**KALYANI SHIKSHA PARISHAD**
3320-21 Jatwara, Daryaganj,
New Delhi - 110002 (INDIA)
Tel. : (011) 2328 2733, Fax : 2327 0715
Mob.: 09811607086, 09868934715
*E-mail* : samayikprakashan@gmail.com
samayikprakashan@rediffmail.com

*प्रिय अनादि और पल्लवी को*
*स्नेहाशीष सहित*

# अनुक्रम

# पेंच-पाना

''ये मिक्सी खराब हो गई।'' बेटा मिक्सी मेज पर रखकर जाने वाला था कि बाबू उठ बैठे।

''देखूं!'' उन्होंने मिक्सी हाथ में ली और सूंघा। न, जलने की गंध नहीं हैं। अखबार तहकर रख दिया और चश्मा ठीक कर मिक्सी के ब्लेड को हिलाने की कोशिश की। नहीं हिला।

''जरा इसका ब्लेड ओपनर दो।'' आज मिक्सी में त्रिफला पीसा था बाबू ने। तब से ही जाम पड़ी है।

बेटे ने ब्लेड ओपनर पकड़ा दिया। उसके चेहरे पर बड़ी सूक्ष्म सी व्यंग्यात्मक और बड़ी तृप्त-सी मुस्कान थी। अब करो इस मिक्सी को ठीक तो जानूं। इंजीनियर बेटा मैकेनिक बाप की लिहाड़ी ले रहा था। उनका मजाक उड़ा रहा था।

तंग आ गया था वह उनकी हरकतों से।

हर मशीन के साथ छेड़छाड़। ''ये पंखा आवाज क्यों कर रहा है। जरा स्टूल ला! पंखा उतार! पेंचकस ला। कसके पकड़!'' हलकान हो जाता था बेटा! ऊपर से यह हिकारत भरा जुमला और!

''कैसा इंजीनियर है रे तू। तेरे घर की कोई मशीन ठीक नहीं चलती! आयरन का बल्ब फ्यूज है! पता ही नहीं चलता कब ऑन हुआ, कब ऑफ!

सिलाई मशीन में धागा फंसा है। फ्रिज का थर्मोस्टेट ढीला है, ठीक काम नहीं करता। क्या फायदा हुआ तुझे इंजीनियरी पढ़ने का। तुझसे तो हम मैकेनिक ही अच्छे! घर की हर मशीन 'पानी की तरह' चलती है।''

शुरू में तो बहू-बेटे को अच्छा लगता था। होली-दीवाली अम्मा-बाबू चार-पांच दिन के लिए आगरा आते थे। दोनों खाली बैठना जानते ही न थे। अम्मा तरह-तरह के अचार-मुरब्बे बनाती। साल भर के बड़ी-पापड़ और मसालों का इंतजाम करती। बेटे-बहू के पुराने कपड़ों से बच्चों को नेकर-झबले बनाती। फटी-पुरानी चादरों की कथरी सी देती। बाबू दिन भर पेंचकस और तेल की कुप्पी लिए मशीनें ठीक करने में लगे रहते। घर के सब पंखे बेआवाज चलने लगते। दरवाजे चरमराना भूल जाते। ढीले होल्डर और स्विच मुस्तैदी से 'सावधान' मुद्रा में आ जाते। सिलाई मशीन फिर 'पानी की तरह' चलने लगती। इतने पर भी चैन कहां। बाबू कूलर के अंजर-पंजर खोल 'रैड-ऑक्साइड' लगाकर रखते। अगर कहीं 'रिवाइडिंग-वेल्डिंग' की जरूरत होती, तो बाजार जाकर खुद करवा लाते।

मुश्किल हुई दिल्ली आने के बाद।

वजह अम्मां-बाबू ही थे। उनका खुद का ही किया-धरा है यह सब। दोनों बूढ़े हो चले थे। बाबू ने वर्कशॉप जाना छोड़ दिया था। अम्मा से घर का काम नहीं संभलता था। नौकरों पर भरोसा नहीं। किरायेदार भी नहीं रखते थे। क्या जाने कब कौन बूढ़े-बूढ़ी का गला घोंट दे। टीवी पर कैसी-कैसी खबरें आती हैं।

''बेटा तू घर आजा। दिल्ली तबादला करवा ले।''

और तो कुछ नहीं, मकान की समस्या गंभीर थी। अम्मा का भतीजा अक्सर आता-जाता रहता था। उसकी बहू हारी-बीमारी में अम्मा की देखभाल करती थी। फरीदाबाद की है। सेवा-एवा तो क्या, मकान पर नजर है।

बेटे ने कॉरपोरेट ऑफिस में तबादला करवा लिया। अम्मा-बाबू निहाल! पर बेटे ने जता दिया, सरकारी मकान मिलते ही चला जाएगा। इस संकरी अंधी गली के दड़बेनुमा मकान में उसका दम घुटता है।

अम्मा-बाबू एक कमरे में सिमट आए। उनकी हर बात के आगे नतमस्तक। बेटा-बहू और बच्चों से घर में रौनक है।

फिर भी आए दिन खिट-खिट हो ही जाती।

''कैसा इंजीनियर है रे तू। तेरा स्कूटर ठीक नहीं चलता। किचन में गैस स्विच ढीले हैं। यही सिखाया गया है इंजीनियरिंग कॉलेज में? स्क्रू को हथौड़े से

ठोंक दिया। अब खुलेगा कैसे? कितना गंदा कर रखा है फ्रिज। झींगुर घुस गए हैं। कभी साफ क्यों नहीं करते।

फ्रिज साफ किया तो खराब हो गया। अम्मा-बाबू भतीजे के यहां सत्यनारायण की कथा में गए थे। उसने बाल्टी भर-भर कर पानी डाला और सर्फ से फ्रिज को नहला-धुला के चमाचम कर दिया, पर वह कमबख्त तो दुबारा स्टार्ट ही नहीं हुआ।

बाबू बड़े नाराज हुए।

''तुझसे तो मैं मैकेनिक ही अच्छा! कम से कम इतना तो जानता हूं कि बिजली-पानी में जन्मजात बैर है। बिजली से चलने वाली मशीन पर यूं पानी नहीं डालते।''

उसी का बदला लिया है बेटे ने।

लो जी! मैकेनिक साहब! ये मिक्सी खराब कर दी आपने। बहू दहेज में लाई थी। लाख कहा त्रिफला मत पीसो! पिसा-पिसाया मिलता है बाजार में! पर नहीं! हम तो हर चीज घर की कुटी-पीसी ही खाते हैं। कर दी न मिक्सी खराब। रहे होंगे अपने जमाने में फर्स्ट क्लास मैकेनिक। आजकल की नफीस मशीनें आपने देखी ही कहां हैं, जो ठीक कर दोगे।

बाबू उठे, ब्लेड ओपनर से ब्लेड खोलने की कोशिश की, नहीं खुला। तब बाबू ने थोड़ा पानी खौलाकर मिक्सी में डाला और कुछ देर यूं ही हिलाते रहे। फिर ब्लेड खोलने की कोशिश की। जरा जोर लगाने से ब्लेड खुल गया। अब बाबू थोड़ा रुके और पुराना टूथब्रुश ले, मिक्सी अच्छी तरह साफ की। ब्लेड कसके चलाया तो मिक्सी 'पानी की तरह' चलने लगी।

''ये लो! ठीक हो गई तुम्हारी मिक्सी। कुछ खराबी नहीं थी। कभी साफ तो करते नहीं हो! इसीलिए ब्लेड जाम हो गया था।''

मैकेनिक बाप ने फिर इंजीनियर बेटे को पटखनी दे दी।

लेकिन बाबू अंदर ही अंदर कराह उठे।

ये क्या हो रहा है? बेटे की इतनी हिम्मत! न, यह हिम्मत नहीं, सरासर बदतमीजी है। दो-चार हजार की मिक्सी के लिए बाप पर तोहमत लगाने चला आया। भूल गया कैसे मैकेनिक बाप ने बेटे को इंजीनियरिंग पढ़ाई। मामूली बात है? मोटर गाड़ियां ठीक करनेवाले पंजाबी सेठ के गैराज शक्ति इंजीनियरिंग वर्क्स में काम करने वाले मैकेनिक ने यह खर्चा कैसे झेला, सरकारी नौकरी वाले इंजीनियर को क्या मालूम? अफसर बेटे की शान में बूढ़ा बाप बदनुमा दाग के अलावा कुछ नहीं।

''बरामदे में बैठकर तेल मत लगाओ। नंगे बदन घर भर में मत घूमा करो। दफ्तर के लोग मिलने-जुलने आते हैं। चपरासियों से बातचीत मत करो। नौकरों को मुंह लगाना ठीक नहीं।''

मुख्तसर सी बात है। अपने कमरे में रहो। चाय-पानी, खाना-वाना सब वहीं मिल जाएगा।

क्यों? अपने कमरे में क्यों बैठे रहे? सारा घर उनका है।

तब बहू खुलकर मैदान में आई! और जोरू का गुलाम 'मौन व्रत' धरे रहा।

''अम्मा से कहो, अपने कमरे में बैठे। ये सिर पर सवार रहती हैं तो मेरे हाथ-पांव कांपने लगते हैं। हर समय टोक-टाक! चाय बनाते ही चलनी धोकर क्यों नहीं रखी! चकला-बेलन हाथों-हाथ धोकर रखो। रसोई कितनी गंदी कर रखी है। मार कॉकरोच भर गए हैं।''

''दाल में पानी ज्यादा है, अब फेंकोगी क्या? सारा सत् बह जाएगा। आटा ठीक से गूंधो, रोटी नरम बनेगी।''

''हे भगवान! मैं तो तंग आ गई।''

अम्मा-बाबू चुप!

आखिरी वक्त में कोई तो चाहिए। सो चुप रहना ही ठीक है।

विमला भाग्यवान थी। जल्दी स्वर्ग सिधार गई। बदनसीब हैं वह। अपने ही घर में वनवास भुगत रहे हैं।

विमला के जाने के बाद बहू-बेटे का उत्पात ज्यादा ही बढ़ गया। दिन-रात की बक-झक।

''घर कितना छोटा है। अब बच्चे बड़े हो रहे हैं। उन्हें अलग कमरा चाहिए। बाबू से कहो, ऊपर परछत्ती में चले जाएं। उन्हें करना ही क्या है? दिन भर टी.वी. ही तो देखना है। कहां मकान बनवाया है।

न धूप आए, न हवा!

एक दिन सीधे-सीधे बाबू को ही हुक्म सुना दिया।

''आपका क्या है? न कहीं आना, न जाना। लेटे-लेटे टी.वी. ही तो देखना है, बच्चों का स्टडी रूम होना चाहिए। हमारे बेडरूम में स्टडी टेबल, किताबों की अलमारी की जगह कहां है? आप ऊपर वाले कमरे में शिफ्ट हो जाएं तो...''

''नहीं!'' उन्होंने बेटे की बात बीच में ही काट दी। ''परछत्ती को कमरा बता रहे हो? तो वहीं क्यों नहीं स्टडी टेबल लगा देते।''

''बच्चे कैसे ऊपर जाएंगे।'' अब बहू भी मैदान में कूद पड़ी। मुझे किचन से निकलकर बार-बार उनका होमवर्क देखना पड़ता है। घर के हजार काम करते-करते उनसे पढ़ाई करवाती हूं, घर इतना छोटा...''

''तुम्हें घर छोटा पड़ता है तो दूसरा मकान ढूंढ़ लो! मैं अपना कमरा छोड़, कहीं नहीं जाने वाला।''

उन्होंने टीवी की आवाज ऊंची कर दी।

तिलमिला कर रह गए बेटा-बहू। दिल्ली में इतना बड़ा मकान तो क्या, इसका आधा भी पांच-छह हजार से कम किराये में नहीं मिलेगा। चारदीवारी में दरवाजा निकाल दे तो आंगन में भी दो कमरों का मकान बन सकता है। पर बाबू ने साफ मना कर दिया। उन्हें आंगन में खेलते बच्चे अच्छे लगते हैं। सिर्फ उनके घर में आंगन है। इसीलिए शाम को गली भर के सारे बच्चे उनके यहां इकट्ठे हो जाते हैं। उनका मन लगा रहता है वरना बेटा-बहू तो उनसे बोलते नहीं। नाते-रिश्तेदार भी उनसे ही मिलने आते हैं। बच्चों तक को बाबू के कमरे में फटकने नहीं दिया जाता। छोटा पिंटू शैतान है। मां-बाप की बात नहीं मानता। शाम को अक्सर उनके जहाज जैसे बड़े पलंग पर चढ़ आता है। दुनिया-जहान के किस्से सुनाता है। उनके हाथ से रिमोट छीन लेता है और कार्टून चैनल लगा देता है, तब उसकी मां गुर्राकर कहती है।

''पिंटूऽऽऽ चलो, होमवर्क करो।''

एक बार वो 'आता हूं' कहकर घंटे भर तक नहीं गया। बहू ने भीतर से दरवाजा बंद कर लिया और पिंटू को आधे घंटे बाहर खड़ा रखा। बच्चा रोता रहा, पर उनके खटखटाने पर भी बहू ने दरवाजा नहीं खोला। अब वो खुद ही कह देते हैं।

''जाओ, बेटा! होमवर्क करो।''

सारा झगड़ा उनके बड़े से कमरे को लेकर ही था। दिन-रात छोटे मकान का रोना।

तंग आकर एक दिन कड़क उठे बाबू।

''यह मकान छोटा है तो जहां अच्छा लगे, बड़ा मकान ले लो। मैं श्याम सुंदर और उसकी बहू को यहां बुला लूंगा।''

कुछ दिन घर में शांति रही।

फिर मोहरों ने घर बदलने शुरू कर दिए। बिसात पर नित नयी चाल। बहू ने किसी स्कूल में नौकरी कर ली। सुबह आठ बजे घर खाली। सब अपने-अपने

काम से निकल जाते। रसोई घर में ताला। बाबू गैस खुली छोड़ दें तो? फ्रिज में ताला। बाबू के हाथ कांपते हैं, दूध का भिगोना गिरा दें तो? यानी कि सारे घर में ताला। एक उनका कमरा खुला है। चाहें, तो ताला जड़कर बाहर घूम आएं।

आज जब घर की हर आवाज छुप गई, तब बाबू धीरे से उठे। अपने कमरे से बाहर आए। उनके लिए डाइनिंग टेबल पर खाने की थाली ढकी रखी थी और ढक्कनदार जग में पानी। उन्हें मालूम था फिर भी उन्होंने फ्रिज खोलने का प्रयत्न किया। नहीं खुला, ताला बंद था। अपनी थाली की ओर मुड़े। चार ठंडी रोटियां, पनीली दाल, कोई नामालूम किस्म की सूखी सब्जी, जरा-सा नमक, प्याज के दो टुकड़े, बस! सब कुछ ठंडा। ऐसे घनघोर जाड़ों में ये बर्फ सा ठंडा खाना। वीरान आंखों से उन्होंने लोहे की जाली के पार फैले आंगन की तरफ देखा। जब विमला थी, तब इसी आंगन में, धूप में बैठकर खाना खाते थे। लहककर जलते चूल्हे के सामने बैठ गर्म-गर्म रोटी।

आंगन में हरी मिर्च, धनिया, पौदीना और नींबू का पेड़। गर्मियों में यहां बरामदा और रसोईघर से आती गर्म-गर्म रोटियां। गहरी सांस ली उन्होंने। नींबू के पेड़ के नीचे दो-चार सुनहरे नींबू पड़े थे। मन किया, उठा लाएं। प्याज और दाल का स्वाद बढ़ जाएगा। दरवाजा खोलने बढ़े तो देखा, वहां भी ताला लटक रहा हैं, अच्छी मुसीबत है, हर जगह ताला। बस एक ही कसर रह गई है। उन्हें भी ताले में बंद कर जाएं ये लोग। उनके कमरे में ताला इसलिए नहीं लग सकता कि गुसलखाना वगैरह बरामदे के एक कोने पर है। जब यह मकान बनवाया था, तब हर कमरे के साथ बाथरूम बनवाने का फैशन कहां था। विमला ने तो आंगन के एक कोने पर बनवाने को कहा था। उन्होंने ही बरसात और जाड़े का खयाल कर यहां बरामदे के कोने में बनवा लिया। अगर आंगन में बनवाया होता तो इन लोगों को मजबूरन यह दरवाजा खुला रखना पड़ता। तब वो धूप में बैठते, नमक लगाकर नींबू चाटते। थोड़े नींबू इकट्ठे कर च्यवनप्राश के डिब्बे में अचार डाल लेते। वो धीरे-धीरे अपने कमरे में लौट आए। एक नजर चारों तरफ डाली। खूब बड़ा-सा कमरा। बड़ी-बड़ी अलमारियां, पल्लों पर शीशे जड़े हैं। बड़ी-सी खिड़की सामने वाले बरामदे में खुलती है। मकान का रुख पूरब की तरफ है और दरवाजा उधर भी खुलता है, पर यह घर के बाहर जाने का रास्ता है। घर के अंदर के सब दरवाजों पर ताला है। ठंडी सांस ली बाबू ने।

जिस दिन से उन्होंने अपना कमरा खाली करने से इंकार किया है, घर का माहौल हिमालय की बर्फीली चोटियों को मात कर रहा है।

अब? अब क्या करें। उस पनीली दाल को देखकर ही उन्हें उबकाई आने लगी थी, मगर भूख थी कि हंटर मार-मार कर उन्हें खाने की ओर खदेड़ रही थी।

'उठ नामुराद, कुछ कर मेरे लिए।' भूख लगातार चीख रही थी।

वो उठे, जूते-मोजे पहने। बड़ी मुश्किल से तस्मे बांधे। ठंड से अकड़ी ऊंगलियां उनका साथ नहीं दे रही थीं। फिर भी किया किसी तरह, पाजामे पर ही पेंट चढ़ा ली। पूरी बांह के स्वेटर पर कोट। कनटोप, मफलर, दस्ताने...सब पहने, मगर बाहर निकलते ही दिसंबर की ठंड ने उन्हें कंपा डाला। तेज हवा थपेड़े मार-मारकर उन्हें वापस अंदर जा छुपने का हुक्म सुना रही थी।

गली में बदस्तूर आवाजाही थी। जाड़ा है तो क्या? लोग अपना काम-काज थोड़े ही छोड़ देंगे। बड़ी हिम्मत कर वो बड़ी सड़क तक पहुंच गए। अब दाहिने मुड़ना है और चौथी गली में 'जय जगदंबे ढाबा' है। एक-एक कदम रखते पहुंच ही गए।

तंदूर में रोटी लगाने की पट्-पट की आवाज। सिंकती रोटी की सौंधी खुशबू। मसालों का मनभावन स्वाद जबान पर आ गया।

वो ढाबे में दाखिल हुए और एक खाली कुर्सी पर जम गए।

बैरा पानी ले आया और रटा-रटाया पाठ दुहराने लगा। दाल फ्राई, दाल मक्खनी, दाल महारानी, दाल तुअर, चिली पनीर, पालक पनीर, कढ़ाई पनीर, बेबीकोर्न पनीर, बटर मसाला पनीर और पसंदा पनीर। पेशावरी चने, लाहौरी चने, काबुली चने, गोभी-आलू-मटर, बैंगन का भरता, दही...बोलो, क्या लगाना है।

"खस्ता रोटी या मिस्सी रोटी मिलेगी?"

"हां, जी मिलेगी और क्या?"

"पनीर बटर मसाला, गोभी-आलू-मटर, बून्दी का रायता और मिस्सी रोटी।"

जब तक उनका खाना आए, वो आसपास का जायजा लेने लगे। यहां ज्यादातर लोग अपने काम से आते हैं। सरकारी दफ्तर है और स्टेशनरी के थोक गोदाम। फुटकर दुकानें भी हैं। कमीशन एजेंट किस्म के लोग भी ढाबे में बैठे हैं। यह फैशनेबुल रेस्तरां नहीं है, पर खाना अच्छा और सस्ता मिलता है।

यह क्या हो रहा है? उनकी पास वाली मेज पर बैठा आदमी धीरे-से बैरे को बीस का नोट पकड़ा रहा था। बैरा फुर्ती से नोट और बर्तन समेट ले गया 'एक दाल फ्राई, एक चना पेशावरी और छह नान।" बैरे ने चिल्लाकर मैनेजर को बताया।

अरे! इसके सामने तो चार प्लेटे थीं यानी दो डिश के पैसे गोल कर गया बैरा। यह कमाल बीस के नोट का था।

उनका खाना लग गया। सामने गर्म-गर्म पनीर बटर मसाला और मक्खन लगी रोटियां देख उनका रोम-रोम जाग उठा। दो रोटियां तो उन्होंने ऐसे खाई जैसे बरसों भूखे हों। फिर स्वाद ले-लेकर खाने लगे और आसपास चलता बैरों का व्यापार भी देखते रहे। मैनेजर साला उल्लू का पट्ठा है। इसकी नाक के नीचे सब कुछ हो रहा है और इसे खबर नहीं है। बैरों को कार्बन लगी नोटबुक पकड़ा और अपने दस्तखत ठोंक, एक कॉपी अपने पास रखी। बात खत्म! उनके अंदर का कर्मठ सुपरवाइजर जाग उठा। वो पेंच-पाना पकड़े धीरे-धीरे सुपरवाइजर की कुर्सी तक जा पहुंचे थे। वहां भी यही हाल था। मैकेनिक बड़ा 'फाल्ट' दर्ज करा देगा और छोटा-मोटा फाल्ट छुपा लेगा। बिल कम बनेगा। पांच सौ में दो सौ मैकेनिक के! गाड़ीवाले को फिर भी तीन सौ का फायदा। ऐसी गड़बड़ी उन्हें रास नहीं आती थी। वहां भी 'जॉब स्लिप' बनाने और गाड़ी की 'फाइनल चैकिंग' पर उनकी कड़ी नजर रहती थी। मालिक का नुकसान उन्हें अपना नुकसान लगता था। उनका हुनर तो उनके अपने हाथ में था। पेंच-पाना हो तो उनका हाथ लगते ही अड़ियल से अड़ियल गाड़ी भी पानी की तरह चलने लगती थी। पेंच-पाना हो तो रुपया हाथ का मैल है। मोबाइल आ जाने से काम सौ गुना बढ़ गया था। मेमसाब लोग गाड़ी चलाना सीख लेती हैं, पर स्टेपनी बदलना उनके बस का रोग नहीं। इसलिए दिन-रात उनका फोन बजता रहता।

"गाड़ी रिंग रोड पर पार्क्ड है। जरा जल्दी पहुंचा दीजिए।"

सारा दिल्ली का नक्शा उनके जेहन में था। ईमानदारी से तसल्लीबक्श काम—यही उनका औजार था। मालिक को उन पर पूरा भरोसा था। अच्छी तनख्वाह के साथ हर गाड़ी पर दस परसेंट कमीशन भी देता था।

कैसे अच्छे दिन थे। कितना नाम था उनका। जब मारुति कार बाजार में आई तो कैसा हल्ला मचा था। कैसी कार है, कैसे कल-पुर्जे हैं। हमारे हाथ लगेगी या उनके ही गैराज में जाएगी। अभी तक तो एंबेसेडर और फिएट पर ही काम किया था। देखें, यह नयी गाड़ी समझ में आती है या नहीं। शुरू में तो मारुति के गैराज में ही गई, फिर इधर-उधर भी जाने लगी।

नयी गाड़ी को अच्छी तरह समझा उन्होंने। एक बार हाथ लगी तो मजे में ठीक कर दिया। फिर तो आए दिन नए मॉडल और नयी गाड़ी। उनके हाथ में पेंच-पाना हो तो कोई भी गाड़ी सामने हो, चुटकी बजा के ठीक कर देते हैं? खाना खत्म हुआ। बाबू उठे और हाथ धोने वॉश बेसिन के पास गए। नल खोलने में दिक्कत हुई। पास खड़े बैरे ने मदद की।

वो हार गए। बढ़ती उम्र से हार गए।

वक्त ने शह दी, बेटे ने मात। गहरी सांस ली बाबू ने। नए छोकरों पर काम छोड़ना ही पड़ा और एक वक्त आया जब न चाहते हुए भी घर बैठना पड़ा। अब उनकी कलाइयों में वह दम-खम कहां? आंखें भी दगाबाजी पर उतारू हैं।

जेब टटोलकर बटुआ निकाला। सत्रह-अठारह साल का लौंडा गल्ले पर बैठा था। यह मैनेजर है। कान में डाटें लगाए, गले में रेडियो डाले, पांव से ठुमका लगा रहा है। मैनेजरी इस तरह होती है, इससे क्या संभलेगा धंधा! छह महीने में सब डुबो देगा।

''पैंतीस रुपये।'' बैरे ने चिल्लाकर कहा।

लौंडेनुमा मैनेजर ने कानों से डाटें निकालीं।

''क्या? कितना हुआ?''

''तीस रुपये।'' बैरा धीरे-से बोला।

''तीस रुपये।'' मैनेजर साहब बोले और फिर डाटें लगाने में मशगूल हो गए।

बाबू ने तीस रुपये काउंटर पर रख दिए। उन्हें मालूम था बैरा उनके पीछे-पीछे आएगा। लौंडा मैनेजर डाटें लगाए पैर से ठुमका लगा रहा था, आंखें भी बंद करीं। वाह क्या कहने।

''दो रुपये मुझे दो।'' गली के मुहाने पर बैरे ने उन्हें पकड़ लिया।

''जरा शर्म कर, जिस थाली में खाता है, उसी में छेद करता है?''

बैरा कंधे झटक, नामालूम सा सलाम झाड़, चला गया।

जाने क्या सोच बाबू मुड़ गए। वापस ढाबे पर पहुंचे।

लौंडे मैनेजर का कंधा पकड़ जरा-सा हिलाया।

डाटें निकाल लौंडा बोला, ''हां, जी!''

''आपसे काम है जरा, उधर बड़ी सड़क तक चलिए।''

लौंडा सकते में आ गया। बुजुर्गों का खौफ है इसके दिल पर। बाबू ने सोचा!

ढाबे से जरा दूर हटते ही बाबू खड़े हो गए।

''मैं आपके ढाबे में नौकरी करना चाहता हूं।''

''नौकरी!'' लौंडे ने सिर से पांव तक उन्हें देखा। सत्तर के आसपास होंगे। पढ़ा-लिखा बंदा लगता है। ढाबे में क्या करेगा।

''आप ढाबे में क्या काम करेंगे।'' लौडा हैरान था।

“मैनेजर का काम...माफ करना, आपको ढाबा चलाना नहीं आता। एक हफ्ते के लिए मुझे मैनेजरी देकर देखो। गल्ला दोगुना न कर दूं तो कहना। तनखा वगैरह मत देना।”

“बस! एक वक्त दो रोटी।” न जाने क्यों उनका गला भर आया।

लौंडे ने उनके कांपते हाथ पकड़ लिए।

“ओ जी! दो रोटी दी कोई गल नई है। आप आओ, पर मैनेजरी...” लौंडा परेशान। क्या कहे इस बूढ़े से।

“आप एक हफ्ते देकर देखो तो सही।” फिर गला रुंध गया।

“मैं मानदा हां मैंनू ढाबा चलाण दा कोई शौक नई! साड़े नाल तो धोक्का होया। वड्डे भ्रावां ने दुकानां दा बिजनेस लै लिया, मैंनू फड़ा दित्ता ऐ ढाबा! दारजी...।” अब लौंडा चुप था।

“कोई बात नहीं। मैं आपको बड़ी सड़क की दुकान तक पहुंचाऊंगा।’

“ठीक है! आ जाओ तुसी...” लौंडा लौट चला। कानों में डांटें फिट करता।

बाबू दिन भर जबानी जमा खर्च बैठाते रहे। ढाबा बहुत अच्छी जगह है, पर रखरखाव एकदम थर्ड क्लास है। वही गली में बड़े-बड़े भगौनों में दाल, चावल, चने वगैरह भीगते रहते हैं, सारी सब्जियां भी वहीं छीली-काटी जाती हैं। गंदगी फैली रहती है। ढंग का कस्टमर वहां जाना नहीं चाहेगा। खाना अच्छा है, माहौल खराब है। अच्छा कुक इसलिए टिका हुआ है कि काम कम है और ऊपरी आमदनी ज्यादा है? सौ का माल बिकता है तो लौंडे की जेब में कुल सत्तर रुपये जाते हैं। पचास लागत के निकाल दो तो कुल बीस रुपये का मुनाफा।

आज उनकी थाली वैसी ही ढकी रखी है। किसी ने नहीं पूछा—क्या बात है। खाना क्यों नहीं खाया।

दूसरे दिन फिर वही थाली। वही बर्फीली पनीली दाल। वो तैयार होकर निकल पड़े।

ढाबे पर जाने से पहले दो कार्बन और एक नोट बुक खरीदी। ढाबे के अंदर ही एक मेज पर डट गए बाबू।

“आर्डर पहले मेरे पास लाओ।” वो आर्डर लिखते, हाथोंहाथ कीमत लिख, टोटल भी कर देते और दस परसेंट सर्विस चार्जेज भी। पहले ही दिन बैरों में तनाव बढ़ गया।

बाबू ने अपने असली तेवर दिखाए।

''चुपचाप अपना काम करो। धंधे में मुनाफा होगा तो सबका फायदा होगा। जरा सबर करो।''

यहां दफ्तर बंद होते ही धंधा भी मंदा पड़ जाता है। रात नौ बजते-बजते सड़कें सूनी, गलियां खाली।

आज गल्ला डेढ़ गुना था।

लौंडा हक्का-बक्का रह गया। एक दिन में डेढ़ गुना गल्ला। यह कैसे हो गया।

''कुछ नहीं जी। सब तरफ नजर रखनी पड़ती है। आज सर्विस टाइट की। जल्दी-जल्दी सर्व करो। कस्टमर बाहर खड़ा इंतजार क्यों करें। सब अपने काम से इधर आते हैं। उन्हें भी जल्दी रहती है। जिन्हें ज्यादा जल्दी थी, उन्हें 'पैक लंच' दे दिया। ज्यादा कस्टमर, ज्यादा गल्ला। मानी हुई बात है।''

''खाना कम नहीं पड़ा?''

''नहीं जी। आज तो निबट गया किसी तरह। शंकर से कहिए कल के लिए ठीक अंदाज से भिगोए।'' नहीं बताया बाबू ने कि खाना रोज ही इतना बनता है। बैरे और कुक प्राइवेट सप्लाई करते हैं, घर ले जाते हैं।

''आपने रोटी नहीं खाई?''

''शंकर।'' उन्होंने सीधे कुक को आवाज लगाई। ''मेरा खाना पैक करवा दो। घर जाकर खाऊंगा।''

मैनेजर का रौब चलना चाहिए।

क्या उनके देर से घर पहुंचने पर कोई परेशान था?

नहीं! सब टीवी के सामने थे।

हां, आहट सुनकर बेटा आया।

''कहां गए थे आप?''

''कहीं नहीं।'' बाबू ने फूला-फूला थैला मेज पर रखा।

''इसमें क्या है?'' बेटा अचंभे में था।

''खाना है! मैंने नौकरी कर ली है, मैनेजरी की।''

बिना आवाज दिए बहू और बच्चे आ गए।

बिना कहे थैला भी खुल गया। पनीर बटर मसाला और दाल-मक्खनी देख बच्चे प्लेट लाने दौड़े।

"ठहरो।" बाबू कड़के! उन्होंने सुबह की रखी थाली पर ढकी हुई थाली उठाई और उसमें अपने लिए खाना निकाल लिया। पनीर बटर मसाला, दाल मक्खनी, मिस्सी रोटी, रायता और सलाद।

"बाकी ये सब उधर ले जाओ।" अपना टी.वी. चला, वो स्वाद ले-लेकर खाना खाने लगे।

किसी ने नहीं कहा इस उम्र में क्यों नौकरी करते हो। हां, सुबह का खाना कमरे में आना बंद हो गया।

"बाबू तो वहीं खाएंगे।" बहू ने सुनाकर कहा। सुबह चाय-नाश्ता ढंग का मिलने लगा। शायद रात को आने वाले बढ़िया खाने के एवज में।

हफ्ते भर में ढाबे की काया-पलट कर दी उन्होंने। कबाड़ी के यहां से पुराना तिरपाल ले आए। उसे टांग, रसोई का एक हिस्सा अलग कर दिया। अब सब्जी वगैरह उसके पीछे छीलो-काटो! दाल वगैरह के भगोने भी उसके पीछे! दीवार के सहारे-सहारे फोल्डिंग काउंटर लगवा दिया। जिन्हें ज्यादा जल्दी है, खड़े-खड़े खा लें। ओवर टाइम देकर रातोंरात रंग-रोगन करवाया। सुबह आने-जाने वालों ने देखा, धुएं से स्याह पड़े, 'जय जगदंबे ढाबा' की जगह 'जय जगदंबे कैटरिंग सर्विसेज' का बोर्ड लटका था। दीवार पर सूचना लिखी थी—'यहां ताजा खाना मिलता है। घर/दफ्तर पहुंचाने की व्यवस्था है, शादी-ब्याह, जन्मदिन पर सेवा का मौका दें।'

यह लो जी। ढाबा कैटरिंग सर्विस बन गया।

पर इस बार लौंडा भिनभिनाया।

"साडे बंदे दफ्तरां-घरां दे विच खाण खाणा देण जाणगे तो इत्थे कम्म कौन करेगा? होर...ऐ बिसलरी दी बोतलां, प्लास्टिक दे डिब्बे-डुब्बे..." लौंडा परेशान था।

"देखिए, हमारा असली मुनाफा ज्यादा खाना बिकने से होता है। ज्यादा खाना, ज्यादा मुनाफा। दफ्तरों में सप्लाई करने के लिए अलग दिहाड़ी पर अलग बंदे रख लेंगे। आधा मुनाफा आप बैंक में डालो, आधा वापस धंधे में लगाओ। मुनाफा चौगुना हो जाएगा। हां, तो बंदे बढ़ा देंगे और ये बिसलरी की बोतलें, कप-प्लेट। ये सब हम बिल में लगा देंगे कटलरी चार्जेज। बिसलरी की हर बोतल पर हम दो रुपये कमाते हैं। थोक के भाव आठ में लाते हैं, कस्टमर को दस की देते हैं। जाड़े के दिन हैं, ठंडा रखने कर भी झंझट नहीं।"

"दफ्तरां विच पाणी दे कूलर नै, बोतलां दी की लोड़..." लौंडा अब भी अनमना था।

पर चौथे दिन से जब धड़ाधड़ आर्डर आने शुरू हुए तो लौंडा डाटें लगा गाने सुनना भूल गया। गल्ले पर बैठा, 'ओए बल्ले...बल्ले' करता रहा।

मान गया बाबू को।

''आपजी, ग्रेट हो।''

वो बैरों की यूनीफार्म के लिए तुरंत राजी हो गया और थोड़ी हील-हुज्जत के बाद तनखा का नया फार्मूला भी मान गया।

''जो बंदा यहां सालभर से है, उसे आधे पैसे की पत्तीदारी और कुक को एक पैसे की...''

''मतलब?''

''मतलब, अगर रात तक बीस हजार का गल्ला बना तो बैरे को सौ रुपये और कुक को दो सौ? इस तरह बंदे को 'इंसेन्टिव' रहेगा, धंधा बढ़ेगा। उधर, काम से गायब रहा तो सौ रुपये रोज का नुकसान।''

लौंडा हिचकिचाया।

''दे दीजिए, कह रहा हूं न, आधा मुनाफा वापस इन्वेस्ट कीजिए। बीस हजार में दस हजार कच्चा माल, तनखा, बोनस, मेंटीनेंस में गए, तब भी दस हजार रोज के हिसाब से तीन लाख महीने के बने। यह तब, जब गाड़ी बीस पर ही अटकी रहे।''

पर नहीं अटकी बाबू की गाड़ी। दो सौ किलोमीटर प्रति घंटे की रफ्तार से दौड़ पड़ी।

शादी-ब्याह और बर्थ-डे पार्टी के आर्डर भी आने लगे। सांस लेना मुश्किल। लोग घर पर भी आने लगे।

''शादी है, डिनर का आर्डर है। आजकल घर पर खाना कौन बनाना चाहता है। पिछली गली में मकान है। करीब पांच-छह दिन तीस लोगों का खाना सप्लाई कर दीजिए।''

मीनू डिस्कस होता।

बाबू किताबों की दुकान से 'कुकरी बुक्स' ढूंढ़-ढूंढ़ कर खरीद लाए और शंकर के साथ बैठकर डिस्कस करने लगे। जब धंधा करना है, तो बाजार में आई नयी गाड़ी, नहीं! गाड़ी नहीं, नयी चाल को समझना है।

धड़ल्ले से चल निकली, 'जय जगदंबे कैटरिंग सर्विस।' क्यों न चलती। स्टाफ वरदी और बोनस से खुश। वो खुद भी आर्डर लेने में मेहनत करते। ज्यादा काम, ज्यादा बोनस।

लौंडा, हक्का-बक्का। बस, एक ही बात।

"तुसी ग्रेट हो जी।"

"आज बाबूजी ने खाना नहीं खाया।" शंकर ने चने भिगोते हुए बताया।

"की होया बाबूजी! खाणा क्यूं नई खाया।"

"ऐसे ही, कोई खास बात नहीं है। बस, भूख ही नहीं लगी।"

'ओए शंकर, छोटे कुकर विच खिचड़ी बना दे, छेत्ती कर।"

जब तक वो हिसाब-किताब करें। गरम-गरम खिचड़ी बनकर आ गई।

"ओए, मक्खन पा जरा। होर पापड़ वी ला।"

इतनी जरा सी बात! उनकी आंखें भर आईं।

महीने भर बाद बड़ी सड़क के एसटीडी बूथ पर 'फोर सेल' बोर्ड लटका दिखा बाबू को। अंदर गए, बातचीत की। तब लौंडे को पकड़ा।

"आप बिल्कुल दिलचस्पी मत दिखाना। यही कहते रहना बाबूजी कहां फंसा रहे हो। मोबाइल के जमाने में कौन एसटीडी करने आता है।"

"जदों एसटीडी चलदा ही नई तो मैं क्यों खरीदूं?"

"कौन साला एसटीडी बूथ खरीद रहा है? हम बड़ी सड़क पर जगह खरीद रहे हैं। आप वहां साइबर कैफे डालना। आजकल साइ..."

लौंडा उछल पड़ा।

"साइबर कैफे। ओ जी तुसी ग्रेट हो। कंप्यूटर दा कम्म मैंनू आंदा नै! नेट सरफिंग वी जाणदा हूं। चलो, अभी चलो।"

"बात याद रहे! आपको ना-ना ही करना है। आपने दिलचस्पी दिखाई, उसने दाम बढ़ाए।"

लौंड़ा अच्छी एक्टिंग कर गया।

पास की जमा पूंजी, ढाबे की कमाई और बैंक लोन लेकर साइबर कैफे खुल गया।

लौंडा ए सी कैफे में बैठने लगा। कैटरिंग सर्विस पूरी तरह बाबू के हाथ में।

उन्होंने 'चाइनीज फूड' का काउंटर और खोल दिया। क्या सचमुच उनके हाथ में जादू था कि मिट्टी को छू दें तो सोना बन जाए। इधर-बरसों से तो वो खुद मिट्टी का ढूह बने पड़े थे।

अब यह सब कैसे हजम हो रहा है उन्हें। ये मिस्सी रोटियां। पनीर बटर मसाला और पेशावरी चने। कुछ तो ताजा गर्म खाने का कमाल था और कुछ नियमित दिनचर्या और मेहनत का।

नए साल पर लौंडा जिद करके साथ ले गया। रेडीमेड कपड़े की दुकान से सूट, कमीज, स्वेटर, सब दिलवाए। सूट खरीदने का उनका मन न था। बेकार का खर्च।

''ओजी मनीजर साब, थ्वानू मनीजर जंचना वी चाइदा है कि नी?''

दूसरे दिन जब लक-दक कपड़े पहनकर चले तो खुद को ही न पहचान पाए। जमाने ने जो किया, सो किया, उन्होंने खुद भी कोई कसर न छोड़ी थी। ये क्या हाल बना रखा था अपना।

अब रास्ते में लोग उन्हें नमस्ते क़रते हैं। बेकार नौजवान आगे-पीछे घूमते हैं, ''बाबूजी कहीं हमारा भी जुगाड़ बैठा दीजिए।'' आसपास के दुकानदार धंधे के बारे में उनसे सलाह मांगते हैं। कई जगह से मैनेजरी के ऑफर आ चुके हैं।

बुझते दीये में किसी ने तेल डाल दिया है। मकर संक्रांति पर एक महीने की तनखा और बोनस, पंद्रह हजार रुपये।

क्या करेंगे इस रुपये का।

जरूरत रुपये की कतई नहीं थी। जरूरत थी अपनी पहचान की, जरा से प्यार और सम्मान की। इस अहसास की कि वो इन्सान है, रद्दी का ढेर नहीं!

घर पहुंचकर बेटे को आवाज दी, बहू बिना आवाज दिए ही आ गई।

बाबू ने दस हजार रुपये मेज पर रख दिए। अपने और बच्चों के कपड़े वगैरह बनवाओ। जो चाहे करो, तुम सबके लिए ही है यह सब।''

बहूजी ने झुककर ससुर के चरण छू लिए।

दूसरे दिन घर लौटे तो अपने कमरे का नक्शा देख, ठगे से खड़े रह गए।

नए पर्दे, नयी चादर, नया नर्म गुदगुदा गद्दा-तकिया। नयी नकोर फूली-फूली रजाई और तो और लकड़ी की पुरानी गंदी मेज पर भी नया मेजपोश था। कमरे की सफाई भी हुई थी। कोई खुशबू छिड़की गई थी। पुरानेपन की बोसीदा चीकट बदबू गायब थी।

उनकी मुट्ठियां कस गईं। जैसे कभी पेंच-पाने पर कसती थीं। पैसा... पैसा...पैसा।

इक्कीसवीं सदी की गाड़ी इसी पेंच-पाने के दम पर 'पानी की तरह' चलती है।

# चयन का अधिकार

अब मुड़कर जाना संभव न था। टक्कर होनी ही थी। काग भुशुंडि सदा की तरह पहलवानी अदा से चला आ रहा था। गहरे बैंगनी रंग की बुशर्ट पर गहरे लाल-काले सफेद फूल और काली पैंट। गंजी टांट पर रहे-सहे बालों में पाव भर तेल चुपड़कर उसे गुंजलक की तरह सिर पर लपेट रखा था। बड़ी इच्छा होती है, कोई सींक-सलाई लेकर इस गुंजलक को खोल दूं। देखूं, इसके बाल कहां तक पहुंचते हैं। कमर तक जो जरूर ही पहुंचते होंगे। गुटखा रंगे दांत निकाल, हँसता हुआ कैसा भयानक लग रहा था।

"कैसा लग रहा हूं?"

'वीभत्स।' मन बोला। "हैंडसम" मैं बोली।

"ये शर्ट चेकोस्लोवाकिया से लाया हूं।" छाती फुलाकर मोहिंदर बोला।

"अरे हां, मैं तो भूल ही गई थी।" एंटोमलॉजी पर कोई पेपर पढ़ने कहीं गया था वह, सरकारी खर्च पर। कुछ दिनों तक खासा चर्चित रहा।

"बधाई! कैसी रही विदेश यात्रा।"

"बढ़िया।" दोनों हाथों को आपस में रगड़ता हुआ बेहद खुश होकर बोला। "वो धांसू पेपर पढ़ा, वो धांसू प्रेजेंटेशन दिया, सब सालों की छुट्टी कर दी। फिर

डट कर शापिंग की। तो, अच्छी लगी न ये शर्ट।'' तोंद फुलाए, पैंट की जेब में हाथ ठूंसे, मोहिंदर उत्तेजना से कांप रहा था। बच्चों की तरह अपनी तारीफ सुनने के लिए बेचैन। बच्चे, जो नए कपड़े पहन, पंजों के बल उचकते हैं, हजार बार सुनना चाहते हैं, बहुत अच्छे लग रहे हो।

मैंने उसकी बुश्शर्ट पर हाथ फेरकर देखा। चमकीला, चिकना और सांप की खाल जैसा कपड़ा। रंग ऐसे तेज, ऐसे तड़क-भड़क वाले कि मन किया, आंखें बंद कर लूं।

''बहुत अच्छा है, बस, एक कसर है। इन फूलों के आसपास कुछ ग्लास बीड्स या सैंक्विंस लगवा लो। फिर और जंचेगा।''

उसने चुटकियों से कपड़ा उठाकर देखा।

''हां, बात तो ठीक है। मैं भी ऐसा ही कुछ करने की सोच रहा था।'' पूरी गंभीरता से बोला मोहिंदर।

शुक्र है, घंटा घनघना उठा।

मैं 'एक्सक्यूज मी' कहकर भाग आई।

स्टाफरूम में घुसते ही देखा, सामने चांदनी बैठी है, मोहिंदर की पत्नी।

मोहिंदर बचपन से हमारा सहपाठी रहा है। तब भी हम उसे काग भुशुंडि कहकर चिढ़ाते थे, अब भी पीठ पीछे इसी नाम से पुकारते हैं।

उसकी पत्नी से मुलाकात इस कॉलेज में ट्रांसफर के बाद पनपी।

चांदनी जब शादी होकर आई थी, तब बड़ी शांत-सुंदर, शिष्ट, सुरुचि-संपन्न और मितभाषी थी। अब भी वैसी ही है। हां, कुछ खोई-खोई सी, कुछ उलझी-सी लगती है। चांदनी और मोहिंदर दो विपरीत ध्रुव हैं—साथ चलने-रहने को विवश।

परंपरागत विवाहों में ऐसी दुर्घटनाएं आम हैं।

चांदनी के सामने किताब खुली रखी थी, पर उसका ध्यान कहीं और था। वो खोई-खोई नजरों से स्टॉफरूम में बने छोटे-छोटे क्लॉजेट्स को देख रही थी। उसका दायां हाथ मेज की सतह पर बाएं से दाएं, फिर दाएं से बाएं चल रहा था। जैसे कुछ पोंछ रही हो; कुछ मिटा रही हो।

दरवाजा खुला और आंधी की तरह शीला अंदर आई। ''उफ, कितनी गर्मी है और वो काग...'' बीच में ही जबरन रुकना पड़ा उसे।

मगर चांदनी हौले से मुस्करा दी।

''बोलो, बोलो, जो मन में आए बोलो।'' किताब बंद कर दी उसने। ''तुम लोग क्लासमेट हो, बोल सकते हो।''

बड़ी असहज, अस्वाभाविक और अप्रिय स्थिति हो गई।

"चल उठ।" शीला ने मेरा हाथ खींचा। "कैंटीन चलते हैं, कुछ ठंडा पिएंगे।" चांदनी को आमंत्रित करना हमारी मजबूरी थी। ताज्जुब है। वो पर्स वगैरह उठा हमारे साथ लग ली। ताज्जुब इसलिए कि हमारे साथ कैंटीन जाने का कोई मौका नहीं छोड़ती और बिल देने के लिए कभी अपना पर्स नहीं खोलती। स्टाफ रूम के बाहर दिन के कड़क उजाले में आए तो चांदनी को देख, हम दोनों ही सकपका गए। अपने कपड़े-लत्तों की तरफ से लापरवाह तो वह हमेशा से ही थी, पर आज तो हद ही कर दी इसने। क्यों ऐसी सुस्त और चुप रहती है यह? ईश्वर ने अच्छी-खासी शक्ल-सूरत, कद-काठी दी है। ये कमबख्त उसे बिगाड़ने पर तुली है। उसके खिले-खिले रंग और भोले मुखड़े पर चांदनी नाम जंचता है, पर चांदनी खुद पर धूल उड़ाए रहती है। हरी साड़ी तो नीला ब्लाउज, साड़ी का खुलकर लटका फाल सेफटी पिनों से अटका है बांह पर से ब्लाउज की सीवन उखड़ गई तो स्टेपलर से टांक ली। ये कोई तरीका है? कुछ कहो तो खोई-खोई सी फीकी मुस्कान। आज तो हद कर दी इसने। बिना इस्तरी की मुसी-मुसाई सूती साड़ी, ब्लाउज की पीठ पर खोंता और किनारी से धागे लटक रहे थे। कौन कहेगा इसने टी.एस. इलियट पर रिसर्च की थी और एम. ए. के छात्रों को 'वेस्ट लैंड' पढ़ा रही है।

पंखा चल रहा था, फिर भी गर्मी के मारे बुरा हाल था। जब मार्च में यह हाल है तो मई में क्या होगा? शीला ने पसीना पोंछा और बैरे को बुलाने के लिए घंटी बजाई।

"तुम्हारी इनविजिलेशन ड्यूटी है क्या?" उसने पूछा।

"नहीं रिजर्व में हूं।" मैंने बताया।

"मेरी है। कैमिस्ट्री की सुजाता रिलीवर है। बड़ी मुश्किल से बीस मिनट के लिए राजी हुई है। यूनिवर्सिटी के नियमों के हिसाब से कुल दस मिनट, बस्स।"

"चांदनी तुम?"

"मैं रिलीवर हूं।"

बेयरा आ गया था और चेहरे पर निस्पृह परमहंस-सा भाव ओढ़े खड़ा था।

"दो कोल्ड कॉफी..." शीला और मेरा रोज का आर्डर। चांदनी चाय पीती है, फिर भी शीला ने मीनू कार्ड उसकी ओर बढ़ा दिया।

"एक कप चाय और एक प्लेट ब्रेड पकोड़े।" उसने शीला से कहा। शीला ने बेयरे की तरफ देख, अतिरिक्त गंभीरता से आर्डर दुहरा दिया।

शीला बार-बार घड़ी देख रही थी।

''अरे, तू भी न...आराम से कॉफी पी, मरने दे सुजाता और उसके यूनिवर्सिटी के रूल्स को।''

बेयरा जल्दी सब कुछ ले आया।

हम दोनों चुपचाप कॉफी पीते रहे। चांदनी तन्मयता से ब्रेड पकौड़े खाती रही।

शीला बार-बार घड़ी देख रही थी। पंद्रह मिनट बीत चुके थे। अब कुल पांच मिनट बाकी थे। हम सब उठने की तैयारी में थे।

''चांदनी, जरा बिल पे कर दो, मैं अपना पर्स क्लाजेट से निकालना ही भूल गई।''

शीला ने आंखें तरेरकर गुस्से से मुझे देखा। ऐसी चुनौतीपूर्ण हरकतें उसे कतई पसंद नहीं। मैंने मेज के नीचे उसका पांव दबाया, चुप रहने का इशारा किया।

चांदनी ऐसे चौंकी जैसे नींद से जागी हो। बड़े ही अनमने ढंग से पुराने से पर्स की जिप खोली। पेन, रूमाल और थोड़ी-सी रेजगारी। बस, उसकी असहाय नजरें मुझे और शीला को बारी-बारी से गुहारने लगी।

''क्या मजाक है डियर। तुम्हारे पर्स में दस-पंद्रह रुपये भी नहीं हैं, क्यों?'' मैं जानती थी, अनधिकृत क्षेत्र में प्रवेश कर रही थी।

''मैं निकालना भूल जाती हूं।'' उसने अटकते-अटकते कहा।

''एस.बी.आई. का एक्सटेंशन काउंटर पी.जी. ब्लॉक में है, जहां तुम दिन में दो बार जाती हो।'' जो कटार मैंने उसके कलेजे में भौंकी थी, उसे अंदर तक धंसाते हुए कहा।

''कभी जरूरत ही महसूस नहीं होती, चैक पर साइन करवा ये रुपये निकाल लाते हैं। सब बिल वगैरह भी ये ही पे करते हैं।'' हकलाते हुए चांदनी बोली।

''प्लीज डियर। जरा अपने आपको संभालो। ये मुसी साड़ी, ये फटा ब्लाउज, क्या हो रहा है ये सब?''

चांदनी की आंखें भर आईं।

''नया मकान बनवाया है न। दोनों ही उसमें बिजी रहते हैं। समय ही नहीं मिलता।''

शीला ने बिल पे कर दिया।

अचानक चांदनी उठी और अपना पर्स और किताबें समेट चली गई।

''बहुत जरूरी था यह सब।'' शीला बेहद नाराज थी। भूल ही गई थी कि बीस मिनट बीत चुके थे।

"अरे तो रोज-रोज हम क्यों उसका बिल दें। अभी दो ही तो बच्चे हैं, जरा हालत देखो। क्या बागड़ बिल्ली बनी कॉलेज आती हैं, अच्छी-खासी स्कॉलर पक्की गृहस्थन बन बैठी।"

"गृहस्थन भी अपने रखरखाव के प्रति सजग होती है। घर के बाहर निकले तो थोड़ा-बहुत पैसा जरूर गांठ में रखती है।"

हम लोग भी उठे।

"शाम को जरा जल्दी आ जाना।" शीला ने चलते-चलते याद दिलाया। "आज शाम को चुनमुन की 'हैप्पी बर्थ डे' पार्टी है।"

हम दोनों ही खुलकर हँस दिए। सब बच्चे ऐसे ही बोलते हैं। "आज मेरा हैप्पी बर्थडे है।"

"चांदनी को बुलाया है?"

"हां, कहा है तो है, पर सदा की तरह उसके बच्चे आ जाएंगे। चांदनी कोई न कोई बहाना बना देगी।"

"उसके आने, न आने से फर्क भी क्या पड़ता है। पिछले महीने आई तो थी मेरे यहां। काग भुशुंडि, कांव-कांव करता इधर-उधर फड़-फड़ करता रहेगा, ये एक कोने में चुपचाप बैठी रहेगी।"

"पता नहीं तुम्हारा ध्यान गया कि नहीं।" शीला बोली। "चांदनी ने बड़ी हो अजीब-सी हरकत की थी तुम्हारे यहां। अचानक उठी और नेहा के पास जा बैठी। 'हैप्पी बर्थ डे' कहने की जगह उससे ही पूछा, "व्हाट मेक्स यू थिंक बर्थ डेज आर हैप्पी।"

नेहा सकपका गई। क्या जवाब देती बच्ची।

"अच्छा...? नहीं, मुझे नहीं पता! बच्चे हैं, जल्दी ही भूल जाते हैं।"

अचानक मुझे याद आ गया।

"शीला, मैं पांच बजे तक आऊंगी। तुम जरा घर के बाहर रहना। अगर काग भुशुंडि मुझे रोक ही ले तो तुम भी वहां आ जाना और पार्टी में मदद का बहाना कर तुरंत मुझे छुड़ा ले जाना।

शीला हँस दी। "अच्छा कोशिश करूंगी।"

चांदनी के घर के इतने पास रहने का यह सबसे बड़ा नुकसान था। चांदनी से कोई संपर्क-सूत्र न था; काग भुशुंडि को नकारना असंभव।

जब कॉपियों के बंडल जमा करने पहुंचे तो काग भुशुंडि बड़ा व्यस्त लग रहा था। हम उसकी नजर बचाकर भाग आए।

घंटे भर बाद काग भुशुंडि हमें एक कार्ड पकड़ा गया। बहुत जल्दी में था। कार्ड लगभग फेंक कर भाग गया। ये कोई तरीका है इन्विटेशन देने का। मैं चिढ़ गई। शीला अपनी किताब में डूबी रही।

मैंने कार्ड उठाकर देखा। एंटोमोलोजी पर कोई सेमिनार था। काग भुशुंडि आयोजक था।

"क्या है?" शीला किताब से निकली।

"एंटोमोलोजी पर सेमिनार है।" मैंने पेन खोला। "काग भुशुंडि आयोजक है।" मेरी विनोद वृत्ति जाग उठी थी। मैंने कार्ड के नीचे षटकोण बनाकर लिखा।

"कांग्रेचुलेशन्स ऑन ऑर्गेनाइजिंग अ सेमिनार ऑन सेल्फस्टडी।"

शीला कार्ड पर झुकी मेरा करतब देख रही थी।

अब उसने कार्ड खींचा और अपना पेन खोला। उसने भी षटकोण बना, लिखना शुरू किया, "मैन, नो दाईसेल्फ! प्रिज्यूम नॉट टू बी गॉड।"

चपरासी के हाथ कार्ड भेज हम दोनों बड़ी देर तक हँसते रहे।

दो चार लोग और आ गए। अच्छा-खासा मनोरंजन हो गया सबका।

दरवाजा खुला और काग भुशुंडि अंदर आया।

"ये...ये...तुम लोगों ने लिखा है। मारे गुस्से के उसके मुंह से झाग निकल रहे थे, आंखें लाल अंगारे सी दहक रही थीं। काला स्याह रंग और भयावह दिख रहा था। "मेरे फारेन टुअर से सब जलभुनकर खाक हो गए हैं, पर तुम लोग ऐसी बेहूदा हरकत करोगी, सोच भी नहीं सकता था।"

विभागाध्यक्ष माथुर साहब ने बीच-बचाव किया।

"दिस इज रियली क्वाइट...अ...अ...आइ मीन बैड। माफी मांगो मोहिंदर से।" उन्होंने भरसक हँसी दबाते हुए कहा।

हम दोनों ने तुरंत उनकी आज्ञा का पालन किया। सावधान मुद्रा में खड़े हो सेल्यूट किया और फिर सिर झुकाकर कहा,

"वी आर वैरी सॉरी। डू फारगिव अस।"

काग भुशुंडि बड़बड़ाता हुआ चला गया। उसे और कार्ड भी बांटने थे। वहीं एक कुर्सी पर बैठी चांदनी मुस्करा रही थी।

चलो, आज समय है तो अकाउंट्स सेक्शन में चलें। बहुत दिनों से हजार्ड फंड की कुछ गुत्थियां पीछा कर रही हैं, आज उन्हें सुलझा लेते हैं। वहां भी काग भुशुंडि कांव-कांव कर रहा था। एक बार फिर घंटे ने घनघना कर मेरा उद्धार किया।

"क्या आदमी है।" अकाउटैंट झुंझलाया।

"चांदनी मैडम के नाम पर जितने कर्जे लिए जा सकते थे, ले लिए। फिर भी हर महीने चले आते हैं। राई रत्ती हिसाब-किताब करने।"

"हां, मैडम कहिए! सॉरी, जरा परेशान हो गया था।"

हम हजार्ड फंड के गलियारों में गुम हो गए।

शाम को जिसका डर था, वही हुआ।

"अरे, तुम इतनी देर से! मैं जानता था, शीला के घर जुटेंगे सब। कब से इंतजार कर रहा हूं तुम्हारा।" वो स्कूटर रोकने की मुद्रा में सामने आ डटा।

"मोहिंदर, शीला मेरा इंतजार कर रही है, मुझे उसकी मदद करनी है।"

"बस एक मिनट, मैंने अपना बेडरूम थीमपेंट करवाया है। एक नजर देखो न जरा।"

शीला अपने घर के फाटक पर नजर आई। काग भुशुंडि ने उसे भी अपने हाथ के इशारे से बुलाना शुरू कर दिया। आ गई शीला।

"ये थीम पेंट क्या बला होती है।" मैं बेहद चिढ़ गई थी।

"यही तो..." उसने जोर-जोर से हाथ रगड़ते हुए कहा। "सब दीवारों पर एक ही थीम लेकर पेंट किया है।"

चांदनी बिल्कुल चुप थी। उसके चेहरे पर अद्‌भुत स्थिरता थी। जैसे कोई आंखें बंद किए पानी की सतह पर चित लेटा हो, जैसे स्वीमिंग पूल में लोग उतराते रहते हैं, बिना किसी हलचल के, बिल्कुल शांत। अपने डूब जाने की संभावना से बिल्कुल बेखबर।

हम सब अंदर गए। ऐसा रंग-बिरंगा मकान मैंने पहले कभी नहीं देखा था। इंद्रधनुष का शायद ही कोई रंग हो, जिसका प्रयोग न हुआ हो।

छाती फुलाए हुए मकान मालिक उछलता हुआ आगे-आगे जा रहा था।

तो यह था थीम पेटेंड बेडरूम। थीम थी अरेबियन नाइट्स। कत्थई रंग का गलीचा, भूरे रंग के परदे, कत्थई-भूरी धारियों वाले चादर तकिये और रेत जैसे रंग की दीवारें। चारों दीवारों पर अरेबियन नाइट्स के मनगढ़ंत किस्से चित्रित थे। ऊंटों की कतार, उनकी नकेल थामे काले-कलूटे गुलाम, ऊंटों की पीठ पर खजाने और...और कमसिन हूरों की डोलियां। दूसरी दीवार पर खेमे के सामने कालीन पर बैठे शराब और कबाब का लुत्फ उठाते मर्द, सामने नाचती रक्कासा। आधा चेहरा नकाब से ढंके, सलमें-सितारों जड़ी टोपी पहने, विराट वक्ष पर नाममात्र की कंचुकी

पिंडलियों तक सलवार और हाथ में ढफली। तीसरी ओर शायद उमर खैयाम था। कालीन पर बैठा नुकीली दाढ़ी वाला मर्द, रबाब बजा रहा था, सामने बैठी हसीना सुराही के प्याले में शराब ढाल रही थी। चौथी दीवार में दरवाजे ने मुसीबत खड़ी कर दी। पूरे दृश्य संयोजन का स्थान ही नहीं था। कलाकार को खजूर के ऊंचे-ऊंचे पेड़ और कतार-दर-कतार ऊंट बनाकर ही संतोष करना पड़ा। बेडरूम में ऊंट बहुमत में थे। बैठे ऊंट, दूर क्षितिज में अदृश्य होते ऊंट और क्षितिज से पास आते ऊंट।

रेगिस्तान, ऊंट, उनका पृष्ठ भाग और विराट अंडकोष!

बिना वजह मुझे लीद की गंध आने लगी। इस कमरे में कोई कैसे सो सकता है?

''कैसा लगा?'' काग भुशुंडि ने खुशी से हाथ रगड़ते हुए पूछा।

''बहुत बढ़िया।'' हम मरे-मरे स्वर में भुनभुनाए।

''अब हमें जाने दीजिए। पार्टी का बहुत-सा काम पड़ा है।'' शीला ऐसे बोली जैसे हम उसके कैदी हों।

''एक कप चाय...''

''वो आप लोग हमारे यहां आकर लीजिए।'' शीला ने मेरा हाथ पकड़ बाहरी दरवाजे की ओर खींचते हुए कहा।

''माई गॉड। ये थीम बेडरूम है।'' शीला ने स्कूटर की पिछली सीट पर बैठते हुए कहा।

''तुझे लीद की गंध आई?'' मैंने पूछा।

''हां, आई और यह भी लगा अभी कोई ऊंट बिलबिलाकर दुलत्ती झाड़ेगा और मेरा सिर फूट जाएगा।''

पार्टी की गहमागहमी में ऊंट भाग खड़े हुए।

दूसरे दिन, माथुर साहब चांदनी को ढूंढ़ रहे थे।

उसकी इनविजिलेशन ड्यूटी थी और वो अभी तक नहीं आई थी। उनके आदेशानुसार शीला से पूछा।

''उसकी ड्यूटी थी?'' शीला चौंक पड़ी।

''वो तो किचन का सारा सामान बाहर निकाल आंगन में रख रही थी। मैंने पूछा भी—यह क्या हो रहा है? तो बोली, बहुत गंदा हो गया है, पुताई करूंगी।''

''खुद पुताई करेगी?'' बात मेरी समझ में नहीं आई।

मेरी ड्यूटी थी। यह सब पूछने को मैं नहीं रुकी।

मैंने माथुर साहब को सूचित किया।

फिर दो बजे तक का वक्त कैसे निकल गया, पता ही नहीं चला।

कापियों के बंडल जमाकर हम स्टाफरूम में पहुंचे। थोड़ा पानी-वानी पी घर के लिए निकलें।

लोग झुंड बनाए खड़े कोई गंभीर बात कर रहे थे। हमें देखकर चुप हो गए।

"क्या बात है?" मैंने पूछा, किसी अनहोनी की आशंका से दिल धड़कने लगा।

संघवी धीरे-धीरे हमारे पास आया और संवेदना से बोला, "चांदनी मैडम ने आत्महत्या कर ली है।"

"क्या?" शीला बेजान सी सोफे पर ढह गई।

"ये कैसे हो सकता है? सुबह ही तो..." शीला बोलते-बोलते रुक गई।

अब भार्गव भी आगे बढ़ आया।

"अभी अभी खबर मिली है। पड़ोसी का फोन था। मैडम ने सारे किचन का सामान बाहर निकाल दिया। फिर सफेद चूने से उसे पोता। तब कपड़ों पर मिट्टी का तेल छिड़ककर आग लगा ली। दरवाजा अंदर से बंद था।

"काग...सॉरी...मोहिंदर कहां है?" किसी ने पूछा।

"वो खबर मिलते ही चला गया। उसकी कापियां जैन ने जमा कीं।"

और फिर हम सब एक साथ साइकिल स्टैंड की ओर चल दिए।

स्कूटर, मोटरसाइकिल, कार, हम सब मोहिंदर के घर की तरफ भागे।

अभी तक धुआं निकल रहा था। छोटे से आंगन में किचन का सामान बिखरा पड़ा था। आलू-प्याज इधर-उधर लुढ़क रहे थे। सारे फर्श पर पानी ही पानी फैला था। हवा में एक अजीब सी दुर्गंध थी। मिट्टी के तेल पर पानी डाल आग बुझाने की, मांस जलने की और भी न जाने क्या-क्या...।

अंदर किचन के फर्श पर जली लकड़ी जैसी कोई चीज थी। कहीं काली, कहीं लाल। बेतरह ऐंठी हुई, विकृत। एक ठूंठ हवा में उठा था, उबकाई आ गई।

ये चांदनी थी? पास ही कुरसी पर बैठा मोहिंदर भी यही सोच रहा था। शायद!

उसकी गुंजलक खुल गई थी और वाकई उसके बाल कमर तक झूल रहे थे, बस्स।

कहानी खत्म।

अब और क्या बचा था?
पर मुझे यह अंत जमा नहीं।
दूसरा अंत देखिए।

बड़ी रात गए किसी ने घंटी बजाई।

भार्गव और संघवी के साथ मोहिंदर था।

''चांदनी तुम्हारे यहां है?'' हाथों की मुट्ठियां खोल-बंद करते हुए उसने पूछा।

''नहीं तो।''

''झूठ बोलती हो तुम।'' मोहिंदर चिंघाड़ा।

''मोहिंदर प्लीज।'' भार्गव आगे आया। ''नो नीड टू बी एग्रेसिव। तमीज से बात करो। मैडम, हम कुछ देर बैठकर बात कर सकते हैं?''

''हां, हां, क्यों नहीं। अंदर आइए।''

''शाम आठ बजे के करीब चांदनी मैडम दोनों बच्चों के साथ सड़क पर घूम रही थी।'' भार्गव बोला, ''नौ बज गए और वो नहीं लौटी।'' तब आस-पास पता किया। किसी ने उन्हें टैक्सी में बैठते हुए देखा था। कहां गई होंगी कुछ बता सकती हों?''

''जोधपुर?'' टप से मेरे मुंह से जवाब गिर पड़ा।

''जोधपुर?'' भार्गव और सिंघवी ने एक दूसरे की ओर देखा।

''वहां उसका मायका है।'' जवाब मोहिंदर ने दिया। ''मगर शादी के बाद तो वह कभी जोधपुर गई ही नहीं।''

मैं क्या जवाब देती?

''मैडम, कुछ पता चले तो बताइएगा। मोहिंदर बहुत परेशान है।'' हाथ जोड़ उठते हुए संघवी बोला।

''अरे, तो जोधपुर फोन करके पूछ लो ना।''

''वही करते हैं।'' भार्गव बोला।

मोहिंदर चिपके गुब्बारे की तरह सोफे पर पड़ा था। उसने उठने की, जाने की कोई हरकत नहीं की।

''वो चली गई।'' ठंडी सांस ले मोहिंदर बोला।

अचानक उठकर उसने मेरे दोनों हाथ पकड़ लिए।

''एक बार, बस एक बार उससे मेरी मुलाकात करवा दो। तुम जोधपुर फोन करो और उसे यहां अपने घर पर बुलाओ। मेरे बुलाने से शायद वह न आए।''

“बैठो संघवी, भार्गव बैठो, प्लीज।” मैं बैठ गई। “बात इतनी सीधी नहीं है, जितनी हम समझ रहे हैं। मोहिंदर की इस बात का सीधा मतलब है कि इसे खूब मालूम है वो कहां गई है और क्यों? फिर ढूंढ़ा-ढकोली का नाटक क्यों?”

संघवी और भार्गव दोनों भौंचक्के।

“कोई झगड़ा हुआ था?” संघवी ने पूछा।

“ऐसी छोटी मोटी बात तो हर मियां-बीवी के बीच होती रहती हैं। इससे कोई घर छोड़ जाता है क्या?” मोहिंदर बोला।

“क्या झगड़ा हुआ था?” संघवी गुर्राया।

“जरा-सी बात थी यार। उसका कोई खास साबुन था, नहाने का। कई दिन से लाने को कह रही थी। मैं भूल जाता था। मैंने कहा आज भर लाइफबॉय से नहा लो, कल ले आऊंगा, बस्स। इतनी सी बात थी।”

“सॉरी मैडम आपको आधी रात को तकलीफ दी।” भार्गव और संघवी मोहिंदर को लगभग घसीटते हुए बोले।

“मैडम, प्लीज एक बार उससे मिलवा दीजिए।”

मोहिंदर अब भी पसरा हुआ था।

“तुम तो ऐसे कह रहे हो जैसे जोधपुर का नंबर मेरी जेब में हो।”

“वो मैं तुम्हें देता हूं।” मोहिंदर अपनी जेब टटोलने लगा।

“ठहरो मोहिंदर! बहुत हो चुका। संघवी और भार्गव का लिहाज है, वरना मैं इस विषय पर कोई बात नहीं करती। चांदनी मेरी कोई विशेष परिचित नहीं है। उससे ज्यादा तुमसे परिचय है। मैं उसे कैसे और क्यों बुलाऊं? यह तुम्हारा व्यक्तिगत मामला है, तुम ही सुलझाओ। संघवी और भार्गव उसे बाहर ले गए।

मैंने धड़ाम से दरवाजा बंद कर लिया।

अब क्या नींद आएगी।

कहां गई होगी चांदनी? बच्चे साथ हैं, जोधपुर ही गई होगी।

दूसरे दिन शीला से पता चला। दोनों बच्चों का हाथ थाम, घर छोड़ गई चांदनी। कोई सामान, जेवर, रुपया-पैसा कुछ भी साथ नहीं लिया। कहां गई, कोई नहीं जानता। मोहिंदर को उबरने में देर नहीं लगी। उसने एफ.आई.आर. दर्ज करवाई। पत्नी जेवर, रुपया-पैसा और बच्चों को लेकर अपने किसी यार के साथ भाग गई।

हम सबका अंदाज गलत था।

वह जोधपुर नहीं, जयपुर गई थी। उसने जो थोड़ा बहुत जेवर पहन रखा था, वहीं बेचा और एक एफ.आई.आर. दर्ज करवाई। वह जान बचाकर घर से भागी है। साथ कुछ नहीं लाई। मेडिकल भी करवाया। उसके शरीर पर चोटों के निशान थे और बच्चो ने भी अपना बयान दर्ज करवाया।

न जाने कब उसने अपना और बच्चों का पासपोर्ट नवीनीकरण के लिए दिया था। जयपुर से पासपोर्ट ले चांदनी कहां गायब हो गई, पता ही नहीं चला।

जयपुर की कहानी भी मोहिंदर के द्वारा ही पता चली।

लगभग साल भर बाद चांदनी का पत्र मिला। वह अमेरिका में सान फ्रांसिस्को नगर में थी। जयपुर से सीधे शांतिनिकेतन चली गई थी। वहीं की पूर्व छात्रा थी। लगभग साल भर तक वहां अध्यापन किया और इसी बीच इंटरनेट के माध्यम से अमेरिका में नौकरी जुटा ली।

मजे में है चांदनी। यही लिखा था उसने।

अब आपकी मरजी।

जो अंत पसंद हो, चुन लें।

# डेढ़ टांग की लाश

रहस्य और रोमांच से भरपूर यह कहानी ध्यान से पढ़िएगा। अंत में आपसे हत्यारे का नाम पूछा जाएगा। जो सही नाम बताएगा, उसका नाम छापा जाएगा। ईनाम में एक नेपाली खुखरी दी जाएगी। शुरू से ही ध्यान से पढ़ेंगे, हर चरित्र को समझते हुए आगे बढ़ेंगे, हत्यारे द्वारा छोड़े गए सबूतों का विश्लेषण करेंगे, तो हत्यारे तक पहुंचना कोई कठिन काम नहीं।

अब कहानी पढ़ना शुरू कीजिए।

लाश क्लब के मुख्य द्वार के ठीक दाहिनी ओर, पार्किंग लॉट में पड़ी थी। कल रात क्लब में डिनर था। रात बारह बजे तक सब हरी-भरी घास के आयत पर बैठे गाने गाते रहे थे। गर्मियों के दिन हैं, दस बजे बाद जरा ठंडी हवा बहना शुरू हुई थी। बारह बजे भी लोग बड़ी मिन्नतों के बाद खाने के लिए उठे थे। शनिवार की रात जो ठहरी, तो...घर पहुंचते-सोते डेढ़-दो बज गए होंगे। तब तक वहां कोई नहीं था।

सुबह पांच बजे जरा-सा उजाला होते ही चौकीदार ने जगा दिया। क्लब के पास कोई लाश पड़ी है। जनरल मैनेजर साहब हड़बड़ाते हुए उठे और जैसे-तैसे कपड़े बदले कर भागे। लाश मैली सी चादर से ढंकी थी। रात पाली का चौकीदार सबको दूर रहने के लिए चिल्ला रहा था। कॉलोनी के काफी लोग जमा हो गए थे। क्लब के पास लाश पड़ी है। इस खबर ने पांच बजे ही काफी लोगों को जगा दिया था। मैनेजर साहब के पहुंचते ही चौकीदार सैल्यूट कर पीछे हट गया। उसने चादर हटा

दी। पार्किंग लॉट के पास, बोगनविलिया की घनी बेलों के नीचे, मुंह के बल जनक पड़ा था। पास में उसकी बैसाखी भी। वहीं एक जगह थी, जहां से क्लब के अंदर घुसा जा सकता था। पत्थर के पक्के फर्श पर गिरने से सिर फट गया था। रात पाली का चौकीदार एवजी में आया होगा, इसीलिए नहीं पहचान पाया। ये जनक है। चौकीदार खड्ग बहादुर का दस साल का लड़का, जनक बहादुर।

खड्ग बहादुर कहां है? वह कंटेनर के साथ सिक्योरिटी के लिए कांडला पोर्ट गया है कुत्तों और कौओं से नुचा-चिथा जनक मरा पड़ा था। उसकी बैसाखी टूटी पड़ी थी। कॉलोनी की आन-बान और शान पर यह बदनुमा धब्बा!

यह डेढ़ टांग की लाश।

जनरल मैनेजर साहब को बेहद गुस्सा आ रहा था। अब पुलिस-थाना, इंक्वायरी का झंझट। उन्हें सबसे ज्यादा गुस्सा मेमसाहब पर आ रहा था। अगर मेमसाहब ने जनक को पालतू बनाने की कोशिश न की होती तो वो आज आराम से कह सकते थे, उन्हें क्या मालूम यह डेढ़ टांग की लाश कहां से आई।

हरी-भरी पहाड़ियों के बीच बसी नन्हीं सी औद्योगिक इकाई! घड़ी बनाने का कारखाना। विशाल परिसर में एक ओर कारखाना, दूसरी ओर रिहायशी कॉलोनी! मुख्य द्वार पर मुस्तैदी से तैनात सुरक्षा कर्मी। बिना परिचय पत्र दिखाए कोई अंदर आ ही नहीं सकता। सब्जी, फल, दूध, इस्तरी—सब ठेले वालों को परिचय पत्र दिए गए हैं। बिना परिचय-पत्र दिखाए न कोई अंदर आ सकता है, न रजिस्टर में समय दर्ज किए बिना बाहर जा सकता है।

जहां ऐसी सुरक्षा व्यवस्था हो, वहां...।

इसी खूबसूरत, साफ-सुथरे परिसर के सबसे बड़े और सुविधा संपन्न बंगले के सामने जनरल मैनेजर साहब का सामान उतारा जा रहा था। लगभग आठ-सौ बरस का गोरा-चिट्ठा, हट्ठा-कट्टा लड़का भाग-भाग कर मजदूरों की मदद कर रहा था। छोटा-मोटा सामान उठाकर अंदर ले जा रहा था। हँसमुख, अलमस्त और खूबसूरत गालों पर हल्की-सी ललाई और नाक-नक्श बता रहे थे, वह नेपाली है। फटे-पुराने कपड़ों और गंदे-नंगे पांवों से यह अंदाज लगाना कोई कठिन काम नहीं था कि यह किसी चौकीदार का बच्चा है। पता चला, वो चौकीदार थापा का लड़का है, जनक बहादुर थापा वल्द खड्ग बहादुर थापा साकिन विराट नगर।

धीरे-धीरे वो भी जनक के अस्तित्व के प्रति निरपेक्ष हो गए। हां, मेमसाहब निरंतर जनक के बारे में कुछ न कुछ गुनगुनाया करती थी। "बहुत शैतान है, चोरी करता है, पेड़ों पर चढ़कर कच्चे फल तोड़ता है। सबसे बड़ी

मुसीबत यह है कि कहीं कोई डिनर हो; क्लब में या उनके घर पर, जनक भीड़-भाड़ का लाभ उठा, अफसरों के बच्चों के बीच घुस आता है। ठाठ से कोल्डड्रिंक्स पीता है, आइसक्रीम खाता है, खाना तो खैर खाता ही है। खाना भी इतना खाता है, इतना खाता है कि...''

उसी जनक को जब उन्होंने अपने बंगले के बरामदे में बैठ चाय में डबल रोटी डुबो-डुबो कर खाते देखा तो ताज्जुब हुआ था। यह मेमसाहब की दयालुता थी।

''कोई शौक से चोरी नहीं करता। हालात उसे वैसा बना देते हैं। अगर इस बच्चे को वक्त पर खाना मिले, कपड़े-लत्ते मिले तो यह चोरी क्यों करेगा?''

कुछ दिन नाश्ते के साथ ऐसे ही सुंदर वाक्य परोसे गए।

''बताओ! कल मुझसे टिकट मांग रहा था। अब मेरे पास रेवेन्यू स्टांप कहां से आया। आंख बचाकर आफिस से चुरा रहा था कि भटनागर ने देख लिया। दो थप्पड़ लगाए और घसीटकर मेरे पास लाया। यह खड्ग बहादुर है न। यही इसको बिगाड़ रहा हैं, तनखा उठाने के लिए रेवेन्यू स्टांप चाहिए, बस। हंकार दिया, जाओ, मेमसाहब से मांग लाओ। भला बताओ। बच्चा रेवेन्यू स्टांप का क्या करेगा? बिना वजह पिट गया। बेचारा, बिन मां का बच्चा।''

''इसकी मां नहीं है?''

''है तो! नेपाल में है। इसकी उम्र के बच्चे खेलते हैं, पढ़ते हैं, स्कूल जाते हैं। यह घर का सारा काम करता है। खड्ग बहादुर इससे ही सारा काम करवाता है। पानी भरना, बर्तन मांजना।''

मेमसाहब ने जनक को सरकारी स्कूल में भरती करवा दिया। पर वहां भी थोड़ा-बहुत रखरखाव तो चाहिए ही। फीस, किताबें, कपड़े, चमचम जूते, तीन जोड़ी—काले-सफेद और हवाई चप्पल। साबुन, मंजन, क्रीम, तौलिया सब। कॉलोनी धन्य-धन्य कर उठी। वैसे, ऐसी कोई बड़ी बात नहीं है। मेमसाहब का दिल ही यूं मोम जैसा है, जरा किसी की तकलीफ देखी और पिघला।

अब जनक सुबह नाश्ता कर, कंधे पर बैग लटकाए स्कूल जाते देखा गया। कभी सामने पड़ जाता तो बड़े अदब से 'गुड मॉर्निंग' करता। बस्स, उसके बाद दिखाई नहीं पड़ता।

कई बार मेमसाहब ने पकड़कर होमवर्क करने बैठाया, पर जनक निकला जंगली बिलाव। होमवर्क पूरा होने तक तो ठीक कूलर के सामने बैठा रहता। होमवर्क के बाद मेमसाहब कहती, ''ले जनक! जरा यह पालक साफ कर दे।'' तो जनक पांच मिनट में काम पूरा कर उन्हें बताए बिना भाग जाता।

दफ्तर के बड़े बाबू भटनागर साहब के यहां बैठ बच्चों के साथ टीवी देखता। अब क्या करें। अपने बच्चों को दोपहर का नाश्ता दो तो कुछ उसके हाथ पर भी रखना पड़ता, मगर जनक ऐसा नाशुक्रा कि क्या कहें। चाय के बर्तन धोकर रख देने को कहा तो दो कप तोड़ दिए और भाग गया। फ्रिज से कैडबरी चॉकलेट भी गायब थी।

मेमसाहब भी नाखुश।

"ये जो जनक है न, बड़ा नालायक है। देखो, सब लोग इतना ध्यान रखते है इसका। फिर भी...मनीष का नया का नया स्वेटर छोटा हो गया, इसे दे दिया। जानते हो, इसने क्या किया? कोई नेपाल जा रहा था, उसके हाथ अपने बड़े भाई के लिए भेज दिया। कहता है, मेरे लिए बड़ा है।"

"इसका बड़ा भाई है?"

"अरे, एक है क्या? आठ भाई-बहन हैं। जाने कैसे? खड्ग बहादुर तो यहीं रहता है। रिमोर्ट कंट्रोल से बच्चे पैदा करता है बहादुर।" मेमसाहब हँसने लगी।

जनक बड़ा हो रहा था और उसके प्रति असंतोष भी। चौकीदार के लड़के की ये मजाल! गुड्डू को मारा। खाने के समय घर-घर मंडराता फिरेगा। कोई उसे नहीं दुतकारता। एक वक्त का खाना किसे भारी पड़ता है? इतना तो ये बच्चे जूठन में छोड़ देते हैं। बस, जरा घर के काम में थोड़ी-सी मदद कर दे। आजकल नौकरों की वो किल्लत है कि क्या पूछो। मगर ये जनक है कि खाने के समय तो किसी न किसी बहाने डटा रहेगा। टल कर नहीं देगा। किसी काम को कहो तो गायब। श्रीमती भटनागर से कह देगा, बड़ी मेमसाहब ने बुलाया है, बड़ी मेमसाहब से कहेगा, शर्मा मैडम ने बुलाया है। अब कौन एक-दूसरे से पूछे। सब मन ही मन कुढ़ती रहती हैं। खिलाएं हम, काम लो तुम। नखरे भी करने लगा था। कल सामने के सामने आलू की सब्जी फेंक दी। कहा, बासती है।

खेलने के लिए कॉलोनी के बच्चों की मजबूरी। उन्हें खेल में साथी चाहिए और जनक जैसा साथी कहां मिलेगा। उसमें पहाड़ी जीवट था। बेहद चुस्त और फुर्तीला। वो पेड़ पर चढ़कर लकड़ी काट बैट बना सकता था, खाई में उतर गेंद ला सकता था। पिकनिक वगैरह पर ढेर-बोझ उठाकर पैदल चल सकता था। वो आंधी-पानी से नहीं डरता था, आनन-फानन में सांप-बिच्छू मार सकता था। गरीबी और हालात ने उसे अत्यंत प्रत्युत्पन्नमति बना दिया था। कहीं भी कुछ भी जुटा सकता था। नहीं जानता था, नहीं समझ पाता था तो पढ़े-लिखे ऊंचे तबके के लोगों की अंगरेजी बातें। कब क्यों खुश होकर क्या करते हैं, कब क्यों नाराज होते हैं, पहेली ही रही उसके लिए।

आखिर बच्चा ठहरा।

उसे वो सब चाहिए था, जो और बच्चों के पास था। फिर, वो किस बात में कम था? जनक हर खेल में अपने से दुगनी उमर के बच्चे को पछाड़ सकता था। उसे दौड़कर पकड़ लेना असंभव था, पर इधर वह बहुत बदमाश हो गया था। पहले बैटिंग-बौलिंग, बाद में फील्डिंग। फुटबाल-हॉकी में गोलकीपर नहीं बनेगा। बाउंड्री के बाहर गेंद चली जाए तो नहीं लाएगा। सब बारी-बारी से लाओ। उस दिन प्रमोद की घड़ी चुरा ली। उसकी बेहूदा हरकतें बढ़ती ही जा रही थीं। आए दिन छोटी-मोटी चोरी होती रहती। अमरूद-अनार कभी पकने नहीं देता। फल वाले के ठेले से आम चुरा लेता। खड्ग बहादुर को आदेश मिला, इसे घर छोड़कर आओ। कॉलोनी का सारा 'एटमोसफियर' बिगाड़ रहा है।

अरे हां...मेमसाहब ने एक साल तक तो निबाहा, फिर फीस और अन्य खर्चे बंद कर दिए। नाश्ता तो तीन महीने बाद ही बंद हो गया था। जनक ने रसोइए से कहा, "चाय में स्वाद नहीं है। उबली पत्ती, फिर उबाल देते हो क्या?" क्या करें, कमजात अपना भला-बुरा समझता ही नहीं। हमारे पास रहता तो जिंदगी बन जाती। जहां तक पढ़ता, पढ़ाते। नौकरी से भी चिपका देते, पर नहीं। अजीब अड़ियल लड़का है।

खड्ग बहादुर ने जनक की खूब पिटाई लगाई। इधर वो थोड़ा गुमसुम-सा दिखाई देता था। स्कूल बंद। बच्चे उसे साथ नहीं खिलाते। वैसे भी जनक तब ही पुकारा जाता था, जब और कोई उपलब्ध न हो।

जामुन के पेड़ पर चढ़ा जामुन तोड़ रहा था। डाल सहित नीचे आ गिरा। ज्यादा कुछ नहीं हुआ। पांव में मोच आ गई। जाने क्या-क्या पत्ते सेंक कर बांधता रहा खड्ग बहादुर। फिर उसे छोटी-सी लाठी थमा दी। भला नौकरी-पेशा आदमी कहां तक बैठा उसे सुग्गे की तरह पोसता रहता।

जनक छोटी-सी लाठी के सहारे इधर से उधर फुदकता देखा गया। उसकी मोच ठीक होने में नहीं आ रही थी।

उसका गोरा चेहरा पहले पीला पड़ा, फिर लाल। बगीचे के नल के पास बेहोश पड़ा मिला। तेज बुखार था उसे। अस्पताल ले गए। पांव में गैंग्रीन हो गया था। घुटने के ऊपर पांव काटना पड़ा। अस्पताल से बैसाखी के सहारे लौटा जनक।

यहां तक तो सब ठीक है, मगर क्लब के पास उसकी लाश।

किसने मारा उसे?

# जरा सी बरसात से

"हैलो डॉगी।" बच्चे ने कुत्ते से कहा।

कुत्ता सड़क और फुटपाथ के बीच भरे गंदले पानी में परमानंद में नयन मूंदे पड़ा था। बच्चे के आह्वान पर जरा-सा हिला, सिर उठाकर देखा, अभिवादन के प्रत्युत्तर में हल्के से पूंछ हिलाई और फिर से सो गया। बच्चा इतनी जल्दी हार कहां मानने वाला था।

"डॉगी! चलो, घर चलें।" बच्चे ने नन्हा सा गदबदा हाथ आगे बढ़ाया, कुत्ते को सहलाने के लिए।

"केशव!" मोटी औरत चीख पड़ी। "केशऽऽव! दूर हटो! इधर आओ। मेरी ऊंगली पकड़ कर खड़े रहो। इतना गंदा कुत्ता है! छिः...छिः छूना मत! रीना, जरा भाई का ध्यान रखो।" मोटी औरत ने बच्चे के बाल ठीक किए, टी शर्ट को नन्हे से नेकर के अंदर डाला और फिर एक नजर बस की तलाश में दूर तक फेंकी।

बड़ी अजीब, अलसाई, थकी-सी ढलती दोपहर थी। सुबह से बेहद उमस थी। दोपहर को पानी बरसा! मौसम की पहली बरसात। अब जहां-तहां पानी भरा था। प्रखर धूप ने भीषण उमस पैदा कर दी थी। लगता था, फिर बरसात होगी! बस स्टैंड पर खड़े लोग कभी आकाश की ओर देखते, कभी दक्षिण की ओर! बस को इसी दिशा में से आना था। उमस में उबलती, थकी, हारी उनींदी सी भीड़, क्राफर्ड मार्केट की

व्यस्त सड़क, मजे में सोया कुत्ता और वो बच्चा! एक कोने में चार जींसधारी युवक खड़े थे। वो शाहरुख खान और ऋतिक रोशन का तुलनात्मक विश्लेषण कर रहे थे। एक लड़का कानों पर वॉकमैन लगाए अंग्रेजी की किताब पढ़ रहा था। तीन लड़कियां भी थीं, जो शायद लड़कों के ही कॉलेज में पढ़ती थीं। वो धीरे-धीरे गुपचुप बातें कर रही थीं और कनखियों से लड़कों को देख, हर तीन मिनट पर खिलखिला कर हँस पड़ती थीं। एक अधेड़ आदमी दो बड़े-बड़े थैलों में ढेर सारे प्लास्टिक के डिब्बे भरे खड़ा था और गुजराती के अखबार से पंखा झल रहा था। मोटी औरत बच्चे का हाथ थामें, बस स्टैंड के खंबे से सटकर ऊंघने लगी थी। उसके पास ही खड़ी दस-बारह साल की बच्ची बड़े ध्यान से सुपरमैन के कारनामे पढ़ रही थी। पोनी टेल में कसे बालों और आंखों पर चढ़े मोटे फ्रेम के चश्मे ने उसे गजब का पढ़ाकू व्यक्तित्व दे दिया था। बस स्टैंड से चार-पांच कदम की दूरी पर बेनाम सा कोई छतनार पेड़ था। इस पेड़ के चारों ओर चबूतरा बना था। एक ओर सफेद टाइलों से बना छोटा-सा देवालय था। देवालय के एक ओर लिखा था श्रद्धा और दूसरी ओर सबूरी। चबूतरे को बाकी जगह गले में टोकरी लटकाए फेरीवालों ने घेर रखी थी। पानवाले, भेलपूरी वाले, चॉकलेट, बिस्कुट वाले और फ्रूट चाट वाले।

बस स्टैंड के ठीक पीछे, थोड़ा हटकर दमकल विभाग वालों का नल था। बरामदे की चप्पा-चप्पा जगह भी छोटी-बड़ी दुकानों ने घेर रखी थी। बस, उस नल के आसपास जगह खाली थी, क्योंकि उस नल से टेक लगाकर एक औरत बैठी हुई थी। उसने चटख नीले फूलों वाला घाघरा और तंग लाल चोली पहन रखी थी। पास में अधखुली मैली-सी गठरी रखी थी। वो औरत हाथ में प्लास्टिक का सस्ता सा शीशा पकड़े बाल संवार रही थी। जिस अदा से वह शीशा देख-देखकर बाल संवार रही थी, उससे उसकी दुकानदारी में कोई शक नहीं रह जाता था। वो पूरी कोशिश कर रही थी अपनी दुकान जमाने की। कभी कनखियों से फेरी वाले भैया लोगों को देख मुस्कान की मूठ चलाती, कभी आते-जाते राहगीरों पर मीठा आमंत्रण लुटाती और कभी आश्वस्त करती सी एक नजर अधेड़ गुजराती पर फेंकती। चुस्त-चौकन्नी बिल्ली-सी वह औरत बाल काढ़ने और शीशा देखने में मशगूल जरूर लगती थी, पर उसकी अन्वेषी दृष्टि हर तरफ थी। उचटती नजर से वह जींस-धारी युवकों को भी टटोल लेती थी। फिर उन्हें अपनी पहुंच से बहुत ऊपर समझ, पुनः भैया लोगों और राहगीरों पर ही सारा आकर्षण खर्च करने लगती।

बस स्टैंड पर उमस से परेशान चिपचिपाते लोग उचक-उचककर सड़क के सुदूर छोर को ताक रहे थे। बसें आ रही थीं, लोग चढ़-उतर रहे थे। नए लोग

आ-आ कर पुरानी भीड़ से जुड़ रहे थे। इस उमस भरी बोझिल दोपहर से, बिल्कुल बेखबर और चुस्त-चौकन्ना कोई था तो वह बच्चा! चश्मे वाली लड़की अपनी किताब में डूब चुकी थी और मोटी औरत हल्के-हल्के खर्राटे भर रही थी। पानी में आधा डूबा कुत्ता मजे में सो रहा था। बच्चा धीरे-से अपना हाथ छुड़ा, फिर से कुत्ते के पास जा पहुंचा। वो दमकल विभाग के नल के पास उकड़ूं बैठ गया और बड़ी तन्मयता से कुत्ते से बातें करने लगा।

"डॉगी! दूध पियोगे? चॉकलेट मिल्क! बिक्की खाओगे? डॉगी! तुम्हारा नाम क्या है? कुत्ता कभी अधखुली आंखों से उसे देखता, कभी पूंछ हिलाता और फिर सो जाता। जैसे ही बच्चा अपना हाथ कुत्ते को छूने के लिए बढ़ाता, फिर मां और बहन हरकत में आ जाती। मां बच्चे को डांट-फटकार कर अपने पास बुला लेती, बहन मां के फिर ऊंघ जाने की राह देखती और मोटी औरत घनघोर कुढ़न से घड़ी देख, बस की तलाश में गर्दन लंबी करती।

बच्चा अब फिर कुत्ते के पास था।

"डॉगी! टिंकिल टिंकिल लिटिल स्टार सुनोगे? टिंकिल, टिंकिल स्टार..." और बच्चा अपने ज्ञान का सारा कोष कुत्ते पर लुटाने लगा।

अब तक कुत्ता आश्वस्त हो चुका था। उस नन्हें से बच्चे से न तो कोई खतरा था, न ही कुछ मिलने की संभावना। उसांस भर, करवट बदल, आंखें मूंद वह अपनी ही किसी गोपनीय योजना में डूब गया। जब हर कोशिश करने पर भी कुत्ते ने बच्चे का दोस्ती लिए बढ़ाया हाथ नहीं थामा तो उसने किसी और दिलचस्प साथी की तलाश में निगाह इधर-उधर दौड़ाई।

चटख शोख कपड़े पहने, बाल काढ़ती औरत उसे, खासी दिलचस्प लगी। वो लपककर उसके पास पहुंच गया।

"हैलो आंटी, वो डॉगी आपका है?''"

मोटी औरत तुरंत सतर्क हुई। फिर सोचा, नीले फूल घाघरे वाली औरत कुत्ते से ज्यादा सुरक्षित है। आखिर ढाई साल के बच्चे का क्या बिगाड़ लेगी! वो फिर ऊंघ गई।

'आंटी, आपके पास बॉल है?" बिना उत्तर की प्रतीक्षा किए बच्चा गठरी को टटोलने लगा। उसे गठरी में अनंत संभावनाएं नजर आ रही थीं। नीले फूल घाघरे वाली औरत इस अप्रत्याशित व्यवधान से लड़खड़ा गई। उसने गठरी पास खींची और कसकर बांधने लगी। बच्चे ने शीशा और कंघा उठा लिया। शीशे में अपना चेहरा देख, बेवजह किलकने लगा। नीले फूल घाघरे वाली ने शीशा-कंघा

छीना। वो इस अनामंत्रित अतिथि को लेकर बेहद उलझन में पड़ गई। इस चपल और अत्यंत उत्सुक बच्चे को वह जल्द से जल्द अपने पास से हटा देना चाहती थी। बच्चा उसके धंधे के लिए घातक था, क्योंकि बच्चा जहां भी होता, सारा ध्यान वहीं बटोर लेता था। आसपास की चीजें धूमिल पड़ जाती थी। जितनी जल्दी हो सके, इस बच्चे को भगाना हैं उसने कड़क निगाह से बच्चे को घूरा और फिर बाल काढ़ने लगी। बच्चे ने मुस्कराकर अपना सिर एक ओर घुमाया और बड़े इत्मीनान से बातचीत शुरू की।

"ये डॉगी आपका है? इसका नाम क्या है आंटी? ये चॉकलेट मिल्क पीता है? सैंडविच खाता है? चीज सैडविच? आपके पास और डॉगी हैं? मुझे भी छोटा-सा डॉगी चाहिए। मेरे पास सचमुच का डॉगी नहीं है। टेडी बीयर है, कैट है, पैरट है, मंकी भी है। मुझे डॉगी चाहिए। आप मुझे डॉगी ला दो न।" औरत ने बड़ी बेजारी से सिर हिलाया। ये क्या मुसीबत गले पड़ गई। उसने बाल बांध लिए और गठरी खोल छोटा-सा डिब्बा निकाला। बच्चा उत्सुकता से देखता रहा। वैसे भी उसे बाल काढ़ती औरत से किसी जवाब या प्रतिक्रिया की जरूरत नहीं थी। वो निपट अकेले भी किसी कुत्ते, पेड़ और किसी अजनबी या खुद अपने आपसे बातचीत कर सकता था। औरत ने डिब्बा खोला; कंघा-शीशा उसमें रखा और लिपस्टिक पाउडर निकाल लिया। वह बच्चे की तरफ पीठ कर मेकअप करने लगी। उसने डिब्बा निकालने-रखने के दौरान बच्चे की तरफ देखा तक नहीं। इस उपेक्षा से भी बच्चे की दिलचस्पी में कोई अंतर नहीं आया! भैया लोग बड़े कौतुक से ये तमाशा देख रहे थे। जींसधारी लड़के भी उस रूपाजीवा पर दबी-ढंकी नजर डाल मुस्करा रहे थे। नीले फूल घाघरे वाली सचमुच परेशान थी। वो आदमियों से निबट सकती थी, इस अनजान अबोध से कैसे पीछा छुड़ाए, उसकी समझ में नहीं आ रहा था। ये प्यारा-सा गोलमटोल बच्चा उसके भावजगत में धंसा चला आ रहा था। बच्चे ने गठरी के गोल उभार को छुआ।

"आपके पास बॉल है? क्रिकेट खेलें?" उसने कोई काल्पनिक बॉल फेंकी और काल्पनिक बेट की मूंठ पकड़, पूरी ताकत से बैट घुमाकर चिल्लाया, "हाउज्जैट" भैया लोग हँस पड़े। जींसधारियों ने साथ दिया, लड़कियां भी मुस्कराई। मोटी औरत ने उनींदी आंखें खोल बच्चे को देखा, सबको उसे देखते देख, उसकी सुरक्षा के प्रति आश्वस्त हो, पुनः ऊंघ गई। चश्मेवाली लड़की ने उसे देखा, मुस्कराई और चश्मा ठीक कर फिर किताब में उतर गई। कुत्ते ने आंखें खोल कर देखा।

''आंटी! आपके पास वॉटर बोटल नयी है? मुझे पानी चाहिए।''

''केशऽऽव!'' मोटी औरत तुरंत आई और बच्चे को घसीटती-सी अपने साथ ले गई। उसने उसके मुंह को अपने आंचल से पोंछा, बाल ठीक किए। टी शर्ट नेकर में डाला और गुर्राई, ''तुम थोड़ी देर चुपचाप नहीं बैठ सकते? रीना भाई को पानी पिलाओ! हे ईश्वर! कोलाबा की बस कब आएगी।'' ईश्वर ने कोई जवाब देना जरूरी नहीं समझा। मोटी औरत ने भी थोड़ा पानी पिया और ऊंघ जाने की तैयारी करने लगी। भाई को पानी पिला, खुद भी पानी पी, चश्मे वाली लड़की ने वॉटर बॉटल वापस अपने बैग में रखी और सुपरमैन के साथ अफ्रीका के बीहड़ों में खो गई।

बच्चा फिर नीले फूल घाघरे वाली के पास।

''हलो आंटी, आप पानी पिओगी? मुझे भूख लग रही है। आपके पास चॉकलेट है? बच्चा ध्यान से गठरी को देख रहा था।

''नहीं।'' नीले फूल घाघरे वाली कड़ककर बोली। बिना पलक झपकाए बच्चा तुरंत बोला, ''अच्छा कोई बात नई, ओनली वन रूपी है?''

भैया लोग बच्चे की इस चतुराई पर खिलखिलाकर हँस पड़े? मोटी औरत ने चश्मेवाली लड़की को डांटा। वो किताब में घुसी पड़ी है और भाई का ध्यान नहीं रखती! चश्मे वाली लड़की ने किताब बंद कर अपने बैग में डाली और बच्चे की ओर बढ़ी। बहन को आता देख बच्चा भाग लिया। नन्हे-नन्हे पांव फुटपाथ से सड़क, सड़क से फुटपाथ, चबूतरे के चारों ओर दमकल नल के सहारे बैठी नीले फूल घाघरे वाली औरत को घेरते हुए भागने लगे! चश्मे वाली लड़की उसे पकड़ने, उसके पीछे भागने लगी। बच्चा हँसता, खिलखिलाता इधर से उधर भाग रहा था। सबको घेरते, फलांगते। जान-बूझकर कभी भैया लोगों की टांगों से लिपट जाता, बहन को आते देख फिर भागता। कभी दमकल नल पर झूलता, कभी नीले फूल घाघरे वाली के कंधों पर झूमता, पीठ से लिपटता और फिर भागता। वो जींसधारियों के घेरे, लड़कियों की गपशप, अधेड़ गुजराती और मोटी औरत की नींद सबको ताबड़-तोड़ भंग कर, भाग रहा था। चश्मे वाली लड़की भी किताब पढ़ते-पढ़ते ऊब गई थी। उसे भी इस खेल में मजा आने लगा। वो चाहती तो दो मिनट में भाई को पकड़ सकती थी, पर वो उसे बच निकलने का पूरा मौका दे रही थी। बच्चे की निश्छल किलकारियों ने जड़, अलस ढलती दोपहरी की धज्जियां उड़ा दीं। धीरे-धीरे सब इस खेल में शामिल हो गए। भैया लोग पांव सिकोड़ कर उसे भागने की राह दे रहे थे, जींसधारी लड़के भी इधर-उधर हटकर उसे राह दे रहे थे। अधेड़ गुजराती ने अपना भारी थैला उठाकर

सामने रख लिया। कहीं भागता बच्चा उससे टकराकर गिर न जाएं। हँसता-खिलखिलाता बच्चा भाग रहा था, कूदता- फलांगता! सड़क से फुटपाथ, फुटपाथ से सड़क, दमकल नल और चबूतरे के चारों तरफ! नीले फूल घाघरे वाली औरत घुटने समेटे हाथ बांधे ये भाग-दौड़ देख-देखकर मुस्करा रही थी। उसकी पीठ बरामदे से गुजरने वाले राहगीरों की तरफ थी और आंखें भागते बच्चे पर!

भागते-भागते बच्चा अचानक फिसला और पानी में सोए कुत्ते पर जा गिरा। कुत्ता खौंखिया कर उठा और अपने पैने नुकीले दांत फाड़े बच्चे पर झपटा। बच्चा डर के मारे चीख पड़ा। बिजली की फुर्ती से नीचे फूल घाघरे वाली ने बच्चे को गोद में उठा लिया। बच्चे की मां और बहन भी लपकी। जींसधारी लड़के-लड़कियों से अंग्रेजी में बोले कि चेक करो, कहीं कुत्ते का दांत तो नहीं लग गया। अधेड़ गुजराती अखबारी पंखा फेंक, आसपास किसी डॉक्टर की दुकान तलाशने लगे। भैया लोग तैयार खड़े थे। चॉकलेट, पान, भेलपूरी, चाट...जो चाहे ले ले, पर चुप हो जाए ये बच्चा। चटख नीले घाघरे वाली ने अपने घाघरे से बच्चे का जिस्म पोंछा। पास खड़ी मां के हाथ से छोटा-सा तौलिया खसोट लिया। उसका मुंह पोंछा और अपनी बांहों में झुला-झुला कर चुप कराने लगीं। "हां, हां, मेरा राजा...डागी नई काटा रे...तू काय को रोता है, डागी गंदा, मैं मारेगी डागी को, तू पन चुप कर, मेरा अच्छा बाबू...ऐ रामखिलावन एक चॉकलेट दे तो, अच्छा वाला। मेरे हिसाब में लिख लेना, ए शंकर छोटा-सा मीठा पान तो बना, गरी-गुलकंद मार के तू पान खाएगा, बाबू मेरा..."

बच्चे को चोट कहीं नहीं आई थी। बस, बेहद डर गया था। चॉकलेट और मीठे पान के आश्वासन से उसका रोना थम गया। धीरे-धीरे सुबक रहा था। चश्मे वाली लड़की, नीले फूल घाघरे में लिपटे अपने भाई को देख रही थी, क्या करे? मां भी बड़ी असहज थी, कैसे करे? वो रह-रहकर अपनी बांहें बच्चे की ओर बढ़ा रही थी। चॉकलेट आ चुकी थी और बच्चे का सारा ध्यान उसे खोलने में था। बच्चे को चॉकलेट खोलते देख भीगा कुत्ता भी पास आ गया और धीरे-धीरे सुलह की अदा में पूंछ हिलाने लगा। मोटी औरत कुत्ते को हिश्श...हिश्श कर भगाने लगी। उसने चश्मे वाली लड़की को अपने और पास खींच लिया। कुत्ता डटा रहा। बच्चे ने चॉकलेट खोली और मुंह में भर चुभलाने लगा। उसे चॉकलेट अच्छी लगी। उसने एक टुकड़ा मुंह से निकाल नीले फूल घाघरे वाली की तरफ बढ़ाया। अनायास ही उसका मुंह खुल गया और बच्चे ने चाकलेट उसके मुंह में रख दी। बच्चा मुस्कराया और तपाक से एक चॉकलेटी पप्पी उसके गाल पर टिका, बोला, "थैंक्यू आंटी!"

दिन दहाड़े खुली सड़क पर अचानक वो औरत मां बन गई थी।

# अति अथाह अति औघरों

कान से मोबाइल सटाए हूं, हां, न, नहीं, करते-करते उसने आंखों और हाथ के इशारे से अंदर जाने की अनुमति दी। परदा हटा मधु अंदर पहुंची।

"नमस्कार गुरुदेव।"

"अच्छा, तुम हो। आओ आओ बैठो। कब आई!"

"जी! सीधे बस स्टैंड से चली आ रही हूं।"

"कुछ चाय-वाय।" उन्होंने कोई अदृश्य घंटी दबाई।

विभागीय चपरासी बिरदीचंद प्रगट हुआ। पहले कसकर मुस्कराया और फिर नमस्कार की मुद्रा में थोड़ा-सा सिर झुकाया।

"देखो, इसके लिए चाय और कुछ खाने को हो, तो ले आओ। यहां न हो तो कैंटीन से ले आओ।" गुरुदेव ने अपनी कुर्सी घुमाई। "बोलो क्या खाओगी।"

"जी, बस चाय और दो बिस्किट चलेंगे।"

बिरदीचंद चला गया।

गुरुदेव अपनी अस्त-व्यस्त मेज पर कुछ ढूंढ़ने लगे।

इतने वर्षों में यहां कुछ भी नहीं बदला। विद्यार्थी-शोधार्थी आए और चले गए, पर विभाग में वही वातावरण है। किताबों का अंबार, बेहिसाब कागजों के पुलिंदे। इधर-उधर कुतुब मीनार के डिजाइन पर चुनी गईं शोध पांडुलिपियां।

"ये लो!" अंततः गुरुदेव ने अभीष्ट पत्र ढूंढ़ ही निकाला।

दिल्ली में कोई गोष्ठी थी। उसका ही निमंत्रण पत्र था।

"इस गोष्ठी में तुम्हें पत्रवाचन करना है। एंटी हीरो की अवधारणा : समताएं और विषमताएं। संस्कृत, हिन्दी व अंग्रेजी साहित्य के आधार पर तुलनात्मक अध्ययन प्रस्तुत करो। मूल विषय यही है। अपनी रुचि के अनुसार जो पक्ष चाहो, चुन लो, और हां, एंटी हीरो को हिन्दी में क्या कहोगी, प्रतिनायक?"

"नहीं गुरुदेव! प्रतिनायक तो नहीं चलेगा।"

"देख लो! भवभूति के उत्तर रामचरित से आरंभ करो। डॉ. रामविलास शर्मा को फिर से देख डालो और अंग्रेजी में।" उन्होंने अपनी दाढ़ी में ऊंगलियां चलाईं। "ऐसा करो। मकरंद से मिल लो। अंग्रेजी साहित्य पर उसकी अच्छी पकड़ है, तुम्हारी सहायता कर देगा।" गुरुदेव हाथ में पकड़ी पुस्तक में डूब गए।

'मकरन्दजी से सहायता ले लूं।'

मधु ने सोचा, अपना नाम आकाश पर टांकने का इससे छोटा कोई रास्ता नहीं। इन दिनों उनकी नवीनतम पुस्तक की चर्चा गर्म थी। हर चौथे, पांचवें दिन समीक्षा, खंडन-मंडन प्रकाशित हो रहे थे। पुस्तक क्या थी, स्वयं को यूलिसिस मान, विश्व (पढ़े स्त्री-देह) यात्रा पर निकले श्री मकरंद का साहसिक अभियान संग्रह था। कब किस प्रसिद्ध लेखिका ने उन्हें सुर्ख गुलमोहर के गुच्छे भेंट किए, किसने अपना सुंदर चित्र भेजा, कौन कश्मीर से जमावार का गाउन लाया, कौन जबरन टैक्सी में घुस आई। और इससे भी आगे, कौन अपने खर्चे पर किताबें छपवा रहा है, परिचर्चा, समीक्षा और पुरस्कार सब प्रायोजित कर रहा है श्री मकरंद के सजे-धजे राज-दरबार की चहल-पहल का संक्रमण उनके परम मित्र और अनुयायी अमितजी को भी लगा, पर वो श्री मकरंद जैसी भाग्यलिपि लिखाकर नहीं लाए थे। कुछ वर्ष उन्हें 'सहने' के बाद उनकी पत्नी ने उनके नितंबद्धय पर प्रबल पाद प्रहार कर घर से निकाल दिया। वो स्वयं भी व्याख्याता थीं और परिसर स्थित आवास उनके नाम था।

बिरदीचन्द प्रगट हुआ।

चाय आ गई। गुरुदेव ने बीड़ी निकाली। वो बीड़ी सुलगा कर सुट्टे मारने लगे। मधु चाय के घूंट भरती हुई उनकी दाढ़ी के आग पकड़ने की प्रतीक्षा करती रही। सदा की तरह...

यह कोरा संशय ही है या औरों को भी लगता है। सिंह के अयाल जैसे केश और लंबी दाढ़ी रखने वालों को बीड़ी, सिगरेट से गंभीर खतरा है। बीड़ी सुलगाते समय या सुट्टे मारते समय कभी भी छोटा-मोटा लंका कांड घटित हो सकता है।

"तो मैं चलूं, गुरुदेव।"

"तुम मकरंद से मिल लोगी?"

"जी हां! क्यूं नहीं।"

वो फिर मेज पर कुछ ढूंढ़ने लगे।

"यानी कि तुम्हें कुछ नहीं पता।"

क्या नहीं पता (भगवन्!) श्री मकरंद असमय स्वर्ग की ओर प्रस्थान कर गए। नहीं, तब उनके दर्शनों की आज्ञा क्यों कर मिलती। तो क्या सड़क पार करते समय किसी युवती के स्थान पर भैंस से जा टकराए।

जो पुस्तक गुरुदेव इतनी तल्लीनता से पढ़ रहे थे, मेरी ओर बढ़ा दी। श्री मकरंद की नवीनतम पुस्तक। पृष्ठ उलट-पुलट कर देखे। मधु ने और लौटा दी।

"इसमें क्या नयी बात है?"

"नयी बात यह है।" किसी जादूगर की अदा से गुरुदेव ने एक विशेष पृष्ठ खोल मधु को थमा दिया!"

हां, यह बात जरूर नयी थी।

इस पुस्तक में श्री मकरंद ने सर्वनाम के स्थान पर संज्ञा का उपयोग किया था। उन्होंने नेहा शुक्ला से अपने संबंधों (कौन से संबंध? यह नहीं लिखा) को स्वीकार किया। उनके ऐसे मधुर संबंध (ओह! तो कड़वे-कसैले खट्टे संबंध भी बनाए जाते होंगे!) अनेक महिलाओं से हैं। उदारतावश उनके नाम भी दिए थे, लेकिन, यह सब उनका निजी मामला था। विश्वविद्यालय प्रबंधन और छात्रों का इससे कोई लेना-देना नहीं।

"बड़ी बहादुरी दिखाई पट्ठे ने। स्पष्ट स्वीकार कर लिया। अब कर लो, जो करना है।"

"उनका तो कोई क्या करेगा? हां, जिनके नाम उन्होंने दिए हैं, उनका जीना दुश्वार हो जाएगा।"

"बस, यही तो बात है!" गुरुदेव ने मेज पर हाथ मारा। धूल का हल्का सा गुबार उठा। "गुड़ खाएं और गुलगुलों से परहेज करें।"

परिचित महिलाओं और शोध छात्राओं के नाम लिखने की जो अभद्रता, अशालीनता और कुत्सित प्रवृत्ति मकरंद ने दिखाई थी, गुरुदेव उससे यत्किंचित भी विचलित नहीं थे।

"गुलगुलों से परहेज श्री मकरंद को भी है, श्रीमन्! जरा ध्यान से देखिए। उन्होंने केवल कठकुमारियों, परित्यक्ताओं और असमर्थ-असहाय सहकर्मियों के ही

नाम दिए हैं। सामर्थ्यवान, 'अन्य' शब्द के पीछे छुपा दिए गए हैं।''

''मैं समझा नहीं।''

''गत वर्ष जयपुर आई.जी. की पत्नी भी शोध कर रही थी।''

''हां, तो?''

''उनका नाम नजर नहीं आ रहा। मधुर संबंध तो उनसे भी थे।''

''किसने कहा?''

''स्वयं आई.जी. पत्नी ने। उनके पास अनंत समय था, श्री मकरंद के पास अनंत प्रेम! जब तक उनके पति जयपुर रेंज के आई.जी. रहे, शोध कार्य चलता रहा।''

''अब यह तो कयास है।''

''कयास नहीं है श्रीमन्। पति का स्थानांतरण होने पर बेचारी बहुत रोई-धोई, अत्यंत व्यथित थी। श्री मकरंद रचित कई कविताएं भी उसने मुझे दिखाई थीं। प्रश्न अपने स्थान पर ही है। उनका और ऐसी ही अन्य प्रभावशाली महिलाओं का नाम क्यूं नहीं लिया? उत्तर अत्यंत सरल है। आई.जी. साहब 'एनकाउंटर' करवा देते। नाम उनका ही लिया गया है, जिनकी ओर से ज़ान-माल को कोई खतरा नही है।

''मुझे इतनी सारी जानकारी नहीं है। मैं तो उसके साहस का, नैतिक साहस का प्रशंसक हूं। परदे के पीछे सब करते हैं। मकरंद में दम है, उसने छाती ठोंक स्वीकार किया, यही बात प्रभावित करती है।''

''कहीं हम साहस शब्द का दुरुपयोग तो नहीं कर रहे? सारा साहस इसी बात में निहित है कि कब, कहां किसे, कैसे पटाया। शब्दों से या रुपयों से। अर्चना ठीक कहती है। सारा साहस और रोमांच एक ही जगह स्त्री देह में उपलब्ध है, वह भी 'दर्जन के हिसाब से सस्ते' की हांक पर।''

''तुम इतनी बेबाकी से लिख सकती हो अपने संबंधों के बारे में?''

''क्यों लिख दूं। इस कृत्य का सामाजिक संदर्भ क्या है? जब तक कोई महान सामाजिक क्रांति, ऐतिहासिक परिवर्तन और पारिवारिक उथल-पुथल न हो, निजी संबंध सार्वजनिक करने की नहीं, निबाहने की चीज हैं।

''बस, आ गई न, घूम फिर कर वहीं।''

''मेरी बात पूरी नहीं हुई श्रीमन्! सबका जीवन अलग होता है, अक्सर मार्ग और गंतव्य भी अलग। तो सबका कर्म और प्राप्य एक-सा कैसे होगा? चलिए। तर्क के लिए मान लें कि थोड़े फेर-बदल के साथ लगभग वही मार्ग होता है और

वहीं गंतव्य। तब भी एक ही माता-पिता की दो संतानें न एक-सा जीवन बिताती हैं, न एक-सी रुचि रखती हैं। बात व्यक्तिगत रुचि की भी हो सकती है।''

''अहाहा...क्या कहने है आपके। भारतीय सन्नारियां। वो तो 'सपनेहूं आन पुरुष जग नाहीं' के आदर्श पर चल रही हैं।''

''तो आप इस संभावना को भी संज्ञान नहीं देते?''

''कैसे मान लूं। कभी किसी गोरे-चिट्टे खूबसूरत युवक को देखकर तुम्हारा मन नहीं हुआ उससे संपर्क साधने का।''

''यदि कोई उमड़ी नदी को पार करने के प्रयत्न में हो, तेज बहाव के विरुद्ध, थकान से निढाल हाथ-पांव तो उसकी सारी ऊर्जा अपनी नाक पानी से ऊपर रखने में लगी होगी। नदी किनारे के मनोरम दृश्य, सुंदर जीव-जंतु भला उसे क्या दिखाई देंगे।''

''और किनारे पहुंचकर?''

''और किनारे पहुंचकर वह अपने गंतव्य की ओर चल देगा। आखिर सबका लक्ष्य एक-सा तो नहीं होता। कुछ जलक्रीड़ा के लिए तैरना सीखते हैं, कुछ केवल नदी पार करने के लिए।''

''यानी अवसर का अभाव रहा। अवसर और अवकाश मिलता तो तुम भी लाभ उठाती।''

''अवसर और अवकाश छोड़े ही कहां है आप लोगों ने। मुझे बताइए, कहां है वो बाजार, हाट, जहां पुरुष देह बिकती हों। मैं लवली जैसी दिलेर औरत को साथ ले, एक चक्कर तो लगाऊं, देखूं क्या-क्या उपलब्ध है।''

''बाजार-हाट की क्या जरूरत है, आसपास ही कितने कृपाकांक्षी...''

''ठहरिए, इस बात को यूं भी कहा जा सकता है कि स्त्री सर्वसुलभ रहे। नहीं तो वह ढोंगी, मक्कार और झूठी है।''

''अच्छा छोड़ो, बहुत समय नष्ट हो गया। तुम मुझे व्यर्थ के तर्क जाल में उलझा रही हो।''

हाथ फिर मेज पर! धूल का गुबार।

''सच यही है कि हमारे यहां सब साले दूध के धुले बैठे हैं।'' उन्होंने हाथ ऊपर कर अंगड़ाई ली।

''अच्छा, अब तुम जाओ, अपने काम से लगो। कल शाम तक मुझे पत्र का प्रथम प्रारूप दिखा दो।''

''जी! प्रयत्न करती हूं।''

गुरुदेव के श्री चरणों में प्रणाम निवेदन कर चली आई, लेकिन गुरुदेव की बातें चुभती रहीं! क्या सुदर्शन पुरुषों को देख, उनके सान्निध्य की, संसर्ग की इच्छा जाग्रत नहीं हुई। अब इसे संयोग कहें या कुछ और, परिवार ने जिसे 'वर' रूप में चुना, अत्यंत सुदर्शन था, अब भी है। सुदर्शन से बढ़कर, सहृदय है। उन्होंने कभी मधु का आकाश सीमित नहीं किया, बल्कि अपने हिस्से की धूप भी उसे दे दी। छह महीने की बीमार बेटी की देख-रेख की। "तुम जाओ। ऐसी साहित्यिक गोष्ठियां ही व्याख्याता के लिए प्राणवायु होती हैं", उसका अपना परिवार, सखी-सहेलियां सब स्तब्ध रह गए थे। कोई भारतीय पति ऐसा करता है भला! "प्रेम उदात्तीकरण की प्रक्रिया है और उदात्तीकरण क्षरण पर आधारित नहीं होता। हम दोनों अपने-अपने क्षेत्र में आगे बढ़ें, तब ही जीवन पथ पर साथ-साथ आगे बढ़ पाएंगे। ऐसा कहा था उन्होंने! हां, सीमित आय में संयुक्त परिवार के उत्तरदायित्व निबाहने का कठोर-करुण संघर्ष अवश्य था। पुस्तक खरीदना विलासिता लगती थी। तब लगता था। काश! मेरी शादी भी किसी अफसर से हुई होती, डॉक्टर, इंजीनियर या कलेक्टर। मैं भी सजी-धजी, गहनों से लक-दक ए.सी. कार में घूमती, पर यह जो मन का कागा है न। जोर-जोर से कांव-कांव कर उठता। तुम यूं गुड़िया की तरह कितने दिन उठक-बैठक कर पाती। फूलदान और कालीन की तरह जी कर संतुष्ट रह लेती? इतने-इतने विद्यार्थियों के स्नेह-आदर को भुला, चैन से जी लेती? सबसे बड़ी बात। अपना निजी स्वतंत्र वृत्त न होने पर विद्रोह नहीं करती।

लवली, मेरी परम सखी, मेरे विवाह को विलक्षण विवाह कहती है। पर गुरुदेव इस तथ्य की संभावना का भी संज्ञान नहीं लेते। क्या है यह सब और विश्व-विद्यालय, जो नवीन विचारों का संवाहक होना चाहिए, युवा ऊर्जा का केंद्र, क्रांति का उद्‌गम। वहां ऐसे घटिया प्रहसनों पर ही सारी उठा-पटक चलती रहती है।

पिछले वर्ष किसी गोष्ठी में गुपचुप चर्चा का विषय था, विभाग में सबसे सुंदर प्राध्यापिका कौन है? ये प्रकांड पंडित? दिग्गज विद्वान देह में ही उलझे, औंधे मुंह पड़े हैं। स्त्री कब इन्हें रौंद, आगे निकल जाएगी, पता ही नहीं चलेगा। देह में उलझे हैं, इसलिए देह मुक्ति प्रथम प्राथमिकता है। वो मुक्त हों तो कुछ बात बने। नहीं, वहां भी बात कहां बन रही है। जहां देह मुक्त है, प्रदर्शन मात्र से करोड़ों कमा रही है, पहुंच से दूर है। आज यह सूत्र स्त्री की समझ में आ गया है कि पहले आर्थिक मुक्ति, बाद में कुछ और। आर्थिक रूप से परतंत्र व्यक्ति की कैसी मुक्ति! देह हो या दिल या दिमाग। रोटी में भयानक अनुकूलन क्षमता होती है।

चलिए, श्री मकरंद और 'अन्य' लोगों से भी मिल लिया जाए और पुस्तकालय तो जाना ही है?

व्याख्याता कक्ष!

द्वार पर ही स्मिता से भेंट हो गई।

"तुमने कुछ सुना?" और मकरंद पर धिक्कार वर्षा। "कमीना झूठ बोल रहा है अब या तो हम भी पुस्तक लिखें या चुपचाप सुलगते रहें। तुम सोच भी नहीं सकती हमें अपनी डाक में कैसे-कैसे निर्लज्ज प्रस्ताव मिल रहे हैं।"

नेहा शुक्ला भी आ गई।

"कौन मानेगा 'सीसोदिया गार्डंस' में मैं अकेली ही गई थी। छुट्टी का दिन था। हॉस्टल में रहो तो सारे दिन लड़कियां घेरे रहती हैं। इसीलिए कुछ किताबें लेकर शहर के बाहर चली गई थी। वहां मकरंद मिल गया। साथ काम करते हैं, तो बातचीत तो होनी ही थी। इस कंबख्त ने सब लिख मारा।"

"नहीं! पुस्तक तो उसकी रंगीनियों के बारे में हैं।" स्मिता बोली।

"अगर वो नाम न लिखता तो हमारी यह फजीहत न होती। आजकल आए दिन ऐसी पुस्तकें छपती हैं, कोई गंभीरता से नहीं लेता।"

"चुप कैसे रहता?" यह अनिता बोली, "उसे तो स्पष्ट वक्ता, नैतिक साहस और पहुंचे हुए शिकारी का पदक लेना था।"

और भी लोग बहस में खिंचे चले आ रहे थे।

"अगर यही सब बातें सुनंदा लिख देती तो ये सब एकजुट हो कहते... साली अपनी खूबसूरती पर इतराती है। निहायत पालतू किस्म के पति परमेश्वर से बोर हो गई है। हमारे गले पड़ रही थी, हमने लिफ्ट नहीं दी तो व्यर्थ के झूठे आरोप लगा रही है।"

नेहा हँसी!

"ऐसा क्यों कहते? आराम से स्वीकार कर लेते। हां...जी हां! जब और लोग सुनंदा की उदारता से लाभान्वित हो रहे हैं, तो हमी क्यों वंचित रह जाएं। हममें क्या कमी हैं।"

आम राय यह बनी, चाकू खरबूजे पर गिरे या खरबूजा चाकू पर, परिणाम एक ही निकलेगा।

अचानक घंटी बज उठी।

वो गई और नया दल आया। एक बार फिर से "तुमने कुछ सुना?"

"भई, अपने काम से काम रखो, सीधे आओ, सीधे जाओ। तो कौन तुम्हारा नाम लिख देगा। हमारा नाम तो नहीं लिख दिया उसने।

मन में दुष्ट विचार आया। लिख देता तो क्या कर लेती? नहीं लिखा, क्योंकि तुम रवीन्द्रनाथ की कादंबरी हो। तुम हो, नहीं हो, पता ही नहीं चलता।

और तुरंत तड़ित गति से विपरीत विचार कौंधा।

स्त्री सुंदर हो, चैतन्य हो, तो यह अयाचित चर्चा। क्या कोई दूसरा पुरुष मत भी है? सब तो इस अशोभनीय कृत्य को नैतिक साहस की पराकाष्ठा नहीं मान सकते।

मेज के दूसरी ओर जैन साहब किसी पुस्तक में डूबे हुए थे। जरा जोर से नमस्कार करने पर उबरे और मुस्कराए।

"कब आईं आप! इस बार बहुत दिन बाद दर्शन हुए।" उन्हें दिल्ली गोष्ठी के बारे में बताया, फिर असली बात।

"आपका क्या मत है?"

"मुझसे क्या पूछ रही हैं? आपकी जिज्ञासा शमन हेतु इतने लोग उत्सुक हैं, उपलब्ध हैं।" उन्होंने जेब से रूमाल निकालकर अपना चश्मा साफ किया। चश्मा लगा, सूत्र रूप में अपनी बात कही।

"समाज में रहते हुए भी व्यक्ति की निजता की रक्षा होनी चाहिए।" अपनी पुस्तक उठाने का उपक्रम किया उन्होंने, पर तर्क का व्यवधान पड़ गया।

"निजता की रक्षा के नाम पर तो कलम उठाना भी कठिन हो जाएगा। वही होगा, जो गोपनीय सूचना की आड़ में नौकरशाही करती है। अंदर ही अंदर घोर भ्रष्टाचार पनपेगा, पर निजता की रक्षा में सन्नद्ध व्यक्ति चुप रहेगा।"

"क्या वस्तुतः विवाहेत्तर स्त्री-पुरुष संबंध इतना महत्त्वपूर्ण मुद्दा हैं कि उस पर इतना समय, इतनी ऊर्जा, नष्ट की जाए। मेरी तुच्छ राय में नहीं। और भी गम है जमाने में मोहब्बत के सिवाय।"

"ओह! आप तो मूल समस्या से आंखें चुरा रहे हैं।"

"सच मानिए, मेरी इस दिशा में कोई रुचि नहीं है। ये, प्यासे मृग, मरीचिका के पीछे दौड़ने के लिए अभिशप्त हैं। दौड़ेंगे। बिहारी का दोहा सुनिए—

*अति अगाधु अति औथरौं, नदी कूप सरू बाई*
*सो ताकौ सागर जहां, जाकी प्यास बुझाई।*

"संसार में गहरे-उथले तालाब, कुओं और नदियों की कमी नहीं। जहां प्यास बुझे, तेरा सागर वही है।" वैसे भी काम का क्रम तीसरा है—धर्म-अर्थ-काम मोक्ष! हम खींचतान कर पहले क्रमांक पर ला रहे हैं।

"ठीक कह रहे हैं आप।" उन्हें कुरेदना छोड़ दिया। "चलिए, धर्म को पछीटते हैं। मैं भवभूति के बारे में आपसे बात करना चाहती हूं। उत्तर रामचरित की प्रति है आपके पास?"

घंटी फिर बजी। अब तो जैन साहब को छोड़ना ही पड़ेगा। चलिए...श्री मकरंद से मिल लिया जाए।

वो सघन अवसाद को अतिरिक्त उत्साह से ढंके बैठे थे। उनकी पुस्तक की विश्वविद्यालय प्रबंधन पर गंभीर प्रतिक्रिया हुई थी। उनका छात्रावास प्रबंधक का पद छीन लिया गया था। अतः प्रबंधक पद की अतिरिक्त सुविधाएं भी निरस्त हो गई थीं। उन्हें प्रबंधक आवास खाली करने के तुरंत प्रभावी आदेश मिले थे। अनुपालना में विलंब पर कड़ी कार्रवाई की चेतावनी भी मिली थी। श्री मकरंद सारा प्रकरण न्यायालय में ले जाने की तैयारी में व्यस्त थे। हां! गोष्ठी का निमंत्रण उन्हें भी मिला था। अवश्य जाएंगे। क्यों नहीं जाएंगे? ऐसा क्या घटित हुआ है कि अब वो सभा-गोष्ठियों में भी न जाएं। वो जाएंगे, परचा भी पढ़ेंगे। वैसे निमंत्रण उन्हें अपराह्न सत्र के संचालन का मिला है। सहायता? उन्हें अवकाश कहां? कुछ पुस्तकों के नाम गिना दिए। उनके परचे का विषय? अभी कहां सोच पाए हैं? साला यह टंटा निबटे तो कुछ सोचें। ठीक है। चलें आप। स्टेशन पर मिलते हैं। हां, राजधानी से ही निकल रहे हैं।

ऐसे संक्रमित वातावरण में पत्र तैयार करना अत्यंत दुष्कर और श्रमसाध्य रहा। फिर भी किया किसी तरह।

दूसरे दिन शाम को गुरुदेव के घर। जाने संतुष्ट होंगे या नहीं। भवभूति, कालिदास से लेकर शेक्सपियर, इब्सन और शॉ। सबको परखने की चेष्टा की थी।

गुरुदेव ने ध्यान से प्रपत्र पढ़ा। चच्च...ऊंह के साथ निरंतर सिर हिलता रहा और उनका लाल पेन खून-खच्चर करता रहा। कई जगह टिप्पणियां लिखीं। अंत में कुछ और पुस्तकों के नाम जोड़े। लाल पेन बंद कर जेब में रखा, कुछ क्षण आंखें बंद कर समाधिस्थ रहे। तत्पश्चात, गुरुदेव बोले।

"इसमें इतने उद्धरण हैं कि मुख्य बिंदु दब गए हैं। कथ्य भी स्पष्ट नहीं है, निष्कर्ष की तो बात ही जाने दो।"

"प्रथम प्रारूप है श्रीमन्।"

प्रथम प्रारूप ही सही। प्रखर तार्किक शैली और स्पष्ट प्रांजल भाषा की आशा थी तुमसे। क्या करती रही दो दिन तक। मित्रों से गप्पें और घूमना-फिरना। फिर से लिखो और कल विभाग कक्ष में मिलो। ठीक ग्यारह बजे।"

गुरुदेव की फटकार सुन, मन खिन्न हो गया, लेकिन, घनघोर परिश्रमी गुरुदेव को अपने विद्यार्थियों से कठिन परिश्रम की अपेक्षा रखने का अधिकार था।

संध्याकाल में विश्वविद्यालय परिसर नया रूप रंग धारण कर लेता है। अकादमिक वातावरण पारिवारिक वातावरण में बदल जाता है। क्या विद्यार्थी और क्या व्याख्याता। सब सहज भाव से, मित्रों के साथ इधर-उधर घूमते नजर आते हैं। कई व्याख्यातों ने अपने घर के चारों ओर की जरा-सी जमीन को सुंदर-व्यवस्थित बगीचे में बदल दिया है।

मुख्य मार्ग से पहले ही जैन साहब दिख गए। उन्हें मध्यम गति से, सीधे-सतर चलते देख लगा, स्वस्थ-सुदर्शन पुरुष है जैन साहब। निश्चय ही दवा की दुकान तक जा रहे होंगे। सुना है, उनकी पत्नी अक्सर बीमार रहती है। देखने में भी अत्यन्त कृशकाय और पीतवर्ण है। उधर जैन साहब लंबे कद के स्वस्थ सुगठित, गोरे-चिट्टे सुपुरुष। संस्कृत के प्रकांड विद्वान होने के कारण विदेश जाते रहते हैं। चीन-जापान, जर्मनी और अमेरिका। क्या इनके सामने प्रलोभन नहीं आए? और आए तो क्या किया? क्या ऐसी बात सड़क पर चलते-चलते पूछी जा सकती है? जल्दी-जल्दी चल कर उन्हें जा पकड़ा। नमस्कार, प्रति नमस्कार हुआ।

''आपका प्रपत्र हो गया।''

''प्रथम प्रारूप था। गुरुदेव को दिखाने आई थी। कुछ संशोधन और करना है। आप क्या घूमने निकले हैं।''

''जी हां, घूमना भी हो जाता है। जरा जनता बाजार तक जा रहा हूं। एक दवा लेनी थी।''

''ओह! क्या हो गया?''

जैन साहब ने रुककर बड़े गंभीर स्वर में सूचित किया। ''मेरी पत्नी के आंसू समाप्त हो गए हैं, उन्हीं की व्यवस्था करने जा रहा हूं।''

''अरे, यह कैसे हो सकता है?'' अनायास ही हँसी आ गई।

''यही हुआ है।'' जैन साहब भी मुस्कराए।'' उन्हें भयंकर सिरदर्द रहने लगा था। जब किसी उपाय से ठीक न हुआ तो चिकित्सक ने नेत्र परीक्षण की सलाह दी। परीक्षण से पता चला, दृष्टि दोष है। कारण आंसुओं का अकाल। नेत्र विशेषज्ञ ने बताया, जब आंसू समाप्त हो जाते हैं, तब आंखों की स्वयं को स्वच्छ रखने की प्रक्रिया में विघ्न पड़ता है। आंखों के सूखे रहने से पुतली के फैलने-सिकुड़ने की प्रक्रिया भी प्रभावित होती है। अतः आंखों में कृत्रिम नमी उत्पन्न करने की औषधि लेने जा रहा हूं।''

रोक न पाई स्वयं को।

''इतना रूलाया है आपने अपनी पत्नी को कि उनके आंसू ही समाप्त हो गए।''

जोरदार ठहाका लगाया जैन साहब ने।

''अब पति होने का कर्तव्य तो निबाहना ही पड़ता है। भारतीय पत्नी और रोए न, यह कैसे संभव है? हमारे यहां मांगलिक कार्यों पर भी रोने की परंपरा है। मारे खुशी के लोग रो पड़ते हैं। अतः मैं मानता हूं मेरी पत्नी इतनी खुश है कि...

''रोते-रोते आंसू समाप्त हो गए?'' हँसते हुए उनकी बात पूरी की।

''अन्यथा न लें तो एक बात पूछूं?''

''नहीं पूछेंगी तो आपका प्रपत्र कैसे पूरा होगा।'' फिर हँसी। ''कहिए।''

''आपकी पत्नी को रोग क्या है?''

''कोई एक रोग हो तो बताऊं। सदा की कृशकाय है और रक्ताल्पता के कारण कुछ न कुछ लगा ही रहता है।''

''यह तो बड़े कष्ट की बात है। कैसे चलती है आपकी गृहस्थी।''

''बड़े आनंद से चलती है। बच्चे बड़े हो गए हैं। हम सब मिलकर काम कर लेते हैं। जब स्वस्थ होती है, उनकी कार्यपटुता देखते बनती है।

''बहुत दुःख हुआ जानकर...''

''किस बात का दुःख?'' जैन साहब रुक गए। ''दो स्वस्थ-सबल मेधावी बच्चे हैं। किसी बात में गतिरोध नहीं है। मेरे पढ़ने-लिखने में कोई व्यवधान नहीं है। विदेश भी आता-जाता रहता हूं। सच तो यह है, हम बहुत सुखी और संतुष्ट हैं।''

''संतुष्ट। चिररुग्ण पत्नी के साथ संतुष्ट है आप!''

''ऐसी अमूर्त अवधारणा को समझने के लिए हमें संदर्भ बिंदु और शब्द का अर्थ अच्छी तरह जानना होगा। यहां संदर्भ बिंदु है हमारा पारिवारिक जीवन और संतुष्टि मानसिक अवस्था है, शारीरिक नहीं। मैं अपने नीड़ में परम सुखी हूं।''

बात कुछ गले नहीं उतरी।

''जैन साहब, आप अक्सर विदेश जाते रहते हैं। निश्चय ही ऐसे अवसर आए होंगे...''

''जब पूर्ण संतुष्टि की गारंटी दी जा रही हो...यही न।'' वो बीच में ही बात काटकर खिलखिला उठे। ''कल ही तो हम निजता की रक्षा पर बात कर रहे थे।''

''मेरी जिज्ञासा अकादमिक है। आज कितना हल्ला मच रहा है उन्मुक्त यौन संबंधों को लेकर। सुन रही हूं कि विवाह जड़ता की ओर ले जाता है। यौन स्वातंत्र्य ही प्रथम प्राथमिकता है, कुछ फैशन-सा चल निकला है।''

''और मेरे जैसे लोग झूठे-मक्कार समझे जाते हैं। है न, मैं जानता हूं।'' कुछ क्षण चुप रहे वो। मन ही मन भावों को शब्दों का उचित परिधान पहना रहे थे शायद। दूर, बाजार की झिलमिल रोशनी दिखने लगी थी।

''यदि विवाह जड़ता की ओर ले जाता है तो समलैंगिक क्यों विवाह करते हैं और उसे वैध भी मनवाना चाहते हैं। पश्चिम की ओर देखिए। विशेष रूप से अमेरिका और नीदरलैंड...निर्बाधित यौन संबंध कहां ले आए। पशु मैथुन और शिशु संभोग तक। वही ययाति ग्रंथि। और...और चाहिए। जो मिला है, उसमें संतुष्ट नहीं। 'युद्ध और शांति' में टॉलस्टॉय ने इसी तथ्य को बहुत तर्कसम्मत ढंग से प्रस्तुत किया है। निष्कर्ष यह दिया है अधिक भोजन और बार-बार भोजन मनुष्य को अधिक स्वस्थ नहीं, बीमार बनाता है। यही हाल यौन संबंधों का है। नित नूतन यौन संबंध जीवन में आनंद वर्षा करते हैं क्या? नहीं, वो जीवन का मूलाधार, परिवार ही नष्ट कर देते हैं। परिवार जीवन को स्थिरता और सुरक्षा देता है, लक्ष्य प्राप्ति में सहयोग देता है। विदेश में और स्वदेश में भी लोग हमारी धर्म-निष्ठा को गहरे संदेह और अविश्वास की दृष्टि से देखते हैं। विशेषतयाः ये व्रत-उपवास, निरंतर धार्मिक ग्रंथों का पारायण। मैं इन सबको एक तरह के अभ्यास, स्वानुशासन का अभ्यास मानता हूं। यदि मुझे नित्य एक घंटे गीता-रामायण पढ़ने का अभ्यास है तो मैं स्थिर बैठ दो-चार घंटे अध्ययन भी कर सकता हूं। देह के व्रत-उपवास धीरे-धीरे मन का संयम भी सिखा देते हैं।

''यह संयम कहीं नहीं, कभी नहीं टूटता?''

''नहीं! एकनिष्ठा शब्द न रहकर जीवनशैली बन जाता है। सघन सम्मोहन भी शाकाहारी को मांसाहारी नहीं बना सकता। और आज की यह फैशनेबल अवधारणा पूर्ण यौन स्वातंत्र्य सृजन का अविभाज्य अंग है, संशयपूर्ण है। प्रकृति की प्रत्येक इकाई अपने ही ढंग से स्वतंत्रता की व्याख्या कर, स्वयं को व्यक्त करती है। पवन के लिए निर्बाध स्वतंत्र विचरण अस्तित्व का अविभाज्य अंग है, नदी के लिए तटबंधों का अस्तित्व स्वतंत्रता का पर्याय है, वरना अथाह जलराशि का छोटा-सा भाग है वह।''

''लेकिन उन महापुरुषों की पूरी सूची उपलब्ध है, जो इस प्रवृत्ति से नूतन उत्साह और ऊर्जा प्राप्त कर, नवीन सृजन की ओर अग्रसर होते थे, होते हैं।

"क्या शतप्रतिशत सामाजिक सर्वेक्षण के उपरांत हम इस निष्कर्ष पर पहुंचे हैं? या अपनी सुविधा के लिए कुछ नाम रट लिए हैं। स्वातंत्र्य के ये समर्थक अपनी पत्नी और बेटी को भी प्रोत्साहित करते होंगे। जाओ बेटी जाओ, यौवन का आनंद उठाओ। नित नूतन साहचर्य ढूंढ़ो। मेरा अनुभव कहता है, नहीं। ऐसा नहीं होता। शायद आपने देखा हो! लोग नदी पार करते समय एक-दूसरे का हाथ पकड़ लेते हैं, नदी गहरी हो तो रस्सी या धोती से बांध भी लेते हैं। यही हाल जीवन नदिया का है। साथी फिसला, आपने संभाला, आप लड़खड़ाए, उसने। यह नहीं कि हर लहर एक न एक को बहा ले जाए।

बाजार सामने था। सायास मुस्कराए जैन साहब।

"अच्छा, अब आज्ञा दें।"

"कल अपरान्ह में विभाग में ही होंगे न। प्रपत्र में कुछ उलझनें हैं और आपकी पुस्तकें भी लौटानी हैं?"

"अवश्य। पांच बजे तक वहीं हूं।"

नमस्कार, प्रति नमस्कार के बाद शाम की सभा समाप्त हुई।

वहां से सीधे छात्रावास। कल तक प्रपत्र अपने सही प्रारूप में आ ही जाना चाहिए। चाहे सारी रात ही क्यों न जागना पड़े।

दूसरे दिन पुस्तकालय गई, पुस्तकें लौटाई। गुरुदेव के निर्देशानुसार, अपनी सीमित बुद्धि के सहारे प्रपत्र संवार लिया था, भरसक धार देने का प्रयत्न किया था।

अब गुरुदेव शरणम् गच्छामि...

पूर्वजन्मों के संचित पुण्य काम आए। गुरुदेव ने प्रपत्र को गोष्ठी में पठन योग्य समझा। बस, कष्ट इस बात का रहा कि गुरुदेव की घनघोर व्यस्तता के कारण मेरी पारी आते-आते दो बज गए और वहां से निकलते-निकलते चार। पांच बजे तक जैन साहब से मिलना था। उनकी भी पुस्तकें लौटानी थीं। उन्हें उपकुलपति ने किसी आपातकालीन बैठक के लिए बुलवा लिया था। चलो, उनका घर परिसर में ही है। वहीं चला जाए।

पहली बार उनके घर गई थी। अद्भुत अनुभव रहा। कुछ घरों में अतिरिक्त तापमान का अनुभव होता है, कहीं असह्य शीत का। कहीं वर्षा की टिप-टिप और कहीं, चटखने को तत्पर तनाव, पर इस घर में अनिवर्चनीय माधुर्य की अंतः सलिला कल-कल-छल कर रही थी। मोहक सादगी और न्यूनतम साज-सामान। कैसा शांत और शीतल वातावरण। क्या है यह? ऊंगली रखने लायक कुछ नहीं,

आपाद् मस्तक रससिक्त करने वाला बहुत कुछ। अधिक समय न था। पुस्तकें लौटाईं, एक कप चाय पी और लौट पड़ी।

बाहर सड़क पर सुनीता मिल गई। मकरंद की पत्नी छोटे-से सफेद झबरीले कुत्ते को घुमा रही थी। ये लंबे-लंबे बालों वाले सफेद कुत्ते साफ कैसे रखे जाते हैं। क्या इन्हें भी साबुन से नहलाने के बाद नील के घोल में डुबोया जाता है। अब सामना हो ही गया है तो शिष्टाचार का निर्वहन अपरिहार्य है।

''कैसी हैं?''

''अच्छी हूं। आइए न। आप तो हमें भूल ही गईं। अब जब जयपुर आती हैं, हमारे घर कभी नहीं आतीं। आइए, एक-एक कप चाय हो जाए।''

''अभी अभी अमृताजी के साथ पी है। क्षमा कीजिएगा, जरा जल्दी में हूं। रात की ट्रेन पकड़नी है, दिल्ली जाना है।''

''आप भी दिल्ली जा रही हैं? उसी गोष्ठी में जा रही होंगी। मेरा एक काम कीजिएगा।''

''हां, हां जरूर! कहिए न।''

''ये अपनी खांसी की दवा भूल गए हैं। आपने तो सुना ही होगा सब। बहुत परेशान हैं। उपकुलपति से मिलने गए हैं। कोई जरूरी काम है, वहीं से सीधे स्टेशन चले जाएंगे। ऐसा ही कह गए हैं।'' (तो क्या इसे विश्वास नहीं।)

मकरंद-पत्नी सुनीता ने कहा।

अब उनके घर जाना ही पड़ा। सामर्थ्य भर भौंकता वो नन्हा सा कुत्ता आगे-पीछे दौड़ता रहा। यह घर डाक्टर मकरंद का है। आतंक की सीमा तक प्रभावित करने के लिए सजा हुआ, किसी म्यूजियम की तरह। ठंडा और निस्पंद! अरे, हां। इस घर में बच्चे नहीं हैं। क्यों? क्या सुनीता नहीं चाहती।

यह प्रेम विवाह था, शायद 'है' भी। यह प्रेम परस्पर था या केवल सुनीता की ओर से, कहना कठिन है। वो विवाह की आशा ही छोड़ चुकी थी, जब किसी के जन्मदिन समारोह में श्री मकरंद से भेंट हुई। श्री मकरंद को पत्नी चाहिए थी और सुनीता को अपना घर और पति। सो बात बन गई। सबको ही इस विवाह से आश्चर्य हुआ था। श्री मकरंद की 'सखियों' से बिल्कुल विपरीत है सुनीता। साधारण सी स्त्री! पूर्णतया हिन्दी भाषी। सामान्य रंग-रूप की इस महिला को सुंदर व्यक्तित्व के धनी श्री मकरंद के साथ किसी सभा गोष्ठी, उत्सव, समारोह और विभागीय आयोजनों में नहीं देखा गया।

न जाने कैसे क्या हुआ और सर्र से बात मुंह से फिसल गई।

"पुस्तक को लेकर बड़ी हलचल है। आपकी क्या प्रतिक्रिया है।"

अविश्वास, क्रोध, संशय, फिर हिमशीतल तटस्थता। एक-एक कर ये भाव उनके चेहरे पर आए और गए। अचानक उनके कुत्ते ने ध्यानाकर्षण के लिए भौंकना शुरू कर दिया। सुनीता ने झुककर उसे उठा लिया और पुचकारने लगी।

उफ! ये क्या हो गया। अब बात निकल गई, सो निकल गई। उसे मोड़ने का प्रयत्न करें, तो बुरा क्या है।

"बड़ा प्यारा कुत्ता है।"

"जी हां, प्यारा है, सुंदर है, पर है तो जानवर ही न।" उन्होंने कुत्ते को गोद से उतार दिया। "लाख ध्यान रखो, खिलाओ-पिलाओ, पर बाहर निकलते ही गंदगी सूंघता फिरता है। शायद मेरा ही दुराग्रह है। मैं क्यों उससे फूल सूंघने की आशा करती हूं। धीरे-धीरे आग्रह समाप्त हो रहे हैं। यह तो कहीं भी पानी पी लेता है। इसलिए, मिट्टी के सुंदर पात्र में स्वच्छ शीतल मधुर जल रखना छोड़ दिया मैंने।"

"ओह!" जड़वत स्तब्ध खड़ी रह गई मधु।

उन्होंने दवा लाकर दी और ट्रेन पकड़ने का बहाना अच्छा था।

स्टेशन पर मिले श्री मकरंद। अभिजात्य ठसके से खड़े पाइप पी रहे थे। मधु उन्हें तुरंत उनकी खांसी की दवा दे, अपनी शायिका की खोज में रेल में चढ़ गई।

दुर्योग देखिए! सामने वाली शायिका श्री मकरंद को आवंटित थी। मधु और मकरंद आमने-सामने बैठे थे। देखें, कौन पहले बोलता है और क्यों? श्री मकरंद ने ही पहल की।

"तो, कैसा रहा।"

"क्या कैसा रहा?"

"विश्वविद्यालय का वातावरण...तुमने सुना तो होगा ही।"

"क्या नयी बात है। यहां तो अक्सर यही सब चलता रहता है।"

ध्यान से देखा श्री मकरंद को। आंखें उदास हैं, होठों पर वक्रस्मित। अवसाद अभी छटा नहीं है।

"मैं किसी से नहीं डरता। हां, गया था सीसोदिया गार्डंस नेहा के साथ। कर लो क्या करना है।" उत्तेजना से स्वर ऊंचा चढ़ने लगा।

"शश्शशशऽऽऽ...इतनी जोर से क्यों चिल्ला रहे हो।"

इधर-उधर देख, उन्होंने थोड़ा नीचा सुर पकड़ा।

"करते साले सब हैं, मैंने मान लिया तो मुजरिम बना दिया गया। उपकुलपति साला पीछे पड़ा है, घर खाली करो। मेरे व्यक्तिगत आचरण का, वो भी मेरे ही बताने पर, छात्रावास प्रबंधक का क्या लेना-देना। वो भी साला लड़कों का छात्रावास।"

"तुम तो कोर्ट में जा रहे हो न। 'स्टे आर्डर' भी ले ही लिया होगा। प्रतीक्षा करो। कुछ न कुछ सार्थक अवश्य होगा।"

"उपकुलपति खुद कौन-सा दूध का धुला है। गर्ल्स हॉस्टल के चौकीदार से पूछें इसके किस्से। पिछले साल किसी नर्स के चक्कर में मेडिकल कॉलेज के लड़कों से पिटा था। सत्ता पक्ष का दलाल है, इसलिए उपकुलपति बन बैठा। अपने विषय के बाहर न कुछ पढ़ा है, न लिखा। आज हाथ धोकर मेरे पीछे पड़ गया हैं।" वो फिर ऊंचा उठने लगे।

"अरे भई, धीरे बोलो न। यहां, चलती रेल में ढोल पीटने का क्या मतलब है?"

भोजनालय के कर्मचारी तत्परता से भोजन परोसने लगे। निर्विलंब अखबार बिछा, भोजन की थाली खोल ली। किसी अप्रिय प्रसंग से बचने का यही उपाय सूझा। भोजन करो और सो जाओ। श्री मकरंद खाने से पहले 'पीने' में व्यस्त हो गए। ऐसी व्यवस्था वो सदा साथ रखते हैं।

ये पीने का अवसर था या सोचा-समझा पैंतरा। वो क्रुद्ध मकरंद से घनिष्ठ मकरंद बन गए। अचानक उठकर पास बैठ गए, हाथों से कंधे घेर लिए।

"बहुत अकेला पड़ गया हूं। पुराने परिचित मित्र भी मुंह चुराने लगे हैं, ये साला उपकुलपति..."

अब क्रोध पर उनका कोई एकाधिकार तो है नहीं। मधु ने दाल सने हाथ से उनकी बांह हटा दी। मकरंद की इस हरकत से उसे क्रोध आ गया।

"उपकुलपति, दोस्तों-परिचितों की बात जाने दो। कोई नया गुल खिलते ही लोग इस हंगामे को भूल जाएंगे। यह बताओ, तुम्हारी पत्नी सुनीता पर क्या गुजर रही है। उनकी क्या प्रतिक्रिया है?"

वो उठकर अपनी शायिका पर जा बैठे।

"अरे उसका क्या! उसे मैंने सब बता रखा है। हमेशा ही बता देता हूं।"

यह था विकल्पहीन स्त्री की नंगी पीठ पर सड़ाक से चाबुक।

"पकड़े जाने पर बताते हो या घर से निकलने से पहले ही बता देते हो।"

"क्या मतलब?"

''यही कि घर से निकलते वक्त सुनीता को बताते हो कि प्रथम सुदर्शन महिला पर डोरे डालने लगोगे, हाथापाई पर उतारू हो जाओगे...और अगर हाथापाई मारक मोड़ ले ले, मैदान छोड़ना ही पड़े, तो देह-बाजार टोहने निकलोगे?''

मधु का पारा चढ़ने लगा।

''बड़े निर्भीक बनते हो! क्या कहने इस नैतिक साहस के। सुनीता पूर्णतया तुम पर निर्भर है, इसलिए 'उसे सब बता देता हूं' का स्वांग रच रहे हो। स्वांग निभ भी रहा है। क्या कर सकती है सुनीता। यही साहस तुम्हारे मित्रवर अमितजी कभी नहीं दिखा पाए। सदा झूठ बोलते रहे। धोखे की टट्टी के पीछे से शिकार खेलते रहे।''

अब क्रोध का पारा थर्मामीटर तोड़ने को आतुर था। ''अमितजी को उनकी पत्नी ने घर से निकाल दिया और सुनीता ने तुम्हें दिल से।''

हांफने लगी थी मधु। चाबुक की तरह आखिरी वाक्य जड़ा।

''तुम्हें सुनीताजी का ऐसा घोर अपमान और अनादर करने में शर्म नहीं आती! डूब मरो चुल्लू भर पानी में।''

वो झटके से उठे, फिर अपनी शायिका पर ढह गए।

दिल्ली की सुबह। गोष्ठी संचालक की ओर से स्वागत कर्मचारी उपस्थित थे। बताया, बाहर वाहन भी हैं। हमें अपने गंतव्य तक पहुंचने में कोई असुविधा नहीं होगी।

''धन्यवाद। इस सौजन्य के लिए बहुत-बहुत धन्यवाद।''

श्री मकरंद को भी साथ लेना था। वो दूसरे द्वार से उतर, इस सारे आयोजन को अनदेखा करने की चेष्टा में व्यस्त थे, तब ही जींस-कंचुकी धारिणी एक षोडषवर्षीया सुंदरी सामने से आती दिखी। चश्माधारी साथी से डूबकर बातें करती हुई। श्री मकरंद खिल उठे। तुरंत आगे बढ़े और 'एक्सक्यूज मी' कह उस सुकन्या से जा टकराए। खांटी ऑक्सफोर्ड अंग्रेजी में गोष्ठी स्थल तक पहुंचने का मार्ग, बिना मार्गदर्शन के अकेले ऐसा कर पाने में अपनी असमर्थता और गोष्ठी में अपने महत्त्व को रेखांकित कर रहे थे। उनका मुख प्रसारण में व्यस्त था और आंखें काल्पनिक रति में तल्लीन।

# एक सीधा, दो उल्टे

मैं बहुत डरते-डरते उनसे मिलने गई थी। डरती क्यों न! अपने मित्रों की फाइल हाथ में लिए, प्रसिद्ध चित्रकारों के कलाकक्ष में प्रतीक्षारत बैठे-बैठे, देह में दीमक लगने की नौबत आ गई थी। जो इक्का-दुक्का कुछ समय देने को तैयार होते, उनके रुखे-कठोर वचन पत्थरों की तरह लगते और चोट पहुंचाते! इस तरह क्षत-विक्षत, मानसिक मृत्यु की कगार पर थी, अचानक रियाज साहब का ध्यान आया। अब जब राजधानी आई हूं, इतने-इतने प्रसिद्ध चित्रकारों से मिली हूं, तो उनसे भी मिल लूं। ज्यादा से ज्यादा एक घाव और लगेगा, पर ऐसा नहीं हुआ। जो हुआ, अकल्पनीय था।

सेक्रेट्री फोन पर ठिल-ठिल करती, हां...नहीं...न-न...अरे नहीं...के बीच रुकी और अंगूठे से अंतरंग कक्ष की ओर संकेत दे बोली, 'जाइए।' कमरे में कोई नहीं था। असमंजस में खड़ी रही। दाईं तरफ एक और कमरा था। उसका परदा हटा, अपने हाथ पोंछते रियाज साहब अंदर आए और कोमल स्वर में बोले, ''तशरीफ रखिए, फरमाइए, क्या खिदमत कर सकता हूं।''

मारे घबराहट के कांप रही थी मैं। इस देश के महान चित्रकारों में से एक मेरे सामने बैठा है। कहां से शुरू करूं, क्या कहूं।

''कहिए, क्या काम है मुझसे।''

"जी...जी...मैंने ये चित्र..." हकलाते हुए अपनी फाइल बढ़ाई। "मैं चित्र बनाती हूं, मैं कुछ..." उन्होंने हाथ बढ़ाकर फाइल ले ली। छाती पर झूलते चश्मे को नाक पर बिठाया और चित्र देखने लगे। कई चित्र पत्रक पलटकर दोबारा देखे। "ये तस्वीरे बड़ी सूनी-सूनी सी हैं।"

"जी!"

उन्होंने फाइल बंद कर मेरी तरफ देखा।

"इन तस्वीरों में कोई जिंदगी नहीं है। न कोई चिड़िया, न आदमी, न मछली, न घोड़ा! महज रंगों का खूबसूरत तिलिस्म है।" हाथ सिर के पीछे ले, जोरदार अंगड़ाई ली।

"अपने बारे में कुछ बताइए, कहां सीखा, कब से बना रही हैं।" मैंने बताना शुरू किया।

"ये सब नहीं। ये तो बायोडाटा है। फाइल के पहले पन्ने पर है। अपने बारे में बताओ। किसकी तस्वीरें देख, खुद आंकने की तमन्ना पैदा हुई। क्यों बनाती हो ये तस्वीरें।"

"शायद ये पलायन है, शायद जुझारूपन! मेरे अंदर कोई गहरी तकलीफ है, कुछ है, जो निरंतर चुभता है। सब कुछ बहुत अच्छा है, पर मेरी इच्छा होती है, कहीं भाग जाऊं। कुछ है जो उमड़ता-उफनता रहता है। अजीब पागलपन की स्थिति रहती है। रंग और ब्रश हाथ में लेने से कुछ संतुलन सा आ जाता है। जब चित्र बना लेती हूं तो अच्छा लगता है, कुछ समय के लिए।"

"तो बनाओ न तस्वीरें, कौन रोकता है? कोई तुम्हारी तस्वीरें देखे, सराहे, खरीदे, ये अरमान क्यों हैं।"

कुछ क्षण चुप रही मैं, क्या कहती?

उन्होंने फिर कुरेदा, "बोलो, कोई क्यों देखे ये तस्वीरें। क्यों अपना वक्त जाया करे।"

"नितांत निजी कार्यकलापों को छोड़, मनुष्य का हर काम क्या प्रदर्शन नहीं होता? सामान्य आदमी अकेले हँसता-रोता तक नहीं। अपने सुख-दुःख में भी उसे किसी की उपस्थिति चाहिए। उसके हर कार्य के पीछे प्रदर्शन की अदम्य लालसा है। मैं सामान्य स्त्री हूं। मैं चाहती हूं मैंने कुछ बनाया है, चाहती हूं लोग देखें, अच्छा है या बुरा, बताएं।"

"ठीक है, बहुत बुरी हैं ये तस्वीरें। एकदम घटिया। लो, बता दिया अब?" चश्मा अब भी नाक पर टिका था। नजर मेरे अंदर तक उतर, चीर-फाड़ कर रही थी।

कुछ क्षण चुप रही मैं! ये मजाक कर रहे हैं या गंभीर हैं। ''क्यों बुरे हैं, यह भी तो बताइए।''

''बता तो दिया, अकेले दृश्य खाली खाली से हैं। बेजान ठंडे, ठहरे हुए।'' उन्होंने फाइल मेरी ओर सरकाई।

''देखो, तस्वीरें रंगों से नहीं, अपने अहसास से बनती हैं। शिद्दत से कुछ कर गुजरने की तमन्ना से बनती हैं।'' उन्होंने हाथ बढ़ाकर फाइल उठाई, खोलकर मेज पर रखी, एक चित्र पर कागज का रिबिन लगा, मेरी ओर बढ़ाई। ''जरा देखो इसे।''

मैंने देखा, सूनी सी सड़क धूप-छांव से गुजरती जंगल में खो गई थी।

''क्या तुम इस सड़क से कहीं जाना चाहोगी? यहां तो कोई ढाबा नहीं, पान की दुकान तक नहीं है। कोई तितली, कोई चिड़िया और कौआ तक नहीं है। कहीं कोई जिंदा शै नहीं है, ऐसी तस्वीरें मुझे डराती हैं। लगता है, एटम बम से सब कुछ तबाह हो जाने के बाद की दुनिया देख रहा हूं। तुम्हें खुद कैसी लगती हैं ऐसी तस्वीरें जो...जो एक तरह से बंद है, कहीं कोई उम्मीद नहीं।''

मैंने फाइल ले ली और धीरे-धीरे, सारे चित्र एक बार फिर से देखे। उस महान चित्रकार की दृष्टि से। बात सच थी। कोई क्यों देखे ये चित्र। ऐसे ही चित्र हजारों चित्रकार रोज बना रहे थे। प्रकाश और छाया की लुका-छिपी, रेखाओं का बिखरना और सिमटना! रंगों का छितराव और समूहन। अधिक से अधिक सुंदर समूहन। बस्स!

मैंने फाइल समेट ली। ''मैं फिर आऊंगी।''

''जरूर।''

मैं तुरंत बाहर निकल आई। जब सड़क पर आंखें टैक्सी ढूंढ़ रही थीं तो ध्यान आया।

अरे, मैंने इस व्यक्ति को ध्यान से देखा ही नहीं। फोटो तो हजारों देखे थे, आज जब आमने-सामने थे, तब ध्यान से देखना था। कैसे लग रहे थे। मन के दर्पण में अखबारी चित्र थे और थी बेधक दृष्टि। नहीं, नहीं, ऐसे कैसे चलेगा। चित्रकार के पास तो कैमरे जैसी संवेदना होनी चाहिए। कहीं न कहीं समग्र चित्र अंकित ओर संग्रहित होना चाहिए। हां है। धीरे-धीरे चित्र उभरा। औसत से दबता कद। भीड़ हो तो दिखाई ही न दें। दुबला-पतला, सींक-सलाई सा बदन। कुरते के खुले गले से लोमहीन छाती दिख रही थी। खासा सांवला रंग! काला ही कह लीजिए। आंखें जरूर बड़ी-बड़ी और खूबसूरत। अद्भुत सम्मोहक शक्ति संपन्न दृष्टि! अंग्रेजी का शब्द GNOME उन्हें अच्छी तरह व्यक्त करता है। हाथों की ऊंगलियां लंबी और पतली। बातें करते-करते अक्सर हाथों की दसों उंगलियों को जोड़, पुल जैसा बना

लेते हैं। अक्सर आंखें बंद ध्यानस्थ हो जाते हैं। कुछ कहने से पहले सायास इस दुनिया में लौटते है। स्वर गायकों जैसा, सधा हुआ कोमल और मधुर। नाखून बढ़े हुए और ऊंगलियों के पोरों पर भी रंग। हथेलियां रूखी-सूखी और हड़ीली। बातें करते समय हाथ और ऊंगलियां खूब चलाते हैं। जैसे शब्द न मिल रहे हों और इशारों से काम चलाना पड़ रहा हो। माथे पर लकीरें, आधा सिर गंजा! बचे-खुचे झालर जैसे बाल आज गहरे काले रंग में रंगे थे। आज अर्थात् स्थायी रूप से वो बाल नहीं रंगते। उनके चित्र बताते हैं कि अपने बालों को लेकर प्रचंड प्रयोगधर्मा है। कभी हिम धवल केश और दाढ़ी-मूंछें, कभी लोमहीन मुख! कभी केवल मूंछ, कभी केवल दाढ़ी। कभी, कभी सफेद झालर। अपनी छवि को लेकर वो अब तक अपना मानस नहीं बना पाए थे, इसलिए उनकी कोई स्थायी छवि नहीं है। हल्का नीला कुरता और काली पैंट। साधारणतया चश्मा नहीं लगाते। पता नहीं चित्र बनाते समय चश्मा लगाते है या नहीं। सुनहरी जंजीर से बंधा चश्मा छाती पर झूलता रहता है। हाथ में सिगरेट।

आयु मुझे पता है, सबको पता है। वो मेरे पिता से भी दो वर्ष बड़े हैं। हां, मेरे पिता का विवाह बाइस वर्ष की उम्र में हो गया था। चौबीस के थे, जब मेरा जन्म हुआ। इन सब आंकड़ों की क्या जरूरत है? शायद यह कि मैंने उनके सामने बैठे-बैठे उनके दुर्निवार आकर्षण को महसूस किया था। इस व्यक्ति में गजब की चुंबकीय शक्ति है, धीरे-धीरे सड़क पर चलते हुए मैं यही सब सोच रही थी। अब एक बार फिर से मिलूं? गहरी अन्वेषक दृष्टि से देखूं? हाथ बढ़ाकर स्पर्श कर लूं? कैसी विचित्र बात है। बिना स्पर्श के मेरा सौंदर्यबोध, उसका आस्वाद संपूर्ण नहीं होता। बहुत बुरा लगेगा यह तो।

अगली मुलाकात ठीक एक वर्ष, तीन महीने और पांच दिन बाद संपन्न हुई, पर इस अंतराल में एक दिन के लिए भी उसे चितेरे को भूल नहीं पाई। उनके और निकट जाने की अदम्य लालसा आलोड़ित करती रही।

क्यों? क्या मुझे नहीं पता था उनका निजी जीवन कैसा है? कैसे रहते हैं, क्या खाते-पीते हैं, परिचितों से कैसा व्यवहार करते हैं? सब कुछ सार्वजनिक जानकारी है। पत्नी उन्हें झेल नहीं पाई है। यूं प्रेम विवाह था। उनकी प्रतिभा को पहचानती थी नादिरा सिद्दिकी! यही कारण है वो स्वेच्छा से बरसों-बरस गृहस्थी की गाड़ी खींचती रही, दो बच्चियों को पालती रही, रिश्तेदारियां निबाहती रही, लेकिन इस प्रसिद्ध चित्रकार की रंगरेलियां नहीं पचा पाई। पहले सोचा, अफवाहें हैं। फिर लगा, काई जमे मार्ग पर चलने को अभिशप्त व्यक्ति के अनिवार्य पदस्खलन है। जब चित्र प्रदर्शनियों के उद्‌घाटन, गोष्ठी, सेमिनार इत्यादि में नित-नूतन नवांगनाएं बगल में नजर आने लगीं, तो धीरे-धीरे निस्पंद और निस्पृह होने

लगी। बच्चियां तक 'बाप' की निरंतर अनुपस्थिति को स्वीकार कर चुकी थीं। वो अपने विश्वप्रसिद्ध पिता का परिचय तक नहीं देती थीं।

वर्ष दो वर्ष में नवीन प्रेम प्रसंग उनका स्वभाव है। स्पष्ट स्वीकार करते हैं, सोलह-अठारह वर्षीय सुंदरियां उनकी सृजनात्मकता को उकसाए रखती हैं, उनमें नवीन ऊर्जा का संचार करती हैं। तो पहली पंक्ति है इन ऊर्जस्वित सुंदरियों की। दूसरी पंक्ति स्थायी प्रशंसिकाओं की है। प्रतिष्ठित धनी महिलाएं (अधिकांशतः), स्त्री पत्रकार, चित्रकला में छप-छप करने वाली प्रदर्शनी आयोजिकाएं और समकालीन स्त्री चित्रकार।

यहां तक नादिरा सिद्दिकी ने साथ निबाहा। फिर आई, नग्न चित्रों की बाढ़ और अवश्यंभावी नग्न मॉडल भी! यही मॉडल फलक से झर-झर कर रियाज साहब के आसपास और बिस्तर में भी मिलने लगे। रियाज साहब को चित्र बनाते देखना भी सार्वजनिक उत्सव बन गया था। पेड़ के नीचे लेटी, अर्ध या पूर्ण नग्न कन्या, चित्र बनाते रियाज साहब और ये सब देख, सिसकारियां भरती भीड़। उनके ये नग्न मॉडल रातोंरात प्रसिद्ध हो जाते थे और इस प्रसिद्धी के लिए वो कुछ भी कर गुजरने को प्रयत्नशील, तत्पर व कर्मठ थे। पत्रकार इस सारे आयोजन को तूल दे, चित्र सहित छापते! बड़ा अजीब-सा लगता था। उन्हें अपनी बच्चियों तक की शर्म न थी, जो इन नग्न मॉडल्स की ही समव्यस्क थीं।

ऐसे ही एक सचित्र समाचार ने नादिरा सिद्दिकी के सब्र का बांध तोड़ दिया।

"अगर नगमां और नजमा भी तुम्हारे दोस्तों के सामने न्यूड मॉडलिंग करें और वैसी ही जिंदगी जिएं जैसी तुम सलोनी और सुहानी के साथ बिता रहे हो, तो तुम्हें कैसा लगेगा? तुम फन की इस बुलंदी का इस्तकबाल किन लफ्जों में करोगे?"

जनाब रियाजुद्दीन सिद्दिकी कुछ क्षण सिर झुकाए सोचते रहे, कनिष्ठा के बढ़े नाखून से बाकी नाखूनों के अंदर घुसा मैल निकालते रहे फिर गहरी सांस लेकर बोले, "नहीं, मुझे अच्छा नहीं लगेगा। ईमानदारी की बात है, बहुत बुरा लगेगा।"

"उनसे कहोगे, ऐसा मत करो।"

"हां!"

"तो फिर?"

"मैं आम आदमी नहीं हूं। आम जिंदगी की लुकाछिपी नहीं निबाह सकता। मैं जो करता हूं, खुलेआम करता हूं। बंद दरवाजों के पीछे नहीं छुपता। इस ईमानदारी के लिए तुम मुझे शर्मिंदा कर रही हो। कितने ही लोग हैं। न जाने क्या-क्या करते फिरते हैं, उनकी बीवियों को पता तक नहीं चलता।"

"तो तुम जिंदगी की इस रवायत को सही मानते हो? बोलो, चुप क्यों हो?"

"मैं कौन होता हूं, सही-गलत का फैसला सुनाने वाला। मैं सिर्फ इतना जानता हूं कि वे जवान-हसीन लड़कियां मुझमें नया जोश और जिंदगी भर देती हैं? बिजली बदन में ही नहीं, दिमाग में भी दौड़ जाती है। मैं ताजादम हो फिर पेंट करने लगता हूं और और मैं कोई अकेला तो नहीं। पिकासो का जिंदगीनामा पढ़कर देखो।"

नादिरा सिद्दिकी ने बात आगे नहीं बढ़ाई। उसने घर, नौकरी और शहर बदल लिया। चुपचाप कानूनी कार्यवाही कर, ये फिजूल का रिश्ता उतार फेंका। तीन साल बाद उसकी किताब छपी, 'बेनूर तस्वीर।' अगर नादिरा सिद्दिकी ने यह किताब न लिखी होती तो किसी को भी उनके आंतरिक कलहपूर्ण जीवन का पता ही न चलता।

तो इस तरह के आदमी थे रियाज साहब। कैसे भी इन्सान हों, चित्रकार महान हैं।

मैं चित्र बनाती रही, यदा-कदा प्रदर्शित करती रही। धीरे-धीरे चित्रकला के क्षेत्र में मेरी घुसपैठ बढ़ती रही।

अपनी फाइल लेकर मैं फिर उनके कला कक्ष में पहुंची। देखा, अजीब हड़बोंग मचा है। जैसी रेलवे प्लेटफार्म पर होता है। लगा, अभी कोई रेल आने वाली है, एक मिनट रुकेगी। जैसे-तैसे घुस जाओ! वरना, रेल छूट जाएगी। पता चला, कोई राष्ट्रीय चित्रकला प्रदर्शनी होने वाली है। उसके ही आयोजन में लगे हैं सब। क्या सेक्रेटरी, क्या चपरासी! रियाज साहब ने फाइल छोड़ जाने को कहा और तुरंत उठ खड़े हुए। मुझे भी हाथ जोड़ सिर झुकाए वापस आना पड़ा।

प्रदर्शनी के उद्घाटन का निमंत्रण पत्र मुझे भी मिला। गई मैं। नामालूम सा हिस्सा। वो चित्रकार कितने सौभाग्यशाली हैं, जो निरंतर उनके दाएं-बाएं रहते हैं। यह देखो, उस लड़की के कंधे को बाईं भुजा से लपेटे कुछ समझा रहे हैं। एक नवागंतुक को बांहों में भर, माथे पर चुंबन अंकित कर दिया। ये कौन है? यह तो सलोनी है। प्रसिद्ध मॉडल। "इसकी तस्वीरें देखना मत भूलिएगा।" रियाज साहब कह रहे थे। "बहुत उम्मीदें बांध रखी हैं इससे! रंगों की दुनिया में ताजा हवा का झोंका है यह।" फिर सलोनी का गाल चूमा, "तुम जरूर कहीं पहुंचोगी।", "जरूर, रियाज साहब के बिस्तर में।" पीछे से कोई धीमी आवाज में बोला। मुड़कर देखा, कोई पत्रकार था। अब, ये और कौन है, जिससे इस तरह टूटकर गले मिल रहे हैं। पत्रकार टूटे पड़ रहे हैं, कैमरे बिजली गिरा रहे हैं।

मुख्य अतिथि, नामी जर्मन चित्रकार कौनरेड मीत्सिंग आए। फीता काटने से पहले अंग्रेजी में संक्षिप्त-सा भाषण दिया। आधुनिक भारतीय चित्रकला और चित्रकारों में अपनी गहरी रुचि व्यक्त की। फीता कटा और भीड़ अंदर लपकी।

सुखद आश्चर्य के प्रबल प्रहार से मैं जीवंत व्यक्ति, निस्पंद-निश्चल प्रतिमा सम जड़ हो गई। अवाक् खड़ी सामने की दीवार देखती रही। प्रथम कक्ष में ही मेरा अपना चित्र प्रदर्शित था। अभूतपूर्व ढंग से प्रस्तुत किया गया था उसे। दाईं ओर, जहां कोबाल्ट ब्ल्यू की प्रचुरता थी, अल्ट्रा वायलेट ब्लू फ्रेम था। वैरेडियन, ग्रीन के पास बॉटल ग्रीन, पोस्ट ऑफिस रेड के पास पिंक और कैनरी येलो के पास क्रिमसन। इस तरह केवल फ्रेम बदल देने से चित्र का संपूर्ण विन्यास और प्रभाव बदल गया था। लोग इस चित्र को गहरी दिलचस्पी से देख रहे थे। मैंने जाना, वो क्यों महान चित्रकार हैं। रियाज साहब साधारण चित्र को अपनी परिकल्पना का सहारा दे, असाधारण बना सकते थे, लड़खड़ाते चित्रकार को सशक्त बना सकते थे। रातोंरात मैं प्रथम श्रेणी के चित्रकारों में गिनी जाने लगी। उत्साह से छलकती उनसे मिलने पहुंची। धन्यवाद ज्ञापन भी करना था।

बड़ी भीड़ थी उनके कलाकक्ष में। कई गण्यमान्य चित्रकार उपस्थित थे। उन्होंने सबसे मेरा परिचय करवाया। मेरे चित्र के संदर्भ में दो-चार वाक्य कहे। सबने मेरे चित्र की भूरि-भूरि प्रशंसा की और फिर एक-एक कर सब चले गए।

''कहिए! कैसे आना हुआ।'' सिगरेट सुलगाते हुए रियाज साहब ने पूछा।

यह भी भला कोई पूछने की बात है। फिर भी यथाशक्ति मैंने बात बनाते हुए कहा।

''जी! मेरी फाइल आपके पास है।''

''यह लो।'' फाइल धप्प से मेज पर पटक दी उन्होंने।

''ले जाओ इसे और आइंदा इस तरह की तस्वीरें बनाकर मुझे दिखाने मत आना। हुनर की फिजूलखर्ची कोई तुमसे सीखे।'' झटके से उठे और अंदर जाकर खटाक से दरवाजा बंद कर लिया।

मैं जड़वत खड़ी रही गई। यह प्रशंसा थी? हां, प्रशंसा ही थी, पर कितनी निर्मम। कितना क्रूर-कठोर है यह व्यक्ति।

अब? अब मुझे क्या करना चाहिए।

साधना! कठोर साधना! निरंतर साधना।

ऐसे चित्र बनाऊं मैं कि यही व्यक्ति कह उठे, वाह!

दो बरस बाद मिली उनसे। इधर-उधर एकल प्रदर्शन होते रहे। नाम चलता रहा, पर राष्ट्रीय स्तर पर मेरा कोई निशान न था। मुझे देख अंतरंगता से मुस्कराए।

''बैठो।'' तो 'बैठिए' से 'बैठो' पर आ गए हैं हम।

वो चाय पी रहे थे। चुपचाप चाय पीते रहे और चित्र देखते रहे। कुछ चित्र दोबारा देखे।

''हां! अब कुछ बात बनी। रंगों का मिजाज तुम्हारी पकड़ में आ रहा है, उनकी फितरत समझ में आ रही है। अपने दिल की बात रंगों की जुबानी कहना और ऐसे कहना कि देखने वाला भी समझे, यही तो असली बात है। रंग महज जरिया है। उनका सही इस्तेमाल ही असली बात है। एक रंग जो मेरे फलक पर बेजान-सा दिखता है, तुम्हारे फलक पर खिल सकता है, हँस सकता है।

मैं उनका एक-एक शब्द पी रही थी। अचानक कुछ लोग आ गए, बात अधूरी रह गई। फिर सब लोग उठ खड़े हुए। फिक्की सभागार में किसी का भाषण सुनने की बात हुई।

''तुम भी चलो। ये फाइल यही छोड़ जाओ, फुरसत से देखूंगा।'' उन्होंने आदेश दिया। तीन गाड़ियां थीं, किसी तरह ठुस-ठुसाकर पहुंचे। फिक्की सभागार में वो उठकर किसी और से मिलने चल दिए। भाषण सुना और सब लोग बाहर निकल गए। वो भूल ही गए कि मुझे साथ लेकर आए थे। मैं घबराई सी इधर-उधर देख रही थी।

''कहिए कैसी हैं?''

ये मणि था। मणि मेरी ही तरह चित्रकार है या शायद चित्रकार कहना गलत होगा। बात यह है कि वह रंगों का प्रयोग करता ही नहीं। वो रेखाओं का दीवाना है। उन्हें लेकर ही तरह-तरह के प्रयोग करता है। उसके सारे चित्र रेखांकन के विविध प्रयोग हैं। आड़ी-तिरछी, मोटी-पतली और कभी छोटी-छोटी रेखाओं का प्रयोग कर वो अद्‌भुत चित्र बना लेता है। कभी-कभी एक ही रेखा से बने चित्र भी बनाता है यानी एक बिंदु से रेखा आगे बढ़ी और मुड़ती-घूमती, आगे-पीछे लौटती, समग्र चित्र बनाती प्रस्थान बिंदु तक लौट आती है। हां, तो मणि ने मेरे हाल-चाल पूछे और अपने साथी से परिचय करवाया।''

''ये सनातन दासगुप्ता, आप तो जानती ही होंगी।''

''जी हां!'' मैं सनातन से भी परिचित हूं। बांस की खपच्चियों से बना आदमी। पक्का काला रंग और सूखी घास से बाल। आंखों पर गोल फ्रेम का चश्मा। बुरा मत मानिएगा। बिल्कुल काठ का उल्लू लगता है। यही सनातन प्रसिद्ध चित्रकार है। अभिनव शैली है इसकी। ये फलक पर एक के बाद एक रंग पोतता चला जाता है। एक बार रंगों की आखिरी सतह लग जाने के बाद बिल्कुल रंग प्रयुक्त नहीं करता। धीरे-धीरे उन्हीं रंगों को खुरच-खुरच कर निकालता है। पतली तूलिका और पानी के सहारे उन्हें घोलता-मिलाता और फैलाता है। संपूर्ण चित्र का प्रभाव अवर्णनीय है। मणि और सनातन प्रयोगधर्मा अपरंपरावादी चित्रकार हैं। जब तक उनके चित्र न देखें, मेरी बात को संपूर्णता

में समझना दुष्कर है। मणि की भंवें प्रश्नवाचक मुद्रा में टंगी थीं।

''मैं, मैं...''

''ओह, आप जरूर रियाज साहब के साथ आई होंगी और वो निकल लिए। चलिए, आप हमारे साथ चलिए। वैसे आपको जाना कहां है?''

''अशोक यात्री निवास।''

''ठीक है सनातन भी उधर ही जाएगा, आपको छोड़ देगा, पर पहले एक कप चाय।''

थोड़ी देर बाद हम फुटपाथ पर बनी चाय की गुमटी के सामने छोटी-छोटी मुड्ढियों पर बैठे चाय की प्रतीक्षा कर रहे थे। बातें वही चित्रकला की। किसका चित्र लाखों में बिका, कौन भूखा मर रहा है, किसने अद्‌भुत प्रयोग किए हैं, कौन स्कॉलरशिप पर फ्रांस पर जा रहा है। उम्र का व्यवधान भूल हम उत्साही स्कूली छात्रों की तरह बतिया रहे थे। चाय पीकर चल पड़े। मणि के पास स्कूटर था। सनातन के पास सुर्ख लाल रंग की मारुति। मुझे अशोक यात्री निवास के सामने उतारते हुए बोला—अगली बार राजधानी आऊं तो उससे जरूर संपर्क करूं!

''यूं ही, साथ बैठेंगे, गपशप करेंगे, खाना खाएंगे।'' घर्रर्र...वो एक झटके में अंतर्ध्यान हो गया।''

दूसरे दिन जनशताब्दी से अपने घोंसले की ओर उड़ चली।

घर से निकलते ही अजीब से घबराहट मुझे घेर लेती है। अब पता नहीं कब लौटना हो। लौटना हो भी या नहीं और लौटूं तो ये घर, ये नीरज कहीं न मिले तो? कभी-कभी रुआंसी हो उठती हूं। रात में नीरज का स्पर्श चाहिए ही चाहिए। वो पास की खाट पर न हो तो मेरा सुरक्षा बोध लुप्त हो जाता है। एक बार लखनऊ में प्रदर्शनी थी। मैं और लवलीन एक ही कमरे में ठहरे थे और लवलीन ने कसकर झिड़क दिया था।

''बच्चों जैसी हरकतें मत करो। हवा की आवाज और परदे के हिलने से चौकन्ना, ये सब क्या है भई?''

वो जिद कर रही थी, दो चार दिन लखनऊ और रुके। मजे-मजे में, अपनी लय-ताल से लखनऊ घूमेंगे, पर मेरा भय रुग्ण हो चला था। बस! अब नहीं। अब मुझे नीरज चाहिए ही! मैं भी उस मिथकीय चरित्र जैसी हूं, जो धरती छूते ही नयी ऊर्जा से भर जाता था। जितनी बार नीरज को छूती हूं, नयी ऊर्जा से भर उठती हूं।

''अच्छे पति और बुरे विवाह से पीछा छुड़ाना बहुत कठिन है।'' लंबी सांस लेकर लवलीन ने कहा था।

क्या कर रहा होगा नीरज। इतने दिन कैसे रहा होगा। मुझे याद करता होगा या नहीं। नीरज का नाम किसी मारवाड़ी बनिये जैसा होना चाहिए था। दमड़ीलाल! दिन-रात अपने बही खातों में डूबा रहता है, बारह-बारह घंटे फैक्टरी में मशीनों के बीच खड़ा रहता है। फिर भी यह निरीह व्यक्ति मुझे बेहद प्यारा है। इसका जीवन सरल रेखा की तरह है। एक बिंदु फैक्टरी, दूसरा मैं। एक बार अचानक फैक्टरी पहुंचकर मैंने कहा, "चलो, मैटिनी शो देखते हैं! बड़ी अच्छी फिल्म है।" वह एक क्षण भर को उद्विग्न हुआ, फिर बोला, "अच्छा, चलो।" अपने असिस्टेंट मैनेजर को कुछ आदेश दिए और हम चल पड़े।

ऐसे ही चलता है। कुछ इकाइयां सकर्मक क्रिया होती ही नहीं। वो सदा प्रतिक्रियात्मक होती है—अकर्मक! मैं अचानक कहती हूं, मुझे बीस तारीख को दिल्ली जाना है, चार-पांच दिन में लौट आऊंगी। वो नहीं पूछता, क्यों? चुपचाप टिकट बनवा देता है। जब शादी की थी, तब भी यही हाल था। वो अपने नन्हे से उद्योग को खड़ा करने में व्यस्त। मैं रंगों में डूबी हुई। कभी ललक कर कहा, "उफ! मुंबई में मकबूल फिदा हुसैन की एकल प्रदर्शनी लग रही है।" तो उसने तुरंत कहा, "जाओ न। देख आओ जाकर।" "और मुन्नू?" "उसे मैं संभाल लूंगा।" और सचमुच, संभाला भी। ऐसी रंगीन आपातकालीन परिस्थितियों में उसने घर, बच्चे और फैक्टरी, तीनों को संभाला। क्या यही कारण है कि घर और फैक्टरी दोनों अच्छी तरह चल रहे हैं? यानी मेरी प्रतिभा शून्य है? आम पति होता तो कहता, फेंको ये रंग-वंग, घर संभालो। फिर उन बंधनों में कसमसाती मैं और एक दिन कॉफी में मिलाकर सायनाइड दे देती। जो कम्बख्त रंगों की अहमियत न समझे, ऐसे पति का क्या अचार डालती?

कैसा प्यार है यह। हर महीने कहीं उड़ जाने वाली पत्नी पर कभी कोई संशय नहीं! ढेर-ढेर पत्र आते हैं। साथी चित्रकारों के, आयोजकों के, प्रशंसकों के। उसे जरा उत्सुकता नहीं होती यह जानने कि कौन क्या लिख रहा है। मैं ही कोई रोचक पत्र पढ़कर सुना दूं तो ठीक, नहीं तो नहीं।

फलक पर सफेद कागज लगाने से संपूर्ण चित्र को आंकने और फ्रेम करवाने तक की पूरी प्रक्रिया को बहुत ध्यान से देखता है। इस कला की बारीकियों में गहरी पैठ है उसकी। मौने, मॉने, सेजां का घनघोर प्रशंसक है। पिकासो का 'ला गुएर्निका' छोड़ और कोई चित्र उसे नहीं जमा। सल्वाडोर डॉली भी अच्छा लगता है यानी विदेशी चित्रकारों पर ज्यादा झुकाव है। कहता है, उनके संघर्ष, साधना, मौलिक दृष्टि और रंग संयोजन का जवाब नहीं।

मेरी रंग यात्रा और उसकी उद्योग यात्रा समानांतर चलती है। बच्चों ने भी निरे बचपन से इस तथ्य को सहजता से स्वीकार कर लिया कि दो भिन्न रुचि के व्यक्ति भी इतने प्यार से साथ-साथ रह सकते हैं। बच्चे बड़े हुए। उनकी अपनी व्यस्तताएं हैं और अब हम फिर से केवल दो हैं। मणि के रेखांकनों की तरह, जीवन रेखा घूमघाम कर मूल बिंदु पर लौट आई है, अब प्यार का स्वरूप बदल रहा है। प्रेयसी, पत्नी से मैं मां की ओर बढ़ रही हूं। निरंतर इस चुप्पे से आदमी का ध्यान रहता है। क्या खाया, कितना खाया, वक्त पर सोया या नहीं, ठीक से कपड़े पहने या नहीं! और अब वह भी पूछने लगा है। "कब लौटोगी?" इन दो शब्दों में कितनी आतुरता, कैसी प्रतीक्षा और कितना प्यार है, केवल मैं जानती हूं।

रात ग्यारह बजे घर पहुंची। उफ! रातरानी की मादक गंध ने लगभग मदहोश ही कर दिया। कहीं से लौटूं और घर में फूल सजे मिलें, उनकी खुशबू मुझे अपने में खींच ले, तो घर लौटना सार्थक लगता है। ऑफिस में रोशनी थी यानी नीरज जाग रहा है। अंदर जाकर देखा, कंप्यूटर पर काम चल रहा है। मैंने चुपचाप पीछे से जाकर हल्के से उसके कंधों पर हाथ रख दिया।

"आ गई।"

"हां।"

"कैसा रहा।"

"अच्छा, बहुत अच्छा। खाना खा लिया?"

"हां! मदन को जल्दी घर जाना था, इसलिए जल्द ही खा लिया। तुमने खाया?"

"हां, ट्रेन में ही खा लिया था...आपने दवा ली?"

"लूंगा, अभी लूंगा। सोने से पहले।"

"तो चलो अब! इतनी रात गए तक जाग रहे हो। सुबह भी जल्दी उठ जाते हो।"

"उठता हूं, बस, पांच मिनट।"

"देखो, उठ जाना। मैं हाथ धोकर कपड़े बदलती हूं, इतनी देर में नहीं आए तो मैं आकर कंप्यूटर बंद कर दूंगी।

शयनकक्ष में पहुंचकर देखा नीरज आंखें मूंदे बिस्तर में लेटा था। दोनों हाथों से माथे की सलवटें, कनपटी सहला रहा था।

'क्या बात है? सिर में दर्द है?"

"नहीं, दर्द तो नहीं, थकान है जरा।"

"इतनी मेहनत क्यों करते हो? बारह-बारह घंटे फैक्टरी में खड़ा रहता है कोई? असिस्टेंट मैनेजर किसलिए हैं?"

"वो भी खटता है बेचारा। सबको लगना पड़ता है। बाजार की हालत ही कुछ ऐसी है, जरा कहीं ढीले पड़े कि सब गया। अच्छा! अब सो जाओ। सफर की थकान होगी"

मैं कुहनी के बल लेटी उसके बालों में ऊंगलियां चला रही थी। शुभरात्रि कहते हुए झुककर उसे चूम लिया।

ये मेरा भ्रम है या सचमुच उसका वजन निरंतर कम हो रहा है। देह में हड्डियां ही हड्डियां दिखती हैं।

"देखो तो, कितने दुबले होते जा रहे हो?"

"तुम्हारा भ्रम है। मेरा वजन स्थिर है। यूं भी मेरी लंबाई के लोग दुबले ही दिखते हैं।"

उसकी बांहों का कसाव बढ़ने लगा।

हल्के से हँसा वो।

"अपना-अपना नसीब है। तुम्हें मेरी हड्डियां चुभती हैं, मुझे तुम्हारी भरी-भरी देह।"

"छोड़ो भी, मुझे कोई हड्डियां-वड्डियां नहीं चुभ रहीं।"

"सच! कुछ भी नहीं चुभ रहा? फिर क्या बात है।" उसने बिजली बुझा दी।

"तुम्हारे जैसे बोहेमियन को मांसाहार से क्यों परहेज हो। मजे में हड्डियां चिंचोड़ो।" धीमे से हँस के नीरज ने मुझे अपनी बांहों में कस लिया।

परिचित देह के सुपरिचित रास्तों से होते हुए हम अपने जाने-पहचाने गंतव्य की ओर बढ़ रहे थे। यह रास्ता है, जो आंखें बंद कर तय किया जा सकता है। घर का रास्ता, ये दरवाजा, इसे हल्का-सा दबाकर खोलें तो आवाज नहीं करता। ये मेरा अपना आंगन, मेरा आकाश, यहां पहुंचने पर मैं पूरी कायनात की तरफ पीठ कर लेती हूं। ओह, ओह, कितनी मजबूत दीवारें हैं इस घर की। चारों ओर से मुझे घेरे, सुरक्षा का यह अहसास! मैं एक-एक गलियारे को सहलाती हूं। नहीं कहीं कोई वर्जित, अगम्य कक्ष नहीं। सब कुछ खुला, खुला सा, मेरा अपना। कितना सुख! कैसी तृप्ति, अब मुझे कुछ नहीं चाहिए। कहीं नहीं जाना है...क्या यही मोक्ष है! सब इच्छाओं का स्थगन या कहें, स्खलन...

दूसरे दिन गृहस्थी का फलक देखा, रंग संभाले और तूलिका उठा ली। बच्चों के पत्र।

हॉस्टल का खाना अच्छा नहीं था। घर की याद आती है। बगीचे की कांट-छांट। धोबी-दूध वाले का हिसाब। शाम को टिकटी पर फलक लगा नया सफेद कागज टांका। न जाने कितनी देर सब कुछ भूल, रेखांकन और फिर

पृष्ठभूमि में लगी रही। जब दो कदम पीछे हट प्रभाव जानना चाहा तो नीरज की बांहों में थी।

''कब से यूं चुपचाप खड़े हो? मुझे पता ही नहीं चला।''

''रात के दस बजे हैं।''

''ओह।'' मैंने रंगों के ढक्कन बंद किए। ब्रश वगैरह साफ करना शुरू किया।

''तुम इन सब दीवारों पर आईना लगवा लो।''

''क्यों?'' हाथ धोते-धोते रुक गई मैं।

''ताकि देख सको, चित्र बनाते समय कैसी लगती हो तुम।''

''आमने-सामने शीशे की दीवार। बहुत उलझन होगी।''

''एक बार करके देखो तो सही, साल्वॉडोर डॉली ने किया था।''

''वो झेल सकता था, इसलिए किया। मुझसे अपने ही अनगिनत रूप प्रतिरूप नहीं झेले जाएंगे।''

''तो फिर एक ही दृश्य को विभिन्न ऋतुओं में आंकों, मौने की तरह।''

''तुम हमेशा विदेशी चित्रकारों की नकल करने को क्यों कहते हो मुझे।''

''नकल करने को कहां कह रहा हूं, उसने चर्च आंके थे, तुम कुछ और आंको।''

''मूलतः बात एक ही है। एक बात बताओ, एक से एक चित्रकार हैं हमारे यहां। तुम हमेशा मौने, मॉने सेजां और रेनुआं को सराहते रहते हो।''

''जो संघर्ष और साधना वहां है, जो मौलिक दृष्टि और रंग संयोजन है, वो यहां दिखाई नहीं पड़ता। वो जुनून, वो कगार तोड़ती, उफनती बेचैनी, तुम्हीं बताओ, इस देश ने कुछ कम भुगता है? पर 'ला गुएर्निका' के बराबर तो क्या, निकट भी पहुंचा कुछ?''

''तुम विभाजन और सांप्रदायिक दंगों को विश्वयुद्ध के समकक्ष खड़ा कर रहे हो?''

''पीड़ा का कोई आकार या मानक नहीं होता। बात संवेदनशीलता की है, अभिव्यक्ति की है।''

हम चित्रों-चित्रकारों पर बहस करते-करते कब सो गए, पता नहीं चला। लगभग सप्ताह भर बाद रियाज साहब का पत्र मिला। केवल तीन शब्द, ''फौरन चली आओ।'' नीचे उनके हस्ताक्षर, बस।

लगा, आकाश में उड़ रही हूं। रियाज साहब का पत्र, मेरे नाम! ये तो बहुत संभाल कर रखना चाहिए। उन तीन शब्दों को शायद बीसवीं बार पढ़ा। अचानक धरती पर आ गिरी।

"यह क्या है?" मैंने नीरज से कहा। "मैं ऐसे कैसे जा सकती हूं?"

"ट्रेन से और कैसे?"

"बच्चे आनेवाले हैं।"

"कोई न कोई आता-जाता रहेगा। तुमने जो मार्ग चुना है, उसकी चुनौतियों के बारे में सोचो।"

"लेकिन, लेकिन..."

"लेकिन क्या? अगर रंगों में ही तुम्हारा कल बसता है तो जाओ, ढूंढ़ो उसे। बेकार के बहाने मत बनाओ।"

"चाहे उसमें मेरे आज के रंग खो जाएं?"

"मैं कह रहा हूं, संभावना के द्वारा बंद मत करो।"

दिल्ली पहुंचकर उनसे मिलने पहुंची।

"बैठो।" इधर-उधर कुछ ढूंढ़ने लगे वो।

"हां, यह रहा।" एक कागज मेरी ओर बढ़ा दिया।

नेशनल आर्ट गैलरी में मेरे चित्रों की एकल प्रदर्शनी का स्वीकृति पत्र था।

मैं स्तब्ध! रक्त प्रवाह थम गया। सांस लेने में कठिनाई लगी। फिर जैसे बांध तोड़ अबाध जल बह निकला हो! न जाने क्या सूझा मुझे! मैं अपनी कुर्सी से उठ, उनके गले लग गई। वस्तुतः मेरे लिए वह अभूतपूर्व क्षण था। मैं इतनी खुश थी इतनी खुश कि उनसे गले मिलने का मन किया और मैंने यह काम कर डाला। थोड़ा संभल कर मैं वापस अपनी कुर्सी पर बैठी, यह कैसे संभव हुआ? निश्चय ही उनके प्रयत्नों से। वरना दिल्ली में मुझे कौन जानता है। ऐसा क्यों किया उन्होंने? क्या सचमुच मुझमें थोड़ी बहुत प्रतिभा है या स्त्री हूं, इसलिए।

स्वयं को संयत कर कमरे पर नजर दौड़ाई तो देखा, एक कोने में मणि खड़ा मोटी-सी किताब के पन्ने पलट रहा था। भरपूर मुस्कराकर उसने हाथ बढ़ाया।

"बधाई।"

मैंने हाथ तो मिला लिया, पर उसकी मुस्कराहट के विविध रंग बड़ी देर तक मानस पटल पर आते-जाते रहे।

फिर? फिर हम सब प्रदर्शनी की तैयारियों में जुट गए। जो लोग चित्र बनाने के लिए अभिशप्त हैं, वो जानते हैं कि यह कला चित्र को मढ़ने वाले कारीगर तक के हार्दिक सहयोग की मोहताज रहती है। अच्छा-खासा चित्र मढ़ने के दौरान बर्बाद हो सकता है। भले ही एकल प्रदर्शनी हो, मित्रों-सहयोगियों की सहायता अत्यंत आवश्यक है।

बहुत सफल रही प्रदर्शनी। राजधानी में झंडे गड़ गए।

नीरज की बेहद याद आ रही थी। मैं दूसरे ही दिन लौट गई। घर लौटी तो देखा बच्चे और नीरज अतिरिक्त उत्साह से छलक रहे हैं। उन्होंने दूरदर्शन और समाचारपत्रों से प्रदर्शनी की सफलता के समाचार पढ़े थे।

चौथे दिन मणि का पत्र मिला। पत्र क्या, पुलिंदा था पूरा। समाचारपत्रों की कतरने, कला समीक्षकों के वयक्तव्य और हां, यह सूचना भी कि आगामी पांच तारीख को उसके रेखांकनों का एकल प्रदर्शन है।

यानी, फिर दिल्ली।

दिल्ली पहुंचते ही पहले 'गुरुद्वारे' मत्था टेकने गए। इसमें कोई संशय नहीं कि रियाज साहब मेरे गुरु हैं। उन्होंने मुझे नए सिरे से चित्रकला सिखाई। एकल प्रदर्शनी की तैयारी के दौरान मुझे अमूल्य जानकारी दी। चित्र बनाने से लेकर उसे फ्रेम करवाने और प्रदर्शित करने तक। इतना भर नहीं, अवसर और अवकाश मिलते ही वो चित्रकला संबंधी गूढ़ जानकारियां, दुर्लभ दिशा निर्देश देते रहते हैं। अतः उनके कलाकक्ष को गुरुद्वारा मान मत्था टेकने पहुंची। इस बार मणि की प्रदर्शनी को लेकर भाग-दौड़ मची हुई थी। मुझे देखते ही बोले,

"तुम्हारी अंग्रेजी अच्छी है। जरा इन तस्वीरों का ब्रोशर बना डालो।"

सिर झुकाए हम सब अपने-अपने काम में जुट गए। आज मैं उनकी कार्य क्षमता देख दंग रह गई। बहत्तर साल का यह चित्रकार किसी सत्रह साल के युवा से कम न था। न काम में, न काम के प्रति उत्साह में।

लगभग दो बजे के करीब सब लोग चले गए। खाना खाने और बाहर के काम निपटाने। रियाज साहब ने पास के ढाबे से खाना मंगवा लिया। अजीब बात है। मैं सामने बैठी थी और वो मेरी उपस्थिति नकार तन्मयता से ऊंगलियां चाट-चाट छोले-भटूरे खाते रहे। खाना खा, पानी पी तृप्ति की डकार ली, डिबिया निकाल जर्दा फांका और तब मेरी ओर मुड़े।

"चलो, अंदर चलकर बैठते हैं। बहुत थक गया हूं, थोड़ा आराम करना चाहता हूं।"

परदा उठाकर रियाज साहब अंदर वाले कमरे में चले गए। मैंने न कभी किसी को इस कमरे में जाते देखा, न आते। यह उनका नितांत निजी कक्ष था। हां, उन पर लिखे गए अनेकानेक लेखों में उनके इस निजी कक्ष के अनेक चित्र अवश्य देखे थे।

खूब बड़ा-सा कमरा! तारपीन के तेल की मीठी-सी महक। दीवारों पर सॉफ्ट बोर्ड लगा था। बने-अधबने कई चित्र टंके थे। अलमारियों में रंग के डिब्बे, ट्यूब और तरह-तरह के ब्रश। एक अलमारी में किताबें और कागज। एक कोने में

फलक सहित लकड़ी का तिकोन। ठीक सामने लकड़ी का तख्त। उस पर अस्त-व्यस्त बिस्तर और उतारे गए कपड़े। इसी कमरे के दूसरे कोने में एक मेज पर चाय बनाने का सामान और गैस का चूल्हा। उन्होंने बैठने को कहा। बैठें? कहां? कपड़े हटाने लगी तो सिगरेट के टोटों से भरी एशट्रे प्रकट हुई। किसी तरह जगह बनाकर बैठ गई। उन्होंने कुरते की जेब से सिगरेट निकाली, लाइटर से सुलगा, किताबों की आलमारी में कुछ ढूंढ़ने लगे। रेनेसां के चित्रकारों पर एक पुस्तक निकाली और खिड़की के पास खड़े होकर उसमें कुछ देखने लगे। अचानक पुस्तक बंद कर बिस्तर पर आकर लेट गए। मैं सकपका कर उठ खड़ी हुई। उन्होंने लेटकर फिर पुस्तक खोल ली।

'ये किताब पढ़ना कभी, जरूर पढ़ना, हां।'' और उनकी आंखें मुंद गईं। शिथिल हाथों से पुस्तक लुढ़क गई। सिगरेट सुलग रही थी और वो आंखें मूंदे लेटे थे। एक मिनट, दो मिनट...लगा सो गए हैं। अब? मैं क्या करूं? इन्हें जगाऊं या चुपचाप खिसक लूं। मैंने दूसरा विकल्प चुना। पुस्तक बंद कर उनके सिरहाने रख दी। उनकी उंगलियों से सिगरेट निकालकर बुझाई, अपना पर्स उठाया और दबे पांव बाहर निकल आई।

पूरा सप्ताह प्रदर्शनी की तैयारी और फिर उद्घाटन में निकल गया।

घर जाने से पहले फिर पहुंची, 'मत्था टेकने।'

उन्हें पिछली मुलाकात के बारे में कुछ याद न था। याद रखने लायक ऐसी कोई असाधारण बात भी नहीं थी। मेरे जैसे अनगिनत चित्रकार उनके परिचय के दायरे में हैं। विदा लिए बिना चुपचाप आने का अपराधबोध तिरोहित हो गया।

अचानक आंधी की तरह एक लड़की कमरे में घुसी।

''आयम सॉरी, देर हो गई। रास्ते में ट्रैफिक जाम...।''

''बेकार की बातों में वक्त मत बरबाद करो, चलो अब पूरा करते है।'' फिर मुझसे बोले, ''तुम भी आओ! सीखो, लाइव मॉडल से तस्वीर कैसे बनती है। बड़ा जोखिम है इसमें।''

न जाने कब से इस अवसर की प्रतीक्षा कर रही थी मैं। उस महान चित्रकार को चित्र बनाते देखना अभूतपूर्व, अविस्मरणीय अनुभव होगा।

रियाज साहब झटके से उठे और अंदर चले गए। उस लड़की ने मुझे देखा। मुस्कराए या न मुस्कराए, कुछ निश्चय नहीं कर पाई। फिर हाथ बढ़ाकर बोली।

''सारा चटर्जी, मॉडल हूं।''

मैंने हाथ मिलाया, अपना नाम बताया। दो परिचितों की तरह हम अंदर घुसे।

फलक पर नया कागज था। काफी बड़ा, आयताकार। मूल रेखांकन और पृष्ठभूमि का विभाजन हो चुका था। अब रेखांकन के कोण, वृत्त और आयतों पर काम होना था। आज वहां एक स्टूल भी था और खिड़की के पास आदमकद शीशा भी। लड़की सीधे बिस्तर की ओर बढ़ी अपना पर्स रखा और निःशब्द वस्त्र उतारने लगी। मेरी सांस रुकने लगी। यह क्या हो रहा है? फिर मैंने स्वयं को संयत किया। अगर इस लड़की की जगह कोई वृक्ष हो तो? पलाश का वृक्ष। ढेर सारे लाल-लाल पुष्प गुच्छों से लदा। अपनी संपदा का भार स्वयं संभालने में असमर्थ। कुछ झुका-झुका-सा।

रियाज साहब ने उसे खिड़की के पास आदमकद शीशे के सामने खड़ा कर दिया। पूर्णतया निवर्सन वह लड़की खिड़की के पास खड़ी थी और दर्पण में अपनी ही छवि देख पुलकित थीं। परदे से छन-छन कर आता हल्का-सा प्रकाश उसकी देहयष्टि को अद्भुत चमक प्रदान कर रहा था। बाकी कमरे में अंधेरा था। कियारोस्क्यूरो (छाया-प्रकाश, श्वेत-श्याम) शैली में चित्रांकन में व्यस्त हो गए रियाज साहब। मैं स्टूल पर बैठ गई। लड़की बिना हिले-डुले वैसे ही खड़ी रही जैसे रियाज साहब ने उसे खड़ा किया था। फलक पर से रेखाएं, कोण, आयत और वृत अदृश्य होने लगे और उस आत्ममुग्ध सुंदरी का चित्र उभरने लगा। थोड़ी तिरछी खड़ी लड़की की पीठ दर्शकों की ओर थी और सामने दर्पण में उसका आत्ममुग्ध प्रतिबिंब दिख रहा था। इस तरह यथार्थ और प्रतिछवि को मिलाकर चित्र संपूर्णता की ओर बढ़ रहा था। इसी तरह न जाने कितना समय निकल गया। मैं चुपचाप खड़ी उस महान चित्रकार को चित्र बनाते देख रही थी। रियाज साहब चारकोल पेंसिल उठाएंगे या रंगों का प्रयोग करेंगे। चारकोल आसान है, रंग माध्यम से त्वचा का अंकन अत्यन्त दुष्कर। इस चित्र की जान प्रकाश और छाया का सम्मिलन है। रंग या चारकोल? मैं इसी उलझन में थी कि अचानक रियाज साहब किलक उठे।

"बहुत बढ़िया, सारा! बहुत बढ़िया।" उन्होंने पेंसिल वगैरह रख दी। फिर जो हुआ, अप्रत्याशित था। लगभग झपट कर उन्होंने सारा को अपनी बाहों में भर लिया और बिस्तर पर लुढ़क गये। नन्ही बच्ची की तरह आल्हादित सारा उनके प्रगाढ़ आलिंगन का उत्तर अपने चुंबनों से देने लगी।

कांपते पैरों से मैं बाहर आई। मेज का सहारा ले कुर्सी के हत्थे तक पहुंची और सायास कुर्सी पर बैठी। अब भी मेरा सर्वांग कांप रहा था। अंदर झंझावात अपने वेग से न जाने क्या-क्या ध्वंस किए डाल रहा था।

यह क्या हो रहा है?

वही, जो मैंने सुना और पढ़ा था। आज प्रत्यक्ष देख लिया।

फिर भी कला साधना की यह परिणिति समझ नहीं पा रही थी। इसमें समझने को है क्या? वो चित्रकार और मॉडल होने के साथ-साथ स्त्री-पुरुष भी तो है। जो कुछ भीतर चल रहा है, दो वयस्कों की आपसी सहमति से हो रहा है। उसमें तीसरे की अनुशंसा का कोई स्थान नहीं।

झंझावात मेरे अंदर भी उतर गया। क्या ऐसी अपेक्षा अपनी हर परिचित स्त्री से रखते हैं रियाज साहब। मुझसे भी! नहीं, नहीं...मुझसे क्यों रखेंगे। न मैं सत्रह साल की हूं, न अपूर्व सुंदरी! कलात्मक ऊर्जा के लिए दिव्य प्रेरणा का स्रोत बीस-बाईस तक की सुंदरियों की देह से ही झरता है। मुझे क्या बुरा लग रहा है और क्यों बुरा लग रहा है, फिर भी अपने अनुभव को अच्छा या बुरा शीर्षक देने का अधिकार तो मुझे है।

यह मुझे अच्छा नहीं लग रहा।

एक बूढ़े आदमी का उस बच्ची-सी लड़की पर यूं झपट पड़ना कुछ-कछ बलात्कार जैसा लगा। बलात्कार तो नहीं था, लड़की सक्रिय सहयोगिनी थी। सांचे में ढली देहयष्टि की स्वामिनी सहज सुंदर सारा कैसे उस बूढ़े को सहन कर रही थी? गंजा सिर, नकली दांत, झूलती खाल और ढीली देह। रियाज साहब लाख कलाबाजी दिखाएं, सारा की टक्कर के खिलाड़ी तो हो नहीं सकते। अब समझ में आया। हेंमिग्वे को आत्महत्या क्यों करनी पड़ी। वृद्धावस्था की विवशताएं स्वीकार नहीं कर पाया। तब वियाग्रा बाजार में नहीं उतरी थी। और सारा? क्या विवशता है उसकी।

परदा हटाकर सारा बाहर आई और तेजी से बाहर निकल गई। चेहरे पर क्या था? गहरी ऊब? झुंझलाहट? निश्चय ही तृप्ति और संतोष वहां नहीं था।

हांफते-खांसते रियाज साहब बाहर आए। बड़ी मौज में थे। कुछ गुनगुना रहे थे।

''अरे तुम? अभी तक यहीं हो? मैंने तो सोचा था, डर के मारे भाग खड़ी होओगी।''

जो भाव मन में जागा, वह डर नहीं था।

''आप नहीं डरते?'' प्रकटतः कहा।

सिगरेट सुलगाते-सुलगाते थम गए रियाज साहब। ''मैं? भला मैं क्यों डरूंगा।'' जलती तीली ऊंगलियां झुलसाने लगीं तो फेंक दी।

''इस सच से कि ये चलते-फिरते दैहिक संबंध एक तरह की व्याधि है। स्त्री-पुरुष, किसी को भी हो सकती है, अधिकतर पुरुषों को होती है, जैसे हिमोफीलिया।''

उन्होंने सिगरेट की राख झाड़ी, गहरा कश ले धुआं उगला, सिर पीछे कुर्सी से टिका आहिस्ता से बोले।

''वाह! ब्रश ही नहीं, जुबान भी चला लेती हो।'' फिर गहरा कश, धुएं का गुबार...

''किसी भी फनकार को अपने फन में महारत हासिल करने के लिए खुद को आजाद छोड़ देना चाहिए। जो फनकार जिंदगी से और ज़िंदगी के साथ जितने तजुर्बे करेगा, उसकी निगाह उतनी ही पैनी होगी। हाथ बारीक, परवाज बुलंद।''

''यह बात गले नहीं उतरती सर। आजाद जिंदगी और तजुर्बे का अर्थ केवल ये, ये दैहिक संबंध ही क्यों हों और इन अर्थों में आजादी भोगने वाले लोग हर जगह, हर तबके में मिल जाते हैं। मेरा धोबी है और उसका दोस्त नाई है। आए दिन इन्हीं चक्करों में पिटते-कुटते हैं, मगर उनकी कला या कला के प्रति समर्पण में कोई सुधार मैंने नहीं देखा!''

''ये क्या बात हुई।'' वो जाग से पड़े, आगे झुक आए, लगा, नाराज हो गए हैं।

''जो आप कह रहे हैं, ठोस तर्क नहीं, बहाना है। स्वयं को सही सिद्ध करने का।'' उन्होंने ध्यान से मुझे देखा।

''बड़ा अफसोस है, तुम मुझे इतनी देर से मिली, वरना तुम्हें भी खींच लेता।''

हँसी आ गई। इन्हें नहीं मालूम। इनका यह जुमला, जो ये हर तीसरी लड़की पर फेंकते हैं, चुटकला बन चुका है।

''खींच लेने से हर औरत खिंची चली आती है? कुछ और भी तो घट सकता है। जैसे, मेरी जड़ें बहुत मजबूत हैं...उलटे आप ही औंधे मुंह गिर पड़ते।''

''फिर भी, कोशिश करने में क्या हर्ज है? तुम्हें पता नहीं, जो औरत मेरे साथ सोई, फिर किसी मर्द के साथ खुश नहीं रह सकी। डट के मुर्गे उड़ाता हूं और डट के...''

''बस, बस...कहीं आपके समझने में भूल हुई है या मुझसे समझने में।''

''शिकारी तो कांटा फेंकेगा ही। मछली फंसे तो बढ़िया, नहीं फंसी तो फिर ...फिर फेंकेगा।''

''कब तक फेंकते रहेंगे कांटा? और पिरान्हा फंस गई तो? कांटे के साथ-साथ आपको भी कुतर जाएगी...''

"तुम नहीं समझोगी।"

"इससे पहले 'तुम औरत हो' नहीं जोड़ा आपने?" जैसे अपने आपसे ही बात कर रही हूं, इस तरह कहा।

"एक व्यक्ति है, जो मेरी मज्जा तक में घुल गया है। दो मिलकर एक हो गए। इस एकात्म की तृप्ति को समझाना संभव नहीं। गूंगा गुड़ का स्वाद कैसे बताए? यूं समझिए, जो सदा-सदा का शाकाहारी हो, तंदूरी मुर्ग हो या कोई और नियामत, उसकी लार ग्रंथियां सक्रिय नहीं होंगी।"

"औरतों की यही बात मुझे पसंद नहीं। खुद को जमाने भर का पारसा साबित करने में लगी रहती हैं।"

"बात औरत-मर्द की नहीं, आदमजात की है। देखिए, तीन तरह के लोग होते हैं—एक, ताला लगा हो या नहीं, वो चोरी नहीं करते। इस बारे में सोचते तक नहीं है। दूसरे, ताला लगा हो तो आगे चल देंगे, नहीं लगा हो तो मौका नहीं छोड़ेंगे और तीसरे, ताला लगा हो, न लगा हो, वो किस्मत जरूर आजमाएंगे, जो भी हो, यह उनका स्वभाव है।"

"मैं तीसरी कैटेगरी में हूं?"

"निर्णय करने वाली मैं कौन होती हूं? मैं केवल इतना कह रही हूं, अपने और अपने ही जैसे दो, चार, दस, पचास, सौ, दो सौ लोगों के अनुभवों के आधार पर कोई सिद्धांत कैसे प्रतिपादित किया जा सकता है। इसके ठीक विपरीत ध्रुव पर भी काफी लोग खड़े हैं। कुछ लोग हैं—स्त्री-पुरुष दोनों ही अविवाहित हैं या साथी से अलग हो गए, कोई भी कारण हो, मृत्यु या तलाक! दो-चार होते हैं, जो बाकी जीवन ऐसे ही अकेले काट देते हैं। उनके मन में कोई कटुता भी नहीं। न बिछुड़े साथी के प्रति कोई दुर्भावना या अपशब्द। विलाप तक नहीं। कुछ हो भी तो वह इतना निजी और गोपन है कि उसकी छाया तक उनके सृजन और सार्वजनिक जीवन पर नहीं पड़ती। जो भी हो, यह उनका चयन है और चयन का अधिकार सबको है।"

"तो?"

"तो यही कि चारा फेंकते रहिए, मगर जान लीजिए, हर मछली चारा नहीं कुतरती..."

क्या कहीं मेरे मन में नादिरा सिद्दिकी की छवि थी? कितनी शालीनता से जीवन काटा उन्होंने। अगर शालीनता और संस्कारों को ओढ़ा हुआ मुखौटा भी कहें तो मुखौटा सुंदर है, आकर्षक है, मुझे यह कहने का अधिकार क्यों नहीं है?

"रियाज साहब?"

चौंककर देखा उन्होंने। मैंने कभी उन्हें उनके नाम से नहीं पुकारा था।

"इस खेल को उलट दें तो?"

"यानी?"

"गृहस्थी में निपुणता लाने के लिए, आखिर वह भी एक कला ही है, हर पत्नी पति के सामने या पीठ पीछे उन्नीस-बीस साल के लड़कों को बुलाने लगे, उनसे काम-कला के गुर सीखने लगे तो? तो कैसा लगेगा? क्या कहेंगे आप?" अनजाने में ही रियाज साहब ने बेजारी से सिर हिलाया, जैसे कह रहे हो...'क्या हिमाकत है। भला यह कैसे हो सकता है?' मगर जो वो बोले, कुछ और था!

"हां, हां, क्यों नहीं। भला मुझे क्या ऐतराज हो सकता है। चाहती तो औरतें भी यही हैं, मगर डरती हैं। शौहर से, जमाने से, खुद से।"

"ठीक कहा आपने। चाहती वो कुछ और हैं। छोटा और सरल समझ, यह रास्ता चुन लेती हैं। एक बार चयन कर लिया तो रास्ते की असुविधाएं झेलनी ही पड़ती हैं।"

"ओहो! क्या कहने! आपने खासा मुश्किल रास्ता पकड़ा है। वाकई, आप तो आला दरजे की फनकार निकलीं। होलियर देन दाउ..."

"जो भी कहें...और मैं अकेली कहां हूं। बहुत लोग हैं। आप ही बताइए, नादिरा सिद्दिकी को खींच सकता है कोई?"

"वो तो अब बूढ़ी हो चली।"

"और आप खासे कड़ियल जवान हैं, क्यों?" अनायास मुंह से फिसल गया।

बात तेजी से गाली-गलौज में बदल रही थी। अब मुझे चल देना चाहिए।

"अच्छा सर, आज्ञा दीजिए, अब चलती हूं।" सदा की तरह रियाज साहब ने हाथ मिलाया, पर इस बार हाथ छोड़ा नहीं।

"पता नहीं क्यों, आज तुम्हारा हाथ छोड़ने का दिल नहीं कर रहा।"

"तो मत छोड़िए। मैंने कब कहा, आप मेरा हाथ छोड़ दें।"

आफिस के बाहर तक हम यूं ही हाथ बांधे आए। इस तरह चलना असंभव नहीं तो कठिन अवश्य है। उन्होंने स्वयं ही मेरा हाथ छोड़ दिया और अंदर चले गए।

भीतर बैठी स्त्री मुस्करा दी।

बाहर आकर देखा, सांझ गहराने लगी थी। ये सब उलट-पलट कैसे हो गया। महान चित्रकार के लिए मेरे मन में गंजा, बूढ़ा जैसे शब्द क्यों आ रहे हैं? ऐसा क्या हुआ था, जो मुझे पहले से पता न था। और उनके निजी-जीवन पर कोई टिप्पणी करने का मुझे क्या अधिकार है। फिर भी कहीं कुछ है, जो बहुत

खराब लग रहा है। गिरते-गिरते बची मैं, बड़े से पत्थर से टकरा गई थी। ओह! ये अंधेरा क्यों है? बिजली नहीं आ रही शायद। क्या सब पुरुष ऐसे ही होते हैं, नीरज, नहीं! असंभव! सफल उद्योगपति है। फैक्टरी में बीस से पच्चीस तक की लड़कियां भी हैं, फिर नीरज क्यों कभी इधर-उधर नहीं ताकता। ताकेगा तो क्या? कोई उस पर टूट भी पड़े तो अवसर का लाभ उठाने की जगह, स्वयं को घोर अपमानित मानेगा। और...मणि, सनातन दासगुप्ता और भी न जाने कितने साथी चित्रकार हैं। साथ-साथ काम करते हुए स्त्री-पुरुष का बोध लुप्त हो जाता है, रह जाती है सहकर्मियों के बीच पनपी समझदारी, संवेदना। व्यक्तिगत रुचि-अरुचि को सार्विक प्रतिमान कैसे बनाया जा सकता है?

और रियाज साहब?

ये सब क्या गोरखधंधा है?

कब तक चलेगा यह सब। एक दिन अकेले इसी गंदे, अव्यवस्थित कक्ष में पड़े होंगे। लोग आएंगे, औपचारिक बातें करेंगे, चले जाएंगे। कोई प्यार से सिर सहलाने वाला न होगा।

क्या कभी नादिरा सिद्दिकी की याद नहीं आती? नहीं लगता कि बड़ी भारी भूल हो गई। उनकी उपस्थिति, उनके स्पर्श के लिए नहीं तरसती इनकी आंखें।

शायद नहीं! वहां तो कमसिन सुंदर लड़कियां बसी हैं।

क्या आखिरी सांस लेते समय भी नादिरा-नादिरा नहीं पुकारेंगे? कोई भी हो पास, नर्स या मॉडल कोई अंतर नहीं पड़ता?

शायद नहीं! उनकी सारी व्यवस्थाएं फौरी हैं, काम चलाऊ! जीवन की कोई लंबी और स्थायी व्यवस्था उनके पास है ही नहीं।

व्यवस्था! यही है केंद्र बिंदु। कहीं रियाज साहब और मैं इस एक शब्द की नदी के दो किनारों पर तो नहीं खड़े? वो नदी में कूद, लहरें झेल रहे हैं। मैं किनारे खड़ी कूदने वालों के दुस्साहस पर विस्मित हूं। लहरें तो लहरें हैं। किनारें पर भी पटक सकती हैं, डूबा भी सकती है। जिसे मैं झेलना कह रही हूं, वो उसे मजा लेना कह सकते हैं।

अचानक सब दुकानें एक साथ जगमगा उठीं।

बिजली आ गई।

मैंने घड़ी देखी। मेरी ट्रेन का समय हो गया। झटपट होटल पहुंची, सामान उठाया और सीधे स्टेशन भागी।

इस बार ऊपर की शायिका मिली थी।

ऊपर लेटी आराम से अपने विचारों को सुलझाती रहूंगी।

नीचे खटर-पटर हो रही थी। दो स्त्रियां और एक पुरुष। सामान ढंग से रखा गया। पानी की बोतल इधर, वो मिठाई का डिब्बा उधर। कुछ देर यही चलता रहा। फिर सब शांत। वो दोनों स्त्रियां आपस में बात करने लगीं। मैंने प्रयत्न किया, छूट गए विचारों को फिर से समेट, कोई सूत्र ढूंढ़ लूं, धागे की तरह लपेट लूं, व्यवस्थित कर लूं।

नीचे भी व्यवस्था की गड़बड़ चल रही थी।

''मेरा बैग कहां गया?''

''कौन-सा बैग?''

''लाल वाला।''

''वो तुमने खुद ही पीछे वाली खूंटी पर टांगा था।''

''अरे हां, ये रहा। अच्छा, शुरू करो।'' वन निट, टू पर्ल, डब्ल्यू ओ एफ, केटी, के टी, अगैन डब्ल्यू ओ एफ टू पर्ल वन निट...''

ये क्या शुरू हो गया? कुछ समझ में नहीं आ रहा था। झुककर नीचे देखा। एक स्त्री किसी पत्रिका में देख-देखकर वन निट टू पर्ल बोल रही थी, दूसरी खटाखट ऊन सलाईयां चला रही थीं...तो ये बुनाई का कोई नमूना है। एक सीधा दो उलटे।

मुझे झांकता देख, वो दोनों मुस्करा दीं। जैसे कोई रहस्य हो हमारे बीच! जो वो जानती है और मैं....।

मैंने देखा, स्वेटर पर जालीदार मछलियां सी उभरती जा रही हैं।

''बड़ा सुंदर डिजाइन है।'' मैंने मुस्कान के उत्तर में कहा, ''बहुत कठिन लगता है! कठिन है न।''

''हां, देखने में तो हर नमूना ऐसा ही लगता है, पर जिन्हें शौक होता है, वो नजर भर देखकर कोई भी नमूना डाल लेते हैं।''

''इसमें मुश्किल क्या है?'' दूसरी स्त्री बोली, ''हैं तो वही दो घर। सीधा और उल्टा। वहीं घटाओ, बढ़ाओ, बल देकर बुनो और हो गया। हर नमूना इसी तरह बनता है।

हां, ठीक तो है। हर नमूना इसी तरह बनता है।

# कोई नन्हीं-मुन्नी सी

ये जाड़ों की दोपहर है या सुबह या सीधे शाम ही कहें। उसने घड़ी देखी! अरे, एक बज गया। यह अंधेरा सा क्यों है? ओह! बादल घिरने लगे हैं, हवा भी तेज हो चली है। सच कहें। अच्छा लगा उसे! सदा से ही जाड़े अच्छे लगते हैं। नहीं पसंद तो गर्मियां! उफ! पसीना और बदबू! कहां तक दफ्तर, कार या 'मेहता हाउस' में बैठे रहो। बाहर निकलो तो मेरा भारत महान है। उसकी महान गंदगी, महानतर मक्खियां और महानतम धूल के दो-चार होना ही पड़ता है। उसने कोट की जेब में हाथ डाला। ब्रांडी की पतली-चिपटी बोतल थी। मफलर ठीक से बांधा, कोट की बाहों में हाथ घुसा, स्वेटर नीचे तक खींचा, गले तक कोट के बटन बंद किए, टोपी के नीचे से कान ढकने वाले बंधने निकाल, ठोड़ी के नीचे बांध लिए। आओ अब। जाड़ा, हवा, पानी। कोई इन गर्म कपड़ों के किले को भेद उसे नहीं छू सकता। उसके कहने का ही इंतजार था शायद। सचमुच टप-टप शुरू हो गई। अब तक तो बस आ जानी चाहिए थी। इधर-उधर देखा। बस स्टैंड के दूसरे कोने पर एक मरगिल्ली-सी लड़की खड़ी थी। उसने रुचिपूर्वक लड़की को देखा। दुबली-पतली, मटमैला सा रंग, नाक नक्श ठीक-ठीक। पूरी बांह के स्वेटर पर शॉल ओढ़े थी और हाथ की बुनी बड़ी बेहूदी सी टोपी सिर पर लगाए थी। फिर भी वक्त काटने के लिए बुरी नहीं है।

"कितने बजे आएगी बस?"

"बारह बजे वाली को तो अब तक आ जाना चाहिए था।"

"आएगी भी या नहीं?"

"क्या पता।" लड़की ने बेबसी से आसमान की तरफ देखा, फिर बस के आने वाली दिशा में आंखें गड़ा दीं।

क्या बकवास है। इतनी बड़ी गलती उससे कैसे हो गई। जैसा ड्राइवर उमंगसिंह कहता है, "ब्लंडर मिश्टेक।"

जब 'मेहता हाउस' का सन्नाटा दम घोटने लगा तो वह उठकर बाहर की दुनिया में चला आया। जहां शोरगुल हो, इन्सानी रिश्तों की गरमाहट हो! बहुत कुछ हो! गलती यह हुई कि अपनी झोंक में अकेला ही निकल पड़ा। घंटी मार कर ड्राइवर को बुलाने की इच्छा ही नहीं हुई, शायद इसलिए कि घंटी मारने पर हाउसकीपर मिसेज डिसूजा या पी.ए. श्रीमान अमित कपूर आते। वो सैकड़ों फंदे फेंकते, हजारों जाल बिछाते। "लंच कब लेंगे, कहां लगेगा, कोई गेस्ट है? दो बजे मीटिंग है, उन्हें क्या जवाब दे, पहले ही दो बार टाल चुके हैं। वो लोग आ चुके हैं, होटल ऑबरॉय शेरटन में बैठे, फोन का इंतजार कर रहे हैं। कहां जा रहे हैं? बस, इसी सवाल से गहरी कोफ्त होती है उसे। कहां जा रहा है? कहां जाएगा भला, कहां जा सकता है वह? कहीं भी तो नहीं। कहीं पढ़ा था, अपनी ही दुम का पीछा करता कुत्ता। बस, अपनी ही दुम पकड़ने के लिए गोल-गोल घूमते रहना। शायद कुत्ता अपने समूचेपन के अहसास को टटोलना चाहता हो, चखना चाहता हो, अपनी ही धुन में इधर-उधर भटकता रहा। मूंगफली बेचने वाले, भुट्टे सेंकते और खाते लोगों की तस्वीरें खींचता रहा। मीटर पर जो अलादीन का चिराग जैसा बना है, उसकी तरफ ध्यान ही नहीं गया। बूंद-बूंद कर चिराग बिल्कुल खाली हो गया। पेट्रोल खत्म, गाड़ी बंद। अब कोई बात नहीं! गाड़ी बंद कर पैदल चलते हैं। उमंगसिंह ले जाएगा। मोबाइल निकाला, उसने लाल हरी बत्तियां चमकाते हुए बताया कि बैटरी बिल्कुल-बिल्कुल निम्न स्तर पर है। फिलहाल बातचीत नहीं हो सकती। लीजिए मियां मिट्ठू...अब आप हैं और ये अनजान-गुमनाम सी सड़क है। कोई एस.टी.डी. बूथ भी नजर नहीं आ रहा।

खैरियत, सामने बस स्टैंड है। कोई न कोई बस, कहीं न कहीं ले जाएगी, जहां टैक्सी और फोन हो। चलते-चलते सड़क पहचान बनाने लगी। अरे, यह मथुरा रोड ही तो है। यानी वो बस स्टैंड के पीछे बने मकानों के बीच बनी किसी भी गली से निकल, राष्ट्रीय राजमार्ग पर पहुंच सकता है। वहां से 'मेहता हाउस'

बस, पांच-दस मिनट। छोड़ो यार, कभी-कभी राज्य परिवहन सेवा का जायजा भी लेना चाहिए।

बस स्टैंड पर बड़ी रौनक थी। दहकते कोयलों पर भुट्टे सिंक रहे थे। गले में टोकरी लटकाए लोग पान, मूंगफली, भेलपुरी और भी न जाने क्या-क्या अल्लम-गल्लम, बेच रहे थे। बस के इंतजार में अच्छी-खासी भीड़ जमा थी। पांच-छह बाबू टाइप लोग, लगभग उतनी ही बहनजी किस्म की महिलाएं। स्कूली बच्चे और कुछ सदाबहार छात्र! जाड़ों की दोपहर में असमय घिरा अंधेरा, तेज हवा और बरसात के आसार ने सबको एक साथ बांध दिया था। अचानक भट्-भट् करता एक टैम्पो आया। लपके सब लोग, सफल हुए केवल बाबू लोग। वह उनका ही टैंपों था। छोकरे कंडक्टर के लाख मना करने पर भी दो-चार छात्र उसमें घुस गए, दो-चार डंडा पकड़ पीछे लटक गए। दस मिनट बाद फिर भट्-भट्। एक और टैंपो प्रकट हुआ। अब सब बहनजी लोगों की बारी थी। उसके पीछे-पीछे ही एक और टैंपो आ गया और स्कूली बच्चे, छात्र वगैरह सब निकल लिए। भीड़ छंटते ही ठंड और अकेलेपन का अहसास हुआ। तब ही वो लड़की नजर आई।

टप...टप...बारिश बढ़ने लगी। सामान बेचने वाले गायब हो गए। बची वह लड़की और दहकते कोयलों पर हाथ सेंकता भुट्टे वाला। उसे पूरी उम्मीद थी, ऐसे मौसम में दो-चार भुट्टे और बिक जाएंगे। अब वो पूरी तरह लड़की की तरफ घूम गया।

''कहां जाना है?''

''मथुरा।''

''मथुरा! यहां से मथुरा के लिए बस मिलती है?''

''हां, ठीक बारह बजे।''

उसने घड़ी देखी। डेढ़।

''तो फिर आज क्यों नहीं आई?''

''क्या पता?''

लड़की नें शाल कस लिया और वर्षा से बचने के लिए थोड़ा सा, बस-जरा सा ही, उसकी ओर सरक आई।

''इस मौसम में आपको नहीं आना चाहिए था।''

अब लड़की ने उसे गहरी नजर से देखा।

''मैं तो रोज आती हूं, सर।''

''सर! इसने 'सर' क्यों कहा? क्या वह प्रोफेसर जैसा दिखता है? या ये लड़की, ये लड़की 'प्रोफेशनल' है। सबको ही नम्रता से 'सर' कहती है। उसने ध्यान से लड़की को देखा।

लाख बचाव के बावजूद एक-दो बूंदें उसके माथे, गाल या शाल पर गिर ही जाती थीं। तब वो दाहिना हाथ शाल से बाहर निकाल, गीला गाल पोंछ लेती थी। उसके हाथ में बेहद मुचड़ा हुआ रूमाल और पैन था। दायां कंधा कुछ फूला-सा था। किताबें होंगी। लड़की ने जब दोबारा हाथ बाहर निकाला तो उसने गौर से लड़की की ऊंगलियां देखीं। घिसे-मैले नाखून और सूखे हाथ। खुलकर मुस्करा दिया वह। हमारे शानदार-जानदार मध्यमवर्ग की सम्मानित सदस्या है यह।

''कहीं पढ़ती हो?''

''जी हां, नागरमल जैन बी.एड. कॉलेज में हूं।''

''पढ़ती यहां हो और रहती हो मथुरा।''

''वहां मेरा घर है।''

''ओह! वहां इसका घर है। छोटा-मोटा, टूटा-फूटा जैसा भी हो सकता है और घर है तो घर वाले भी होंगे, जो डांट-फटकार, प्यार-मनुहार करते होंगे। इसके लौटने का इंतजार करते होंगे। बाप होगा, जो दरवाजे पर चहलकदमी करता मिलेगा। मां होगी, जो इसकी मनपसंद चीज बनाती होगी, जतन से खिलाती होगी। भाई-बहन भी होंगे, लड़ने-झगड़ने, साथ खाने-खेलने वाले भाई-बहन। घर है तो बहुत कुछ है। बड़ी खाली-खाली सी लगी अपनी जिंदगी, जैसे अंदर से बिल्कुल खोखला हो। ऐसे ही पूछ लिया।

''रोज आती-जाती हो।''

''घंटे-डेढ़ घंटे का ही तो रास्ता है। हॉस्टल में जगह मिली ही नहीं।'' फिर दूसरी तरफ देख, अपने आपसे बोली, ''मिल भी जाती तो क्या था। इतनी फीस कौन देता।''

''मथुरा में कोई बी.एड. कॉलेज नहीं है?''

''है न! वहां एडमीशन नहीं मिला। बड़ा सख्त कंपटीशन है। पास हो जाओ तो जहां एडमीशन मिले, वहीं जाना पड़ता है।''

''तुम्हारे पापा ने मना नहीं किया?''

''किस बात के लिए? बी.एड. के लिए? वो क्यों मना करेंगे भला! आजकल बी.एड. किए बिना टीचरी मिलती है कहीं?''

ओह, अब वही सदियों पुरानी दुखांत कहानी आएगी। ढेर से भाई-बहन, बलगम उगलती मां और दफ्तर में कलम घिसता बाप! यह ढाई पसली की लड़की कुछ करे, तो बात बने।

क्या उम्र होगी इसकी? सोलह, सत्रह, अठारह या सीधे बीस।

यूं गट्ठर-गट्ठर कपड़े लदे हों तो बताना मुश्किल है। सिर पर बोरी ओढ़े कुछ मजदूर किस्म के लोग भागते हुए आए।

"इंदरगढ़ का बांध टूट गया है बाबू साहब, भागिए।"

वो हड़बड़ा गया। कहां है यह इंदरगढ़। आसपास कोई 'एनीकट' बन रहा था। इतनी सी ही खबर थी उसे। वही इंदरगढ़ है क्या?

सड़क पानी में डूब चुकी थी और पानी का पतला-सा सांप बस स्टैंड के अंदर रेंग आया था। भुट्टे वाले ने सारे दहकते कोयले एक हांडी में डाले और भुट्टो का बोरा कंधे पर डाल भागने लगा।

पानी के सांप ने बस स्टैंड का हुलिया ही बदल दिया। अब वहां पानी ही पानी था। उसके मोजे गीले हो गए। पानी तेजी से बढ़ रहा था। इस लड़की का कुछ करना होगा।

"अब बस नहीं आएगी। इस मौसम में यहां अकेले खड़े रहना ठीक नहीं। आइए मेरे साथ।"

"नहीं, मैं...मैं यहीं ठीक हूं। बस आएगी।" उसकी आवाज कांप रही थी। भय और अविश्वास से वह तेज बरसात में तेजी से भागते लोगों को देख रही थी।

"सुना नहीं? बांध टूट गया है। बाढ़ आ रही है।"

अब पानी घुटनों तक था। लड़की ने अपनी भीगी सलवार की ओर देखा। वो थर-थर कांपने लगी। बड़ी लाचारी से लड़की ने इधर-उधर देखा। वो खुद भी नहीं जानती थी कि अब उसे क्या करना चाहिए। डबडबाई आंखों के आंसू गीले गालों पर बह निकले।

"आइए मेरे साथ।"

"नहीं, मेरे घरवाले इंतजार कर रहे होंगे।"

"उन्हें जिंदगी भर इंतजार करना पड़ेगा। यह बाढ़ बहा के कहां ले जाएगी, उन्हें कौन बताएगा।"

पानी कमर तक आ गया था। अब उसे झुंझलाहट होने लगी। आना है तो आए, वरना वो क्यों कंधों तक पानी आने का इंतजार करे?

लड़की बेहद डर गई थी और ठिठुरती ऊंगलियों से अपने आंसू पोंछ रही थी।

बस! अब और नहीं।

उसने बाज की तरह झपट कर लड़की का हाथ पकड़ लिया और गंदा पानी चीरता हुआ बस स्टैंड के पीछे बने मकानों के बीच से निकली पतली-सी गली की ओर चल दिया। आतंकित लड़की निर्विरोध उसके पीछे खिंचली चली आ रही थी। पानी में बहती गंदगी से उसे उबकाई आ रही थी। आदमी, सूअर, कुत्ते, बिल्ली, न जाने किस-किस का पाखाना उस गली से बहा चला आ रहा था। पुराने टायर, टूटी टोकरियां, प्लास्टिक के खिलौने, भुट्टे के खाली खोखल, सब कुछ तैरता चला जा रहा था। कितना गंदा पानी है! बड़ी मुश्किल से गली के मुहाने तक पहुंचे। उनका रास्ता ठीक था। पीछे छूटे सब लोग इसी गली से निकल रहे थे। आगे वाली सड़क ऊंची थी।

"गली तो चढ़ाव पर है, फिर पानी काहे नाहीं घट रहा?" रोते बच्चे को गोदी में लादे, सिर पर बड़ा-सा टोकरा रखे, आगे जाती औरत ने पूछा।

"पानी बढ़ रहा है।" साथ चलते आदमी ने जवाब दिया। अचानक चीख मारकर लड़की उससे लिपट गई।

सरसराता सांप उनके आगे निकल गया। सांप ने गली में हलचल मचा दी। कमर-कमर पानी में चलना और दूभर हो गया।

उसने झप्प से लड़की को बांहों में उठा लिया।

"रास्ता दीजिए प्लीज, जरा हटिए प्लीज।"

लोग थोड़ा इधर-उधर हुए। रास्ता मिल गया। राजमार्ग पर सचमुच पानी कम था।

कुल सात मिनट में वह 'मेहता हाउस' के सामने था। गुरखा ने फौरन फाटक खोल सेल्यूट ठोका। साहब की हालत देख, आगे बढ़ मुख्यद्वार भी खोल दिया।

लंबे-लंबे डग भरता वो अंदर आया। अब? सीधे ऊपर ही ले चलते हैं। एक बार में दो-दो सीढ़ियां फलांगता ऊपर पहुंचा। लड़की को संभाले-संभाले किसी तरह दरवाजे का हैंडल घुमाया।

आह! अब कुछ बात बनी।

उसने बेडकवर हटाया और एहतियात से लड़की को बिस्तर में लिटा दिया। पैताने सजा रखा, नरम लिहाफ खींच, गले तक उढ़ा दिया।

कुछ देर एकटक उसके चेहरे को देखता रहा। लड़की के होंठ नीले पड़ गए थे और चेहरा सफेद। आंखें भावहीन, फटी-फटी सी। धीरे से लड़की के माथे पर हाथ रखा। बर्फ की तरह ठंडा।

अब और देर करना ठीक नहीं।

उसने झुककर लड़की का माथा चूम लिया।

"अगर इस घर में तुम्हारे जैसी कोई नन्हीं-मुन्नी सी बहन होती तो बड़ी सहूलियत हो जाती। फिलहाल तुम्हें हाउसकीपर मिसेज डिसूजा से ही काम चलाना पड़ेगा।" घंटी बजाकर वो बाहर निकला और अपने कमरे की ओर चल दिया।

वैसे, अब तक यह खबर मिसेज डिसूजा तक पहुंच गई होगी। जरा-सा डरता है उनसे। एक बात माननी पड़ेगी। मिसेज डिसूजा सब कुछ संभाल सकती हैं। 'मेहता हाउस' की मेड सर्वेन्ट्स हों या ऑफिस की टाइपिस्ट रिसेप्शनिस्ट, नशे में धुत्त करोड़पति औरतें हों या ड्रग एडिक्ट समलैंगिक मेहमान।

उन्हें जरूर मालूम होगा, इस लड़की का क्या करना चाहिए।

अब जाकर उसका ध्यान अपने गीले और गंदे कपड़ों की ओर गया। क्या-क्या लग गया है कपड़ों पर और हाथ, बिल्कुल उदात्त सर्वहारा जैसे। गंदे और ठिठुरे हुए।

# जरा सा कुछ

असीमा के मुंह से निकल ही गया। आश्चर्य! ऐसी बात कहकर उसे कोई पछतावा नहीं हुआ, बल्कि अच्छा लगा। वर्षों से छोटी-मोटी चोटें बर्दाश्त करती आ रही थी। आज व्यंग्य का चाबुक घुमाकर सड़ाक से सोमेश की नंगी पीठ पर जड़ दिया था और कहो रोज-रोज कि मुझे कुछ हो गया तो? सुन लिया न। तुम्हें कुछ हो गया तो मैं क्या करूंगी? अब?

सोमेश अवाक्! फ़िर चुपचाप पीठ़ फेर कर लेट गया।

क्या सो गया सोमेश? कैसे सो सकता है यह आदमी? इस तरह उसकी जिंदगी में आग लगाकर! क्या मजा आता है उसे रोज-रोज असीमा को आहत करने में। पलंग पर पड़ी असीमा चुपचाप रोती रही।

नासूर बड़ा पुराना है और गहरा है। ऊपर से लगता है कि ठीक हो गया, पर जरा-सी चोट पड़ते ही सौ गुना दर्द के साथ जाग जाता है। मई में शादी हुई थी असीमा की और आठ दिन बाद ही मौसम की पहली बरसात। आनंद से नाच उठा असीमा का मन। चारों ओर फैली ठंडक, मिट्टी की सौंधी-सौंधी खुशबू। उसने ललक कर सोमेश से कहा, ''चलो, कहीं घूमने चलते हैं।'' सोमेश चुप।

असीमा भी अवाक्। क्या हुआ? कई बार पूछने पर भी वह कुछ नहीं बोले। न हां, न ना। छोटा-सा घर। हर नाटक के दर्शक हर वक्त मौजूद। सास-ननद। आखिर सासजी ने रहस्य खोला। अत्यंत आनंद विगलित स्वर में उन्होंने बताया कि सोमेश को जरा सा भी भीगने से जुकाम हो जाता है। जुकाम से बुखार और बुखार से निमोनिया। एक ही तो बेटा था, अगर कुछ हो गया तो? आठ दिन की दुल्हन असीमा स्तब्ध रह गई। खैर होता होगा। वाकई, कई लोगों को बड़ी आसानी से जुकाम हो जाता है। पांच-छह दिन बाद वह सफाई कर रही थी। उसने सोमेश से कहा कि जरा ये संदूक खिसका दो, सासजी दौड़कर आई, "...ना...उससे बोझ मत उठवाना। उसकी धरन उतर जाएगी। फिर हफ्तों कुछ खा पी नहीं सकेगा। जरा-सी बात है, कुछ हो गया तो?"

असीमा पुनः काष्ठवत। कोई ग्रंथि होती है धरन। जो चढ़ती-उतरती रहती है। उसे मालूम न था। फिर एक दिन खाना बनाने चली तो ध्यान आया कि घी तो खत्म हो गया। गलती उसकी ही थी। उसे कल शाम को ही कहना था, अब? उसने चुपचाप सोमेश से कहा कि वह बाजार जाकर थोड़ा सा घी ला दे। सोमेश ने घोर हताशा से दिन के दस बजे की धूप को देखा और चुपचाप बैठा रहा। खीझ पड़ी असीमा। अब क्या है? न वर्षा हो रही है, न पांच मन घी उठाकर लाने को कहा जा रहा है। गुत्थी फिर सासजी ने ही सुलझाई। आषाढ़ की धूप बहुत बुरी होती है। फलां-फलां को लग गई थी। पेट-मुंह चलने लगा, दो दिन में पूरा हो गया।

"भई, हम रूखी रोटी खा लेंगे, तू उसे मत भेज, कुछ हो गया तो?"

धीरे-धीरे इस जरा से 'कुछ' ने असीमा के पूरे वैवाहिक जीवन को ढक लिया। विधवा मां ने अपने इकलौते पुत्र को 'उंगली' के छाले की तरह पाला था। (भला उंगली का छाला भी कोई पालता है? सुई से फोड़ नहीं देता?) खुद भूखी रही, उन्हें भरपेट खिलाया। खुद गीले में लेटी, उन्हें सूखे में लिटाया। सिर पर हरदम अपनी हथेलियों की छांव किए रही कि कहीं कुछ न हो जाए।

अब सोमेश बाबू का यह हाल है कि दफ्तर से लौटकर उन्हें कहीं जाना नहीं सुहाता। कोई अच्छी फिल्म लगी हो तो 'मां के साथ देख आओ।' भीड़भाड़ से उनका दिल घबराता है। पिक्चर हाल में लोग बीड़ी-सिगरेट पीते हैं। धुएं से उन्हें 'कुछ' होने लगता है। जनम-मरण-परण कहीं जाना हो, मां है तो! हारकर असीमा ने कहा कि हर जगह उसे मां के ही साथ जाना था तो शादी क्यों की। बस, एक ठंडी दृष्टि। ऐसी बचकानी बातों का सोमेश कोई जवाब

नहीं देते। इस बात का क्या? सोमेश तो किसी बात का कोई जवाब नहीं देते। बहुत कम बोलते हैं। कम क्या? अपनी तरफ से कुछ नहीं बोलते। हां, कुछ पूछने पर भरसक कम से कम शब्दों में नपा-तुला जवाब देते हैं। यही तो मजा है। इस पूरे नाटक में खलनायिका की भूमिका असीमा की है। असीमा बहुत तेज है। असीमा बहुत बोलती है। असीमा को अच्छा खाना, अच्छा पहनना, सैर-सपाटा, सिनेमा-नाटक सब अच्छा लगता है। मरजी मुताबिक कुछ न हो तो असीमा चीखती-चिल्लाती है और सोमेश? किसी विशेष प्रकार की भूषा या भोजन का आग्रही नहीं है। सुबह नाश्ते में रात का परांठा आचार के साथ दे दो तो ठीक। हलवा-पूरी बना तो ठीक।

लोग कितना कष्ट करके निष्काम कर्मयोग साधते हैं। यहां तो वह स्वयं ही सधा-सधाया है। बस, इतना जरूर है कि लौकी, कद्दू और मूंग की दाल हो तो एक रोटी खाएंगे। मटर-पनीर, दम आलू हो तो तीन-चार परांठे चलेंगे। अपने से वह कभी नहीं कहते कि ये बनाओ या ये क्यों बनाया। बड़ी से बड़ी बात हो जाने पर भी उन्हें गुस्सा नहीं आता। जिंदगी से, असीमा से, उन्हें कोई शिकायत नहीं। एक जूते का फीता टूट जाने पर वह दूसरे जूते का फीता दो भागों में बांट, दोनों जूतों में डालकर दफ्तर चले जाते हैं। कमीज में बटन न हो तो पिन लगा लेंगे और वे किसी मामूली दफ्तर में क्लर्क नहीं हैं। अच्छे सरकारी दफ्तर में बड़े, 'अफसर' हैं। जो कमाते हैं, लाकर पत्नी के चरणों में समर्पित कर देते हैं। उन्होंने कभी अपने लिए एक रूमाल भी नहीं खरीदा। लोग तो सोमेश को देखकर असीमा के भाग्य को धन्य करते नहीं अघाते। और लोग क्या, स्वयं असीमा को लगता है कि वह सोमेश के साथ ज्यादती कर रही है। उसे सोमेश को समझने का यत्न करना चाहिए। जो व्यक्ति इतना निरीह हो, उसके हर आराम का खयाल असीमा का कर्तव्य है।

सोमेश दफ्तर से लौटने पर चाय के लिए हाय-तौबा नहीं मचाते। खुद दो कप चाय बना लाते हैं। एक अपने लिए, एक असीमा के लिए। अपनी मुंहजोर बहन के तानों की भी उन्हें परवाह नहीं। मां सोमेश के दुर्भाग्य पर आठ-आठ आंसू बहाती। जब वक्त से औरत चाय-पानी न दे तो बेचारा आदमी क्या करे? फिर, औरत भी तो देखो, कैसी जरबदस्त! मायके आई बड़ी ननद क्यों पीछे रहे, "हां रे, सोमेश तू अपनी थाली खुद ही किचन में रख आता है? देख रही हूं कि अपना जूता भी तू खुद ही पालिश करता है। तेरे जीजाजी तो..."

और इस 'तो' का अंत नहीं। कोई नहीं देखता कि सबको गरम रोटी देने के यत्न में किचन से टेबल तक असीमा के असंख्य चक्कर। इस घर में ठंडा खाने की प्रथा नहीं है। पहले गैस भी नहीं थी। लकड़ी के कोयलों की अंगीठी पर खाना बनता था। सबका खाना खाने का समय अलग-अलग। तो क्या हुआ? दो कागज नीचे रखकर माचिस दिखाओ, थोड़ा सा पंखा करो, आंच तैयार। इस बार बोनस मिलने पर असीमा गैस का चूल्हा ले आई। मां-बहन ने असीमा के भाग्य को सराहा, पर असीमा तो अपने भाग्य में अंधेरा देखती है। वो चाहती है कि सोमेश थोड़ा साधारण हो। छोड़ दे अपनी थाली मेज पर। वो सबके बर्तन उठाती है, उसके भी उठा लेगी। ऐसा काम क्यों करते हो कि मां और बहन को बकबक करने का मौका मिले। पर सोमेश को उसके रास्ते से कोई तिलभर भी नहीं डिगा सकता। खाना खाकर सीधा शयन कक्ष में। मां और बहन के पास बैठकर उनका दुःख-दर्द नहीं सुनेंगे। साफ-साफ बैठने को कहने पर भी नहीं। मां रोएगी तो अन्यमनस्क से खड़े रहेंगे, फिर चले जाएंगे। रोती सास को भुगतना पड़ेगा असीमा को। मां रो-रो कर बखानेगी कि कैसे बहू ने आते ही बेटे को मुट्ठी में कर लिया, वरना बेटा तो कुछ जानता ही नहीं था। वो घंटों गुनगुन करते रोती रहती।

अब मां को क्या समझाए असीमा और कैसे समझाए। सोमेश का शयनकक्ष क्या है, मानो छोटा-मोटा पुस्तकालय ही हो। फाइलें, कागजात, किताबें, अखबार क्या नहीं है? सारा कुछ ढक-मूंदकर, बच्चों को पढ़ा-लिखा, खाना खिलाकर जब असीमा सोने आती है तो नींद में पस्त होती है। सोमेश बिना नागा पूछते हैं कि बत्ती बुझा दें? सिर भर हिला दे वह और सोमेश तुरंत बत्ती बुझाकर सिरहाने का लैंप जला लेते हैं। एक बार 'चेक' जरूर करते हैं कि उसने चादर ठीक से ओढ़ी है या नहीं। फिर वो अपनी दुनिया में लौट जाते हैं। कब सोते हैं वो? असीमा को नहीं मालूम।

कभी-कभी उनका हाथ असीमा का हाथ ढूंढ़ता है। अगर जवाबी कार्यवाही न हो तो चुपचाप लौट जाता है। किसी तरह के अधिकार का कोई दावा नहीं। तब? असीमा को तकलीफ क्या है? एक बार घोर जाड़ों में असीमा सोमेश की ओर सरक गई थी। चौंक पड़े वो। उन्हें अपने अध्ययन में यह व्यवधान अच्छा न लगा। झुंझला कर पूछा, "क्या है?" अपराधबोधग्रस्त असीमा ने कहा, "ठंड लग रही है।" सोमेश उठे। पानी गरम कर रबर की थैली में भरा, असीमा को दिया, अच्छी तरह से उसे ढका और फिर अपनी किताबों में लौट गए। तब से

जाड़ों में हर रोज, बिना नागा, असीमा को अपने बिस्तर में गरम पानी की थैली रखी मिलती है।

लेकिन असीमा जैसी झगड़ालू और बददिमाग औरत ने सोमेश को तोड़ने में कोई कसर नहीं उठा रखी। अचानक उसने बीमार पड़ना शुरू कर दिया। उधर असीमा ने जरा ज्यादा ही हद पार कर दी है। तीन-चार बार तो डी.एन.सी. ही करवा लिया। निरंतर पीली पड़ती जा रही है। 'लो ब्लडप्रेशर' नाम की नयी चिड़िया पाल ली। जब देखो तब हाथ-पांव ठंडे, बोलचाल बंद। हार कर सोमेश को किताबें एक ओर रखकर डॉक्टर के पास दौड़ना पड़ा। सदा की भांति ये काम भी उसने बड़ी शालीनता से किया। वक्त पर दवा देना, फल-जूस, सब कुछ। जब भी असीमा ने बेचैनी से करवट बदली, देखा, सोमेश आरामकुर्सी पर अधलेटे कुछ पढ़ रहे हैं। न चाहने पर भी वह चित्र उसकी आंखों के आगे आता है। जिस दिन उसे फूंक कर लौटेंगे, इसी तरह अधलेटे कोई किताब पढ़ेंगे। एक झंझट को अच्छी तरह निबटा देने की तृप्ति देह पर ओढ़कर।

ढेर सारे टेस्ट कर डॉक्टर ने फतवा दिया कि असीमा को 'डिप्रेशन है', सोमेश क्या, सभी हैरान है। असीमा को किस बात का 'डिप्रेशन'! दवा, दवा और दवा। सासजी ने कुढ़कर कहा कि अपनी ओर ध्यान आकर्षित करने के लिए ये औरत क्या नहीं कर सकती है। देखो तो जरा। गैस बुक कराने गई और वहीं बेहोश होकर गिर पड़ी। चार-पांच लोग उठाकर घर लाए। काफी असुविधा हो गई सोमेश को। कभी बच्चों की फीस देने जाओ, कभी बिजली का बिल, दूध, राशन, पानी का क्रम तो कहीं टूटता ही नहीं। फिर रोशनी की किरण दिखाई दी। डॉक्टर ने कहा कि गर्भाशय ही निकलवा दो। न रहेगा बांस, न बजेगी बांसुरी। वह भी हुआ। कुछ हालत सुधरी। सोमेश ने फिर अपनी किताबें सहेजी, पर इधर असीमा पैंतरेबाज हो गई है। अक्सर बाहर का काम करने को कहती है।

सोमेश को फिर कुछ होने लगा है। इस बार तो बड़ा भयंकर 'कुछ'। दफ्तर में आठ-आठ घंटे कुर्सी पर बैठना, फिर घर पर भी एक बीमार। उन्हें 'स्लिपडिक्स' की बीमारी हो गई। किसी भी तरह के शारीरिक श्रम के प्रति वितृष्णा ने अपना रंग दिखाया। मंदाग्नि, अजीर्ण और मधुमेह। निष्कर्ष? "भई, अब तुम संभालो। वैसे भी मुझे कुछ हो गया तो सब कुछ ही संभालना है।" असीमा फिर परास्त। अब इस बात का क्या जवाब हो सकता है? चाहिए तो यह था कि वह भी सोमेश की वैसी ही तीमारदारी करती, पर उससे बना नहीं। सोमेश कैप्सूल या गोली नहीं निगल सकते। उल्टी हो जाती है। दवाओं से उसे सख्त चिढ़ है। जूस खट्टा

लगता है और शक्कर मिला नहीं सकते। चेहरे पर चौबीसों घंटे चरम कष्ट को परमहंस की तरह उठाने का महान भाव। होंठों पर 'ऐसा करने से कुछ हो गया तो' का जाप।

लाख अकेले ठेलने का सामर्थ्य होते हुए कहीं तो गाड़ी अटकती ही है। पहली भांजी के ब्याह का निमंत्रण आया है। भात देना होगा। सासजी की लिस्ट पर अमल करें तो एक-आध बच्चे को बंधुआ मजदूर बनाकर रखना होगा। मकान किराये का है, जेवर कोई खास नहीं, पर सोमेश सदा की तरह तटस्थ है। मां रोए या पत्नी गाए। हर सवाल का एक ही जवाब है। 'तुम जैसा ठीक समझो।'

सास-ननद असीमा के टुच्चेपन पर हैरान है। ये भात है? वो भी पहली शादी का? असल में सोमेश जैसा आदमी मिल गया है न। सारी कमाई लाकर बीवी रानी को। जाओ ऐश करो। ऐसा? क्या ऐश करती है असीमा! कहां जाती है ऐश करने? बाजार, हाट, स्कूल, अस्पताल और हां, जीवन बीमा, बिजली, पानी का दफ्तर भी। सोमेश बाबू तो 'कुछ' होने की परंपरा निभा रहे हैं। दफ्तर की छुट्टी तो उनकी भी छुट्टी। सारी लिखा-पढ़ी पत्रों का उत्तर हिसाब-किताब, असीमा का सिरदर्द! सिरदर्द क्यों? उन्होंने तो कभी नहीं कहा कि असीमा तुम यह सब करो। मत लाओ सब्जी, वो दाल से एक रोटी खाकर चले जाएंगे। दाल भी नहीं? ठीक है, एक लिस्ट बनाकर दे दो, क्या-क्या चाहिए। वो दफ्तर जाते समय बनिये को दे देंगे, बनिया खुद घर पहुंचा देगा। अब असीमा को ही यह प्रबंध पसंद न हो तो कोई क्या करे। असीमा को याद नहीं कि वो कभी बिना किसी काम के सिर्फ तफरीह के लिए घर से बाहर निकले हों और घर का यह हाल कि दो बच्चों की मां बन जाने पर भी 'पति से बातचीत' जैसी साधारण सुविधा असीमा को नहीं है। ऐसा नहीं है कि सोमेश असीमा की बात नहीं सुनते। सुनते हैं, असीमा ने अत्यंत उत्तेजित होकर कहा।

"हांजी, सुना आपने, वो आपके अकाउंटेट की बीवी अपने पति को तलाक दे रही है।"

सोमेश ने निहायत ठंडे स्वर में जवाब दिया, "दे दिया, पिछली महीने।"

जैसे गुब्बारे की हवा निकल गई हो, वैसे स्वर में असीमा ने पूछा, "आपको मालूम था?"

अब तो सिर्फ सिर हिलाकर ही काम चल सकता है।

"तो आपने मुझे क्यों नहीं बताया था?"

केवल भंवें प्रश्नवाचक मुद्रा में उठीं यानी कि इसमें बताने वाली कौन-सी बात है? दफ्तर में क्या होता है? असीमा को अपनी पड़ोसिनों से पता चलता है और ये पड़ोसिनें? यो तो सोमेश बाबू "हाय! बेचारे।" कमीज में पिन लगाकर दफ्तर जाते हैं, पर असीमा के दफ्तरी अज्ञान पर ठहाके लगाती हैं। तब नहीं कहती कि 'हाय बेचारी।'

धीरे-धीरे हर बात की आदत पड़ जाती है। सास स्वर्ग चली गई, ननद ससुराल। बच्चे बड़े हुए। पत्नी-पति के सिर पर चांदी के तार झलके, पर सोमेश बाबू वही के वही। लड़की के लिए लड़का देखना है। उनके चेहरे से लगा कि बाघ-भालू पकड़ लाने को कहा जा रहा है। कलेजा हांफ-हांफ उठता असीमा का। किसी तरह वह सब भी निपटा। पर इधर लड़का असीमा के लिए सिरदर्द बनता जा रहा है। जब पिताजी कुछ नहीं कहते तो मां क्यों सारा दिन पीछे पड़ी रहती है। 'मुझसे पूछकर जाओ।' का जवाब है कि तुम हर जगह पिताजी से पूछ कर जाती हो?" लड़के के बारे में सोमेश का मत है कि वो अब बड़ा हो गया है और अपना भला-बुरा जानता है। असीमा क्यों परेशान होती है। अच्छा, अनिमेष अपना भला-बुरा जानता है? तभी न पढ़ाई में मन नहीं लगाता है। थर्ड क्लास में टेन प्लस टू करके अब पिछले चार साल से बी.ए. कर रहा है। कुछ कहने पर भी मां को तड़ातड़ जवाब देता है। पिताजी तो देवता हैं। मां ही सारे अनर्थों की जड़ है।

अब कहीं से किसी दुकान का पता लगाकर आया है। जो लड़का आधा घंटा चुपचाप नहीं बैठ सकता, वो दुकान चलाएगा? दिक्कत क्या है? एक नौकर रखेगा और मजा यह कि दुकान के लिए पैसों का इंतजाम देवता स्वरूप पिता नहीं, दिन भर बकबक करने वाली मां को करना है। कितना-कितना नाटक किया। चुपचाप बिना खाए-पिए बिस्तर पर पड़ा रहा। भूख-प्यास से बिलबिला कर निकला भी तो डेढ़ हाथ का चेहरा लटकाकर। उसने ऐसी पत्थर दिल मां नहीं देखी, जो बेटे के खाना न खाने पर भी अपना खाना खाकर चुपचाप सो गई हो। उसी घर में एक ठो 'पिताजी' भी ठीक यही कर रहे हैं, ये उसकी तेज नजर से चूक गया। हार का असीमा ने ही सोमेश से कहा कि वो उस दुकान के बारे में जरा पता करें। यो भी अनिमेष का मन पढ़ाई में तो है नहीं। दुकान ही सही, पर अपनी जीवन भर की कमाई दांव पर लगाने से पहले देख तो लो कि सौदा वाकई अच्छा है? सोमेश चुप। काफी चिंतन-मनन के बाद बोले, "अनिमेष से पूछो, न हो तुम ही उसके साथ चली जाओ।"

"अनिमेष के साथ जाने का मतलब? वो तो स्वयं तीन महीने से दुकान-दुकान जप रहा है। इस सौदे में उसे क्या कोई खराबी नजर आएगी?"

सोमेश चुप। तटस्थ।

"मेरी तबीयत ठीक नहीं है। आप देखकर आओ। मैं अकेली कहां तक क्या-क्या करूं?"

"करना तो पड़ेगा ही, अगर मुझे कुछ हो गया तो?"

"तो? तो तुम इस दुनिया के आखिरी पुरुष नहीं हो।"

पिघले हुए सीसे की तरह यह वाक्य सोमेश के कानों से ढल उसके कलेजे में उतर गया। वो चुपचाप पीठ फेर कर लेट गए। असीमा का सामना करने की सामर्थ्य नहीं बटोर पा रहे थे। सारा बदन थर-थर कांप रहा था। जैसे उनके जीवन का सारा ढांचा ही चरमरा गया हो। वो मेले में बिछड़े बच्चे की तरह घबरा गए थे। बहुत देर वैसे ही स्तब्ध लेटे रहे। फिर लगा कि शायद अब असीमा का गुस्सा उतर गया हो। उन्होंने डरते-डरते करवट बदली। जीवन में पहली बार सोमेश ने ध्यान से असीमा को देखा। अधेड़ औरत, सुंदर, पर बुझा हुआ चेहरा, बहुत थका हुआ, स्याह कोटरों में धंसी आंखें, पके अधपके बाल माथे पर बिखरे थे। मन किया इन बालों को समेट दे। पर जैसे सोती असीमा ही फिर बोल उठी हो कि वो यानी कि सोमेश बाबू दुनिया के आखिरी पुरुष नहीं है, असीमा गहरी नींद में सो रही थी।

शांत और निश्चिंत।

# बाएं हाथ का खेल

"साढ़े नौ बज रहे हैं अम्मा!" रमा भरसक शांत स्वर में बोली, "आखिर कब तक भूखी-प्यासी बैठी रहूं।"

"बस, पांच मिनट!" अम्मा फुरती से उठी और जाकर फिर गुसलखाने की जंजीर खड़काने लगी।

"अरे, जल्दी कर अमर! बहन निन्ने मुंह बैठी है।"

गुसलखाने के अंदर से गुनगुनाने और नहाने की आवाजें आती रहीं। उसकी नजरें फिर घड़ी की ओर उठ गईं। पौने दस! सड़कों पर खूब भीड़ हो गई होगी। कार-ऑटो रिक्शा, मोटरसाइकिल, स्कूटर, साइकिल सब एक-दूसरे से अटे-सटे। चौराहे की बत्ती लाल होते ही ट्रैफिक जाम। अब निकलें तो सचिवालय पहुंचने में एक घंटा लगे।

सिर को हल्का-सा झटका दिया रमा ने।

आज कहां जाना है दफ्तर। अभी तो मेडिकल लीव के पूरे पंद्रह दिन बाकी हैं! आदतन घड़ी की सुइयों के हिसाब से काम करने लगी है। बरसों से साढ़े नौ बजे खाना खाकर निकलती है, सो अब भी साढ़े नौ बजे कसकर भूख लग आती है। यूं भी ऑपरेशन के बाद से कमजोरी गई नहीं हैं, सिर धमकता है। हर घंटे-

दो घंटे पर चाय और कुछ खाने की इच्छा होती है। कमजोरी के कारण हाथ-पांव ठंडे पड़ रहे हैं, आंखों के आगे अंधेरा सा छा रहा है।

"अम्मा! तुम मुझे नाश्ता दो तो मैं दवा खाकर लेटूं। अब मुझसे नहीं बैठा जा रहा! ये सब शाम को भी तो हो सकता है।"

"यह क्या कह रही है तू? सुबह-सुबह नहा-धोकर निन्ने मुंह राखी बांधती हैं बहनें। और तू कह रही है कि शाम को..." वो सिर नीचा कर न जाने क्या बड़बड़ाने लगी।

"ठीक है। जब अमर तैयार हो जाए तो मुझे बुला लेना। मैं लेटती हूं जाकर, चक्कर आ रहे हैं।" वो अपने कमरे में आकर लेट गई।

कमाल है। बीस साल से यह घर उसकी कमाई पर चल रहा है, पर जो महत्त्व अमर का है, उसका नहीं है। खाना अमर की पसंद का बनता है। वार-त्यौहार उसकी सुविधा से मनाए जाते हैं। उसके जाने पर हड़बड़ मचती है, उसके लौटने पर हर्ष उमड़ता है। रमा तो बस, ए.टी.एम. भर है, पैसा निकालने की मशीन! वो भी बिना जमा कराए। पहले पूरा वेतन अम्मा के हाथ पर रख देती थी। न जाने क्या करती थी कि महीने के अंत तक पहुंचते-पहुंचते राशन और सब्जी के भी लाले पड़ जाते। दूध वाले का उधार, बनिये का उधार अलग! रमा ने देखा कि अमर अक्सर वीडियो गेम्स खेलने वीडियो पार्लर निकल जाता है, पहली तारीख हो या पच्चीस! उसने मां को वेतन देना बंद कर दिया और खुद घर की व्यवस्था संभाल ली। आखिर तीन-तीन बहनों की पढ़ाई और ब्याह का सवाल था। खूब रोई अम्मां! अपने ही घर में नौकरानी की गत है, बिना बाप के बच्चे का लाड़-चाव नहीं देख सकती। बाबू होते तो! मगर रमा अडिग रही।

घर में दो पाले बन गए। अम्मा और अमर उधर, रमा इधर। तीनों छोटी बहनें कभी इधर, कभी उधर। जब ज़िधर ज्यादा फायदा हो। वो खुद कितनी अकेली पड़ गई है, कितनी बेकार और उपेक्षित, वो इस बीमारी के दौरान पता चला। अकेली पड़ी रही सरकारी अस्पताल में। बच्चेदानी में फोड़ा हो गया था, निकलवाना जरूरी था। जो देखभाल की, दफ्तर के सहयोगियों ने की। तीनों बहनें अपनी घर-गृहस्थी में फंसी है, कैसे आ सकती हैं। सास को ये, पति को वो, बच्चों का जंजाल अलग! अम्मा अकेली कभी कहीं नहीं गई तो अब कैसे जाती? बचा अमर! उसने जिंदगी में कभी कोई जिम्मेदारी उठाना सीखा ही नहीं। नियत दिन पर रमा स्वयं जाकर अस्पताल में भर्ती हो गई। छुट्टी मिलने पर सखी-सहकर्मी रेखा पाटिल घर पहुंचा गई। इन बीस दिनों में उसके अपने

घर से उसकी खोज-खबर लेने कोई नहीं आया। गलती उसकी भी है चार बहनों पर छोटा भाई! उम्र का अंतर इतना कि बेटा जैसा लगता। बड़े लाड़ लड़ाए अमर के। अपनी औलाद न थी, न होने की संभावना थी। भाई ही सही! बुढ़ापे का कोई तो सहारा हो, पर अम्मा के विकृत लाड़-प्यार ने अमर को चौपट कर दिया। वो बेटा कम और 'पुरुष' ज्यादा था। धूप में, बारिश में बाहर मत निकलने दो। स्कूल न जाए तो डांटो मत। किसी तरह का कोई अनुशासन नहीं। उसकी हर इच्छा पूरी करो। यही तो उसके खेलने-खाने के दिन हैं। कभी अपने अकाल वैधव्य की दुहाई देकर, कभी अपना एकमात्र सहारा बताकर अम्मा, अमर की हर कमजोरी, हर गलती ढांकती रही, हर इच्छा पूरी करती रही। रो-धो कर, जैसे-तैसे घिसट-घिसट कर बीस साल में बारह कक्षाएं पास की अमर ने। फिर अनगिनत योजनाओं में पैसा फूंका और अब, जब रमा ने भविष्य निधि से और कर्ज लेने से इंकार कर दिया है तो मुंह फुलाएं घूम रहा है। अम्मा हैं कि अमर के ब्याह के मंसूबे बांध रही है। पता नहीं! बाबू होते तो क्या होता। शायद वो भी गृहस्थी सजाए बैठी होती। ये बेगार न करनी पड़ती! हां, ये बेगार नहीं तो और क्या है? जिस घर के लिए खुद को होम कर दिया, वो घर उसका नहीं, अमर का है, कुछ न करें अमर उपाध्याय। फिर भी इस घर के मालिक हैं। अब तो शायद, उसने कुछ न करने की ही ठान ली है। जरूरत भी क्या है? रमा के वेतन में तीन जनों का खर्च मजे में चलता है, चार का भी चलेगा। सो अम्मा उसके ब्याह के लिए लड़कियां देख रही है। पहले रमा ने सख्ती से रोका था।

"उसे कोई नौकरी करने दो, कमाने-खाने दो, फिर ब्याह की सोचना!"

पर अम्मा!

"लो और सुनो। काम-धंधा भी करेगा, पर ब्याह की उमर निकली जा रही है। दिन-रात ब्याह आ रहे हैं, नकद और दहेज के साथ! क्यों न करूं ब्याह! रहा काम का सवाल, पाठकजी ऊपर की मंजिल बनवा कर देंगे, वो किराये पर उठा देंगे। हमारा काम तो चल ही रहा है, किराये की आमदनी अमर और बहू की। और सच पूछो तो क्या अहसान कर रहे हैं पाठकजी। आखिर है तो सब उनके ही बेटी और दामाद का।"

अवाक् रह गई रमा।

सब कुछ अमर और उसकी बहू का है तो वो? कहां जाएगी बुढ़ापे में? देखें और क्या-क्या सोचा है।

''ठीक है, पाठकजी बनवा देंगे ऊपरी मंजिल! पर ब्याह? उसके लिए खर्चा कहां से आएगा?''

अम्मा स्तब्ध! क्या सचमुच रमा यों हाथ खींच लेगी। जैसे गिड़गिड़ाकर उन्होंने अमर की हर जिद पूरी करवाई है, उसी तरह गिड़गिड़ाकर बोलीं,

''ये आखिरी काम है रम्मो! फिर तू आजाद है। जो चाहे, कर। जहां चाहे, रह।''

''अब बावन साल की उमर में क्या करूंगी और जहां चाहे रह। यह रहने की बात क्या है? तो क्या अमर के ब्याह के बाद मुझे कहीं और मकान देखने को कह रही हो?''

अम्मा सकपका गई।

''नहीं, नहीं और मकान देखने को क्यों कहूंगी! मेरा मतलब है, बात यह है पाठकजी सामने के कमरे में शटर लगाकर दुकान निकलवाने की कह रहे हैं घर बैठे रोजगार! अमर और बहू मिलकर निबाह ले जाएंगे।''

''अच्छा! मेरे कमरे में दुकान लगेगी और मुझे पता तक नहीं।''

''अमर कह रहा था...''

''क्या कह रहा था अमर। आज बीस साल से इस गृहस्थी का बोझ उठा रही हूं। तीन बहनों को बढ़ाया और उनके ब्याह किए। वक्त पर मेरा ब्याह होता तो अमर जितना बेटा होता। आजकल उसी जरा से लड़के की सलाह पर सब कुछ हो रहा है?''

''जरा-सा नहीं रहा वो।'' अम्मा भी तैश में आ गई।

''पच्चीस साल का जवान है।''

''जवान है तो जवानों जैसे कुछ और भी काम करे। कमाए कुछ, हमारी दवा लाए और राशन पानी भी।''

अम्मा ने ब्रह्मास्त्र निकाला। फूट-फूटकर रोने लगी।

''आज तेरे बाबू होते तो ये सब सुनना पड़ता! इस तरह चिल्लाती तू। कुछ कर लो...बेटी बेटा नहीं बन सकती। वो बेटे का ही कलेजा होता है, जो विधवा बहन-बेटी को पार लगाता है। अरे, विधवा भौजाइयों तक को निबाहता है, तेरे बाबू...''

''बस करो अम्मा! आज मेरे बाबू होते तो मेरे सुख की भी सोचते। मेरा भी ब्याह होता, अपनी घर-गृहस्थी होती। यों अस्पताल में अकेली पड़ी रहती क्या? अमर जितना बेटा होता, जो मेरी देखभाल करता। कोई अपना होता, जो मेरा

दुःख-दर्द समझता। हरदम अपनी ही जरूरतों का रोना नहीं रोता...''

''रम्मो...आजा...अमर तैयार हो गया।''

अम्मा की पुकार से उसकी तंद्रा टूटी। धीरे-धीरे दीवार का सहारा लेकर पूजा घर में पहुंची। नयी कमीज और नयी पैंट पहने, मुंह गोल कर सीटी बजा रहा था अमर। चौक, कलश और पूजा की थाली देख, थम गया।

''ये क्या है?''

''आज राखी है अमर! चल, जल्दी से पटरे पर बैठ और राखी बंधवा... सुबह से भूखी बैठी है रमा।''

''आज राखी है?'' अमर ने अम्मा की तरफ देखा यानी कुछ धरो हाथ पर, तो बहन को दे और अम्मा! उन्होंने अपनी नजर रमा की ओर उठा दी। वो कौन कमाने जाती है जो खट् से सौ-पचास निकाल दें।

''ठहरो!'' रमा ने पटरे पर बैठने को तत्पर अमर को रोक दिया।

''अब यह नौटंकी और बर्दाश्त नहीं होती।'' रमा खुद पटरे पर बैठ गई। उसके तेवर देख अमर और अम्मा सकते में आ गए।

''सामने बैठो अमर। मुझे तिलक करो, राखी बांधो और आरती उतारो। अम्मा, मीठा, कड़वा, जो हो, कुछ खाने को दो।'' उसने सौ का नोट पूजा की थाली में रख दिया। ''मैंने सदा तुम्हें संरक्षण दिया है, आगे भी देती रहूंगी।''

रमा ने अपनी बाईं कलाई आगे बढ़ा दी।

''यह मेरे बाएं हाथ का खेल है।''

# गुरु दक्षिणा

मास्टरजी ने चश्मा उतारकर खाट के सिरहाने से सटी मेज पर रख दिया। वहीं रखे पानी के गिलास में अपनी नकली बत्तीसी निकालकर रखी। गमछे से सिर और गर्दन अच्छी तरह से लपेट लिया। आराम और सुकून से रोम-रोम भर उठा। बिस्तर में लेटकर दुलाई ऊपर तक खींच ली। उम्र-उम्र की बात है। अब बारहों महीने ओढ़ कर सोना पड़ता है। सुबह से रात तक न जाने कितने चूर्ण और गोलियां निगलनी पड़ती हैं। अरे रे रे...यह तो रह ही गया। उन्होंने थोड़ा-सा उठकर मेज टटोली। हां, खांसी की गोलियां यथास्थान थीं। एक गोली और ताम्रपात्र से दो-चार घूंट जल। थोड़ा-सा अमृतांजन माथे पर मला, जरा-सी विक्स नथुनों पर लगाई और पुनः लेटकर अच्छी तरह से ढक-ओढ़ लिया। अब नींद की प्रतीक्षा।

"हे! ईश्वर तेरा कोटिशः धन्यवाद! मैं बहुत सुखी और संतुष्ट हूं। ऐसी ही कृपा बनाए रखना!" एक नजर पास की खाट पर सोई पत्नी पर डाली। वह भी उन्हीं की तरह अच्छी तरह सिर लपेट कर सोई थी। उनके सुख का चित्र संपूर्ण हो गया। नहीं! इसमें कोई अतिश्योक्ति नहीं कि वे बहुत सुखी हैं। अपने साधारण से जीवन से पूरी तरह संतुष्ट और इस बार तो कुछ ऐसा चमत्कार हुआ कि एक

चिरपोषित अभिलाषा भी पूरी हो गई। दोनों जने चारों धाम की तीर्थयात्रा पूरी कर आए! बहुत कमाया मास्टरजी ने, लेकिन घर खर्च और सामाजिकताओं के निर्वहन में उतना ही खर्च ही होता रहा। ऐसा कभी भी नहीं हुआ कि उनके हाथ में मोटी रकम हो और कोई खर्चा मुंह बाएं न खड़ा हो! बल्कि उल्टा ही होता था। खर्चा जबड़े फैलाए खड़ा होता था। उन्हें रुपयों का इंतजाम करना पड़ा था।

सीधी सरल पत्नी सदा चादर के भीतर ही पांव रखती थी। अंग्रेजी के मास्टर थे, अतः हमेशा ही ट्यूशन का सहारा रहा। बच्चे पढ़-लिखकर घर-बार वाले हुए। सेवानिवृत्त होने पर एक मुश्त पैसा मिला तो यह छोटा-सा घर बनवा लिया। सब ठीक है, कही कोई झगड़ा-झंझट नहीं।

धीरे-धीरे कतर-ब्यौंत कर उन्होंने ऊपर भी एक कमरा बनवा लिया था। खूब बड़ा और हवादार, पूरी दीवार को ही काला पोत कर ब्लैक बोर्ड बना लिया था, कुर्सी मेजें डाल ली थीं। इससे मास्टरजी को बहुत सुविधा हो गई थी और उनका कोचिंग सेंटर चल निकला था। वो खुद भी डटकर मेहनत करते थे और छात्रों को भी रगड़कर रख देते थे। तरह-तरह के चार्ट, तालिकाएं, प्रश्नावलियां और न जाने कहां-कहां से सामग्री जुटाकर वो अपने छात्रों को तैयार करते थे।

मास्टरजी अंग्रेजी साहित्य, भाषा-व्याकरण के साथ-साथ उच्चारण, लय, ताल गति भी परिभाषित करते थे। छात्रों और अभिभावकों के बीच उनकी अच्छी प्रतिष्ठा थी। वो हर छात्र पर ध्यान देते थे और उसकी क्षमता अनुसार गृहकार्य देते थे। वो उस सुनार की तरह थे, जिसके हाथ लगकर हीरा धार पा जाता था।

जब उनकी सिखाई 'किंग्स इंग्लिश' की बदौलत कोई छात्र परीक्षा और साक्षात्कार की बाधा दौड़ जीत, उच्च पद पा लेता था तो उसकी सफलता में कहीं मास्टरजी अपनी सफलता का आनंद पा लेते थे। कृतज्ञ छात्र अनेकानेक उपहार लाते थे। फल, मिठाई, कपड़े, स्वेटर, शाल, पर जो भरत ने किया, अविस्मरणीय था।

आज के युग का कमाल! बारहवी पास छात्र कंप्यूटर एप्लीकेशन का कोर्स कर इंजीनियर बन बैठा। पैसे वाली पार्टी थी, घर पर भी कंप्यूटर था। एक के बाद एक खटाखट कंप्यूटर कोर्स पास किए और आई.टी. एक्सपर्ट बन बैठा। कंप्यूटर के मार्ग की सबसे बड़ी बाधा, अंग्रेजी भाषा पर अधिकार, वह मास्टरजी की कृपा से दूर कर चुका था।

अब भरत अपनी वेबसाइट, पोर्टल और न जाने क्या-क्या चलाता था। सफलता के साथ थोड़ा अहंकार भी आ गया था। अब वह मास्टरजी को मार्गदर्शन देने का प्रयत्न करता था।

''आप बेकार में इतनी मेहनत करते हैं। सुबह से शाम तक लगे रहते हैं, मेरी मानिए, इन क्लासों की जगह कंप्यूटर सेंटर खोलिए।''

''कंप्यूटर सेंटर! अरे भैया, लाखों का खर्च है। भला मैं कहां से लाऊंगा?''

''बैंक लोन लीजिए! कंप्यूटर कंपनी वाले खुद जीरो इंट्रेस्ट पर लोन देते हैं। सरकार भी तो इन्फोटेक को बढ़ावा देना चाहती है, लोन आसानी से मिल जाता है।''

मास्टरजी भौंचक्के रह गए। ऊपर कक्षा बनवाने और फर्नीचर लेने के लिए बैंक से लोन लेना चाहा था। मकान के कागजात गिरवी रखे बिना कोई बैंक लोन देने को तैयार न था और कंप्यूटर के लिए इतनी सुविधाएं। क्यों? क्या बिना प्राथमिक शिक्षा के कंप्यूटर तकनीक सीख लेंगे छात्र? या उस साधनहीन वर्ग से किसी को कोई मतलब ही नहीं। भरत अपनी धुन में बोले जा रहा था।

''मैं आपकी सहायता करूंगा। तरह-तरह के पोर्टल रखिए। मजे में एक जगह बैठकर लेपटाप से सिखाइए। इन सारी तालिकाओं को और जो भी आपका 'सपोर्ट मैटेरियल' है, उसे 'हार्ड डिस्क' में डाल दीजिए। बस! हर बात की मेहनत से छुट्टी! कॉपी निकाली ओर पकड़ा दी, उसे अपडेट करना भी आसान है।''

''यहां आठ-आठ घंटे बिजली नहीं आती। तुम कंप्यूटर की बात करते हो।''

''कंप्यूटर के साथ जेनरेटर सेट और यू.पी.एस. (अजस्त्र ऊर्जा स्रोत) तो लेना ही पड़ता है।''

''अजस्त्र ऊर्जा के स्रोत केवल दो हैं--सूर्य और मानव मस्तिष्क। इन दोनों के रहते मुझे क्या पागल कुत्ते ने काटा है कि परावलंबी तकनीक का सहारा लूं।''

''मास्टरजी, आप नयी तरह से सोचने को तैयार नहीं है। आप अंतरिक्ष युग में भी बैलगाड़ी से चलना चाहते हैं।''

''अरे! मैं कहां बैलगाड़ी से चलना चाहता हूं। मैं तो केवल यह कह रहा हूं कि सबका समान विकास हो, ताकि अवसर की समानता बनी रहे। जब सारे देश को निरंतर और सस्ती, समान मात्रा में ऊर्जा उपलब्ध हो, तब कंप्यूटर से शिक्षा देने के बारे में सोचना। अभी तो यह मुट्ठी भर धनिकों का विलास है! साधारण जनता में बेरोजगारी बढ़ाने का एक और षड्यंत्र।''

भरत खिलखिलाकर हँस पड़ा।

''अरे, थोड़ा सोचकर देख! एक तरफ तो इन्सान जरा भी शारीरिक श्रम न करे! कक्षा में चहलकदमी और बोर्ड पर लिखने मिटाने का भी नहीं। दूसरी तरफ व्यायाम के लिए महंगे क्लब में जाए! रूखा-सूखा खाए! तुम्हें मालूम है भरत! मास्टर लोग बहुत कम उच्च रक्तचाप या हृदय रोग का शिकार होते हैं।''

"कुछ भी कहिए सर! कंप्यूटर ही भविष्य है।"

"चलो! यह मान भी लूं। तो भी, तुम कैसा भी कंप्यूटर लो, कुछ भी क्यों न करो! भाषा और अंकगणित की जरूरत पड़ेगी ही और अच्छी भाषा सदा प्रभावित करती है।"

भरत अब भी हँसे जा रहा था। अब मास्टरजी भी उत्तेजित हो उठे।

"कंप्यूटर कॉपी न सही, बाजार से टाइप फोटोस्टेट करवाकर मैं भी दे सकता हूं, पर नहीं। जब छात्र बोर्ड पर लिखा उतारता है तो बार-बार पढ़ता और लिखता है। उसे एकाग्रता का अभ्यास होता है। इस प्रक्रिया में मस्तिष्क स्वतः ही पचास प्रतिशत सामग्री सोख लेता है। फिर दो-चार बार पढ़ने की जरूरत और रह जाती है। इस दौरान मैं उनके हस्तलेख और वर्तनी पर नजर रखता हूं। मैं अपने छात्रों को स्वावलंबी बनाना चाहता हूं, परावलंबी नहीं। यह क्या? अगर कंप्यूटर न हो तो चार पंक्ति सही न लिख पाए।"

उनकी ऊंची आवाज सुन पत्नी आ गई।

"अब चलूंगा, सर! चलिए, जरा मैडम के पास खड़े होइए, आपका फोटो ले लूं।" उसने भिन्न मुद्राओं में उनके कई फोटो लिए, आश्चर्य। तुरंत प्रिंट निकालकर दे दिए। "देखा, मानते हैं आधुनिक्र तकनीक को, पहले क्या था? पूरा रोल खत्म हो, फिर धुलने डालो, तब प्रिंट मिलेगा! अब यह सब कुछ नहीं, एक मिनट में फोटो।"

"ठीक है, ठीक है, तू अपनी चाल चल। मैं बूढ़ा हुआ! मुझे अपनी चाल चलने दे।"

"सर!" जैसे अचानक कुछ सूझा उसे।

"अगर आपकी आज्ञा हो तो आप पर एक फिल्म बनाऊं मैं? कैसे पढ़ाते हैं आप! वो बुलंद आवाज। आपकी ढेर-ढेर किताबें...कभी अपने बच्चों को दिखाऊंगा, ये हैं हमारे सर।"

उन्हें भी हँसी आ गई। "क्या कहने! मुझ पर फिल्म बनाओगे?"

"हां सर! आपका यह घर, तुलसी का चौरा, आपकी अध्यापन शैली, सब संभालकर रखना चाहता हूं मैं! कहिए, कैसा विचार है?"

अंतस्थल में गुदगुदी हुई! भला लगा उन्हें! "बना ले भाई! फिल्म भी बना ले! मेरा तो सब कुछ तुम्हीं लोगों के लिए है।"

दूसरे दिन वह सचमुच ढेर सारे उपकरण लेकर आ गया। कांधे पर कैमरा रखे, सारे घर में घूमता फिरा। पूजा करती, तुलसी चौरे को पानी देती पत्नी!

अध्ययन करते मास्टरजी। अंत में कक्षा के एक कोने में वो सब उपकरण जमा दिए, बोर्ड के ऊपर, रोशनदान, खिड़कियों पर जगह-जगह कई छोटे-छोटे कैमरे लगाए। आरंभ में तो उन्हें अटपटा लगा, पर शीघ्र ही वो उनके अस्तित्व को भूल गए और स्वाभाविक रूप से पढ़ाने लगे।

दूसरे दिन भरत नहीं आया। मास्टरजी परेशान। इतने कीमती उपकरण उनके यहां पड़े हैं, कभी कुछ हो जाए तो बड़ी मुसीबत होगी। उन्होंने भरत को फोन किया। "सर! बहुत जरूरी काम से मुझे अमेरिका जाना पड़ रहा है। आप उन सबको वहीं रखा रहने दें, लौटकर हटा दूंगा।"

"अरे नहीं भाई! कीमती चीजें हैं, कहीं कुछ हो गया तो?"

"कुछ नहीं होगा सर! आपके यहां उन्हें कौन हाथ लगाएगा? जैसे यहां रहता है, वैसे ही वहां रखा है। मैं आते ही वापस ले आऊंगा!"

"यह तो बड़े झंझट की बात है।"

"कोई झंझट नहीं है, सर! जोखिम मैं ले रहा हूं। आपका क्या नुकसान है? प्लीज सर!"

कोई डेढ़ महीने बाद लौटा भरत! और आते ही उनके यहां हाजिर! अपने उपकरण समेटे और चलने को तत्पर हुआ। उनके चरण छुए। "सर! इस बार अमेरिका में एक सौदे पर मुझे भारी लाभ हुआ है। आप अन्यथा न ले। देखिए सर, मेरी सारी कंप्यूटर योग्यता की जड़ में आपकी सिखाई हुई अंग्रेजी भाषा है। आप, आप बुरा मत मानिएगा।"

उसने जेब से एक लिफाफा निकालकर उनके हाथ पर रख दिया। "इसे गुरु दक्षिणा समझकर रख लीजिए।"

उन्होंने लिफाफे को देखा और हल्के से उछाला। "भई भरत! तुम्हारी दक्षिणा तो सचमुच गुरु लग रही है।"

उसने तुरंत उनके दोनों हाथ पकड़ लिए। "सर! अपने बच्चों का दिल मत तोड़िए।" वो जल्दी-जल्दी अपने उपकरण समेटकर चला गया।

उसके जाते ही मास्टरजी ने लिफाफा खोला! हजार-हजार के ग्यारह नोट थे। ग्यारह हजार रुपये! पत्नी भी स्तब्ध रह गई। इतनी बड़ी रकम की उन्होंने कल्पना भी नहीं की थी। कुछ देर तक अनिश्चय की स्थिति बनी रही। पत्नी ने कहा, "नहीं, नहीं, ये अच्छा नहीं लग रहा! इतनी बड़ी रकम! आप यह रुपये लौटा दीजिए।"

"यह तो गुरु दक्षिणा है। क्या लौटाना अच्छा लगेगा? आखिर लड़के स्वेटर-शाल फल मिठाई लाते हैं। वह भी हम रख ही लेते हैं।"

पत्नी ने सिर झुका लिया।

"सुनो! ये गुरु दक्षिणा है, इन रुपयों से हम चारों धाम की यात्रा को चलते है।"

इस प्रस्ताव से पत्नी खिल उठी। "हां, यह ठीक है। कितने सालों से सोच रहे हैं, आज तक सुभीता नहीं बैठा। भगवान सुखी रखे उस भरत को।" पत्नी की आंखें नम हो आईं।

यही किया उन्होंने! चारों धाम और कई तीर्थ, केदारनाथ...खूब भ्रमण किया। महीना भर कैसे निकल गया, पता ही नहीं चला। हर तीर्थ पर उन्होंने अपने बच्चे के साथ-साथ भरत की भी कल्याण कामना की। अत्यंत तृप्त होकर घर लौटे।

दो दिन तक तो मास्टरजी अत्यंत मस्त रहे। यात्रा की क्लांति और सामान वगैरह यथास्थान रखना था। जब गृहस्थी का चरखा चल निकला तब, अचानक उन्हें इस परिवर्तन का अहसास हुआ। उन्होंने पत्नी से कहा, "इस बार कोई छात्र नहीं आया।" पत्नी ने चाय का कप मेज पर रखा। मैं भी यही सोच रही थी। पहले तो ऐसा कभी नहीं हुआ। कोई दिन ऐसा नहीं गुजरा, जब कोई छात्र घंटी न बजाए।"

कहीं ऐसा तो नहीं कि हम इतने दिन से यहां नहीं थे, इसलिए किसी और के पास चले गए हों।"

"नहीं जी, शादी ब्याह वगैरह में तो हम जाते ही हैं। जिस दिन लौटे, उसी दिन लड़के हाजिर, 'सर! कब से आना शुरू करें?' "

"अभी विद्यालय नहीं चल रहे! पता नहीं होगा कि हम कहां गए हैं और कब तक आएंगे।"

"नहीं जी, पड़ोसियों को कहकर गए थे।" कुछ क्षण मौन रहकर पत्नी बोली, "दो-चार दिन देखो! आएंगे नहीं तो जाएंगे कहां?" पर उसकी आवाज का संशय उनसे छिपा न रहा।

दो-चार दिन की जगह पूरा सप्ताह निकल गया। कोई नहीं आया। वो स्वयं किसी से पूछे, यह उन्हें अपने आत्मसम्मान के विरुद्ध लगा।

बाजार से ईसबगोल लाने निकले थे। मेडिकल स्टोर की बगल में ही ए-वन वीडियो सीडी सेंटर है। उसके मालिक सुरिंदर सिंह ने लहक कर मास्टरजी को आवाज दी, "अरे मास्टरजी आइए, आपको एक चीज दिखाऊं।"

"नहीं भाई, मैं इन सब चीजों में दिलचस्पी नहीं रखता।"

"जरा देखिए तो! आपकी लाइन की चीज हैं।" वो लगभग जबरदस्ती ही बांह पकड़कर उन्हें दुकान के अंदर ले गया। मास्टरजी को ठंड लगने लगी। उन्हें वातानुकूलन की आदत नहीं थी। सुरिंदर सिंह ने कोई कैसेट बी.सी.आर. में डाला और रिमोट लेकर उनके पास बैठ गया। 'देखिए!' उसने क्लिक-क्लिक की और टी.वी. पर चमकदार अक्षर उभरे! खूबसूरत कलात्मक अक्षर, टर्निंग पॉइंट, अ कंप्लीट कोर्स इन इंग्लिश कम्यूनिकेशन...

मास्टरजी पलक झपकाना तक भूल गए। यह उनका ही कैसेट था। आवाज किसी और की थी और मास्टर भी कोई खूबसूरत नवयुवक था। लैपटाप की सहायता से, सफेद परदे पर रंगबिरंगी अध्ययन सामग्री दिखा रहा था। हर पाठ के अंत में प्रश्नावली, कुंजी तालिकाएं, स्मरणीय तथ्य, अक्षरक्षः उनके थे। तो पूरा कैसेट उसी सामग्री पर बना था, जो भरत ने उनकी कक्षा में रिकार्ड किया था। अच्छा, तो इसलिए वो सारे उपकरण डेढ़ महीने के लिए यहीं छोड़ गया था। नहीं कुछ भी नहीं छूटा था। उच्चारण संबंधी नियम, स्वर लिपि, वर्तनी के नियम, उनके अपवाद, उन्हें याद रखने के सरल उपाय।

"कैसा लगा सर?"

उन्होंने मूक दृष्टि सुरिंदर की ओर उठाई। "खूब बिक रहा है। सब कंप्यूटर सेंटर वाले खरीद रहे हैं। अभी हफ्ता भर हुआ है और ढाई हजार बिक चुका है। अब कंप्यूटर क्लासेज और अंग्रेजी की क्लासेज अलग-अलग अटैंड करने की जरूरत नहीं! कंप्यूटर सेंटर ही यह कोर्स भी करा देंगे। कैसा लगा?"

कुछ न बोल सके मास्टरजी! चुपचाप उठने को हुए।

"सर! एक बात कहूं! आप बुरा मत मानना, आपने जो कुछ देखा है, उसका इस्तेमाल अपनी क्लासेज में मत करना।" उसने क्लिक-क्लिक कर कैसेट कर कॉपीराइट वाला अंश उन्हें दिखाया।

वो निःशब्द दुकान से बाहर आए। धूप कितनी प्रचंड हो गई थी। उनके पास छाता नहीं था। कुछ डगमगा गए। सीने में असहनीय पीड़ा की अनुभूति हुई। लगा, उल्टी होने वाली है। डगमर्ग करते घर की ओर चल पड़े! रास्ता इतना लंबा कैसे हो गया? वो बहुत धीरे चल रहे हैं! आसपास के लोग, वाहन, सब तीव्र गति से भागे चले जा रहे हैं। धूप से आंखें चुंधिया रही हैं, पसीना-पसीना हो रहे हैं। उन्होंने जल्दी-जल्दी चलने की कोशिश की, लेकिन पांवों ने विचारों की गति का साथ नहीं दिया। सीने का दर्द बढ़ता जा रहा था। उन्होंने थैला बाएं हाथ में लेकर

दाएं हाथ से दर्द वाले स्थान को दबाने की कोशिश की। सब कुछ उल्टा नजर आ रहा है। अचानक यह लाल-नीले धब्बे क्यों नजर आ रहे हैं?

घर के दरवाजे का हुड़का खोल, गलियारा पार कर वो सीधे ऊपर की सीढ़ियों की ओर बढ़े। पत्नी उन्हें देखती ही रह गई। ''क्या हुआ? आटा गूंधते हुए उसने पूछा।

वो सीधे अपनी कक्षा में पहुंचे। सीढ़ियां चढ़ने से सीने की धक-धक कानफोड़ शोर में बदल गई। किसी तरह अपनी कुर्सी पर बैठे! खाली बोर्ड, खाली मेज-कुर्सियां, खाली कमरा उन्हें लीलने को आतुर प्रतीत हुआ। उन्होंने चॉक उठाने को हाथ बढ़ाया, डिब्बा गिर गया, उनका हाथ चॉक नहीं पकड़ पाया। संत्रस्त हो पत्नी को आवाज दी, गले में कोई स्वर नहीं निकला। पानी का गिलास ले पत्नी ऊपर आई।

''बाहर से आते ही सीधे क्लास में, जरा सुस्ता लेते! पानी तो पी लेते। लड़के अभी ही आ रहे हैं क्या...?''

अचानक थम गई वो।

कुर्सी पर बैठे मास्टरजी फटी-फटी आंखों से ब्लैकबोर्ड की तरफ देख रहे थे। उनकी आंखों में, ढलके हुए हाथ में, पूरे शरीर में जीवन का कोई चिह्न न था।

# ईद मुबारक

अपनी झुंझलाहट पर भरसक काबू कर इरा चाय पीने लगी। बाहर बरामदे से लोगों की बड़बड़ाहट मधुमक्खियों की भिनभिनाहट जैसी सुनाई देती है। मन करता है कि उठकर जाए और सबको कसकर डा़ंट लगाए। क्या तमाशा है? चैन से एक कप चाय भी नहीं पीने देते और ये श्रीमान् आशुतोष सरकार। क्या कर रहे हैं मैनेजर साहब! यूं तो लंबा-चौड़ा वेतन लेते हैं, एम.बी.ए. हैं न। पर मैनेजमेंट के नाम पर प्रत्येक निर्णय के लिए इरा का मुंह ताकते हैं। मरने दो सबको। वो नौ बजे से पहले किसी हालत में नीचे नहीं जाएंगी। उन्होंने आराम से पैर फैलाए और सुबह की गुनगुनी धूप में बढ़िया दार्जिलिंग चाय की चुस्कियां लेने लगी। नीचे लान पर अब भी ओस की झीनी सी चादर पड़ी है। गुलाब अपनी पूरी बहार पर है। अगर इतना जाड़ा न होता तो वो ये डिनर लान में ही देती। लोग उनके खूबसूरत बगीचे को देखते ही रह जाते। वैसे भी उनके प्रत्येक आयोजन को देखते ही रह जाते हैं। उनका अभिजात्य, उनकी सुरुचि, उनका तीक्ष्ण सौंदर्यबोध समाज की नवनीत सतह में चर्चा का, ईर्ष्या का और स्पर्धा का विषय रहता है, पर दिल्ली में इस बार जो भयंकर शीत लहर चल रही है कि लॉन में डिनर देने की बात सोची भी नहीं जा सकती।

चाय का अंतिम घूंट लेकर इरा ने प्याली ट्रे में रख दी। अब तो नीचे जाना ही पड़ेगा।

नीचे, पिछवाड़े के आंगन में अजीब हंगामा था। हेड कुक, पेस्ट्री कुक, सैलर इंचार्ज, फ्लोरिस्ट, हाउसकीपर, सब इकट्ठे थे। लग रहा था घर का सारा स्टाफ वहीं इकट्ठा है। इरा का पारा चढ़ने लगा। इस तरह इकट्ठे होकर हो-हल्ला करने की कोई जरूरत नहीं थी। सबको लिखित आदेश मिल चुके थे, पर इतने मूर्ख हैं ये सब कि वही आदेश उसके मुंह से सुनना चाहते हैं।

इरा को देखकर सरकार बाबू लपके। पचास हजार का चैक चाहिए। दस किलो चिकन, दस किलो कीमा, दस किलो प्रॉन, दस किलो मशरूम...धाराप्रवाह बोले चले जा रहे हैं। दस किलो से कम तो वो कुछ मंगवाते ही नहीं। हाथ के इशारे से उन्हें रोककर, इरा ने हाउसकीपर की ओर प्रश्नसूचक निगाहें उठाईं। उसने लिनेन का नमूना पेश किया।

"ये वाला सेट लगेगा?"

स्वीकृति में गर्दन हिलाकर उन्होंने फ्लोरिस्ट को पास बुलाया। उसने फूलों की रंग योजना, प्रबंधन, सज्जा और संख्या पर उनकी स्वीकृति ली। सैलर इंचार्ज को स्कॉच जॉनी वॉकर कम लग रही थी। उसे पचास बोतलें और चाहिए। बीयर भी जर्मन आ गई थी, उनका झुकाव 'डच' की ओर है। उनकी समस्याओं का निराकरण कर वे हेड कुक की ओर मुड़ी। हेड कुक को आसानी से कोई सब्जी पसंद नहीं आती। आज प्याज के कारण उनके नाक-भौं चढ़ गए थे। इरा की अनुभवी आंखों को लगा कि दो बोरी प्याज कम पड़ेगा। आज के डिनर की योजना तो तीन दिन पहले बन चुकी थी, पर अचानक जो डिनर-लंच देने पड़ते हैं, उनके लिए कुछ अतिरिक्त सामान रहना ही चाहिए। हेड कुक प्याज की जांच में व्यस्त थे। उन्होंने एक प्याज को दबाकर देखा और प्याज उनकी मुट्ठी से फिसल कर लुढ़क चला। बड़े मजे से लुढ़कता हुआ वो ठीक दरवाजे पर जाकर रुका। उसी समय साबिरा अंदर आई। अनजाने में ही प्याज का पीछा करती सबकी निगाहें साबिरा के चेहरे पर जा रुकीं। साबिरा भी कुछ अचकचा गई, फिर उसने झुककर प्याज उठा लिया और धीरे-से आकर प्याज की बोरी में वापस डाल दिया। एक निगाह उन बोरीबंद सब्जियों और मांस-मछली पर डाली। एक बाजार जैसा लगा था। फिर उसने इरा की ओर देखा। साबिरा को देखकर सब जलभुन गए। अब गई मैडम दो घंटे के लिए।

सभी अपनी अपनी मांग लेकर आगे बढ़े। इरा ने चटपट सबको निबटाया। चैक पर दस्तखत किए, हिसाब बाद में देख लेगी। 'कैनपीज', 'ऑडवर' और 'जूलियेन्स' का स्पष्टीकरण दिया, 'स्कॉच' के ऑर्डर को बढ़ाया। हेड कुक को पुचकारा, आजकल ऐसा ही प्याज आ रहा है। फिर साबिरा को पीछे आने का इशारा कर, ऊपर अपने बेडरूम की ओर चल दीं।

साबिरा को देखकर उनकी तबीयत प्रसन्न हो जाती है। बहुत बढ़िया मालिश करती है। पैडीक्योर, मैनीक्योर, थ्रेडिंग–सब कर लेती है। देखने में तो दुबली-पतली और नाजुक-सी है। पर हाथों में जादू है। रगड़-रगड़ कर उसने इरा की देह को चमका दिया है। उसके जादुई स्पर्श ने चरबी की तहों को पिघलाकर बहा दिया है। इरा की देहयष्टि निखर आई है। सबसे बढ़िया बात तो यह है कि साबिरा कुछ बोलती नहीं है। चुपचाप आती है, अपना काम करती है और चली जाती है। कभी उधार भी नहीं मांगती। इरा को ये बेजुबान, खूबसूरत, बांग्लादेशीय रिफ्यूजी औरत बहुत अच्छी लगती है। यूं पांच बच्चों की मां है, पर बड़ा मासूम चेहरा है। अपने सौंदर्य के प्रति पूरी तरह अनजान। आज भी उनके बेडरूम में आकर चकित हिरनी-सी खड़ी हो जाती है। कभी परदों को देखती है, कभी कालीन को। कभी हौले से डबल बेड को छूकर देखती है। नहीं जानती कि ड्रेसिंग टेबल का लंबा आईना बड़ा चुगलखोर है, पर इरा को यह सब अच्छा लगता है। गरीब है बेचारी। झोपड़पट्टी में रहती है। छिः-छिः, कितनी गंदी बस्ती है। बोरियों के टुकड़े जोड़ गांठकर बनाई गई झोपड़ियां! काले बदसूरत प्लास्टिक से ढके बेहूदे घर। इतने छोटे-छोटे से, जैसे मुर्गियों के दड़बे हों। दरवाजा भी इतना छोटा कि बस। उसमें ये सात प्राणी घुसते किस तरह हैं। कीड़ों की तरह रेंग कर घुसते होंगे। बस्ती क्या है नरक है पूरा। कूड़े के ढेर और बजबजाती नालियां। उसे तो यहां आने में स्वर्ग में आने जैसा लगता होगा।

स्नानगृह में जाकर इरा ढीला सा पेटीकोट पहनकर टेबल पर लेट जाती है। इटालियन संगमरमर का बना पूरा स्नानगृह आधुनिकतम यंत्रों और आधुनिकतम प्रसाधनों से भरा हुआ। फूल-पौधों से सज्जित। बहुत सुंदर लगता है सब कुछ और इन सबके सौंदर्य को चुनौती देती अकेली साबिरा। स्नानगृह में आते ही वो अपनी साड़ी का कछौटा भर लेती है। दोनों हथेलियों में ऑलिव ऑयल लगाकर अपना काम शुरू कर देती है। इरा देखती रह जाती है साबिरा को। कछौटा मारकर तो वो और भी कमनीय लगने लगती है। छोटे-छोटे पांव, छरहरी टांगें, भरे-भरे

नितंब, पलती कमर, कसा हुआ सुडौल वक्ष और लंबे घने बाल। बिल्कुल गोल मुंह, धनुषाकार गुलाबी होंठ, तीखी नाक और सांवला रंग। बड़ी-बड़ी आंखों पर घनी बरौनियां! बीच की मांग निकालकर यूं ही सा जूड़ा बना लेती है। कोई प्रसाधन नहीं, कोई श्रृंगार नहीं।

मुसलमान है, अतः बिंदी भी नहीं। एक बार पूछा था उन्होंने।

"कौन-सा तेल लगाती हो साबिरा।"

अपनी सागर जैसी आंखें उठाकर उसने जवाब दिया था।

"खाने को तेल नहीं मिलता, सिर में क्या लगाएंगे?"

इतना लंबा वाक्य तो पहले कभी नहीं बोली थी।

चलो, अच्छा ही है, जो खाने को नहीं मिलता। खाने को नहीं मिलता, इसीलिए इतने नियमित रूप से आती है। इतनी विनम्रता से काम करती है। पेट में रोटी जाते ही गरीबों का दिमाग घूम जाता है, उन्हें खुराफात सूझने लगती है। वो साबिरा को खूब संभालकर रखती है। न तो उसे ये खबर लगने देती है कि उसके पास अनमोल कला है और इस कला का अच्छा बाजार भाव भी है। न किसी और को ये खबर लगने देती है कि ये साधारण सी औरत साबिरा इतनी कुशल प्रसाधिका है। उनकी किसी परिचित को पता भर लगना चाहिए। फिर कितनी देर लगेगी उन्हें साबिरा को उड़ाने और अपने सर्वेंट क्वार्टर में बसाने में। ना बाबा ना...ये झोपड़पट्टी में ही ठीक है। कम से कम उनकी मुट्ठी में तो है। कुछ भी कहो, औरत है काम की। साबिरा के नैसर्गिक सौंदर्य पर इरा का अभिजात्य मुग्ध है। दांत क्या है? मोती की लड़ी है जैसे। सांचे में ढला शरीर। आधा पेट खाना और दिन भर मेहनत-मशक्कत एक ठंडी सांस ली उन्होंने। अब उन्हें सामिष भोजन छोड़ देना चाहिए और नियमित रूप से हेल्थ क्लब जाना चाहिए। कई बार उनका मन करता है, साबिरा की तस्वीर बनाएं। यूं ही कछौटा मारे मालिश करती साबिरा, पर इन डिनर पार्टियों के कारण इतनी व्यस्त हैं कि कुछ करने का समय ही नहीं मिलता। मल्टी नेशनल क्या आ गए, उनके तो दिन-रात विदेशी मेहमानों को डिनर देने और अच्छे व्यापारिक संबंध स्थापित करने में जा रहे हैं। उनकी जान-पहचान की कई महिलाएं तो सो भी नहीं पातीं। वो तो साबिरा है कि उन्हें नींद आ जाती है और अच्छी नींद आती है। मालिश करवाने से सारे तन-मन की गांठें खुल जाती हैं। तनावग्रस्त मस्तिष्क ढीला पड़ जाता है।

उनकी पीठ पर थपकी दे साबिरा सिंक की ओर चली गई। थपकी का मतलब है अब वो सीधी लेट जाएं। सीधे लेटकर उन्होंने देखा कि साबिरा का मुंह उतरा हुआ है और होंठ भी सूखे हैं।

''क्या बात है साबिरा? तबीयत खराब है?''

''नहीं मेमसाब! थूकने गई थी। रोजे चल रहे हैं न। थूक भी अंदर लेना गुनाह है।''

ओह! बेचारी साबिरा भूखी-प्यासी काम में लगी है। चलो, आज आखिरी रोजा है। कल ईद है। साबिरा के लिए साड़ी मंगवा रखी है। आज ही दे देते हैं। कल त्यौहार है, पहन लेगी।

मालिश पूरी हुई है। साबिरा हाथ धोने लगी और वो गाउन पहनकर बेडरूम में आई। आलमारी में से साड़ी निकाली। गुलाबी साड़ी पर काले फूल। अच्छी लगेगी साबिरा पर। सिन्थेटिक है, चलेगी भी खूब। आंचल से हाथ पोंछती साबिरा बाहर आई।

''चलती हूं मेम साहब।''

''ये लो साबिरा, ईद पर तुम्हारे लिए साड़ी मंगवाई थी। एडवांस में ईद मुबारक।'' डबल बेड पर रखी साड़ी की ओर इशारा किया उन्होंने, पर साबिरा ने तो साड़ी की तरफ देखा तक नहीं। उसका चेहरा और उतर गया। धीरे-से बोली।

''कल तीस तारीख है।''

''हां, तो? तीस तारीख की ही तो ईद है।'' कुछ समझ में नहीं आ रहा। जितनी फटेहाल है साबिरा, उन्होंने तो सोचा था कि साड़ी पाकर बहुत खुश होगी। हो सकता है इसे ये रंग पसंद न हो। वो पुनः अलमारी की ओर मुड़ी।

''अगर तुम्हें ये रंग पसंद न हो तो दूसरी ले लो।''

''नहीं मेमसाब, यह बात नहीं।''

''तो बात क्या है?''

निषेध की मुद्रा में आधे खिले कमल सा हाथ उठाकर साबिरा सुंदर लग रही है।

''मुझे साड़ी नहीं चाहिए।''

''तो फिर क्या चाहिए?''

अजीब बात है, साड़ी नहीं चाहिए। रुपये चाहिए शायद। साड़ियां तो वो थोक के भाव सूरत से मंगवाती है। पचास-साठ रुपये में एक पड़ती है। होली-दीवाली पर नौकरानियों को देती है। अब साठ-सत्तर रुपये का तो कोई तुक

नहीं बनता। रुपया दें तो एक सौ एक देना होगा। फिर तो और सब नौकर-चाकर भी नकद रुपया ही चाहेंगे। कल को ड्राइवर, दरबान और कुक—सब कहेंगे, वर्दी नहीं जी, नकद रुपया दो।

ऐसा नहीं हो सकता। बात रुपये की नहीं, परंपराओं की है। वो तो साड़ी ही देती आई है और साड़ी ही देंगी। लेना हो तो लो, वरना जाओ यहां से।

लेकिन साबिरा का मन तो उनके वाक्यांश 'तो फिर क्या चाहिए में अटका था।' वो बड़े संकोच से गरदन झुकाकर बोली।

"मुझे साड़ी नहीं चाहिए मेमसाहब। हो सके तो, दो-चार किलो प्याज, थोड़ा-सा लहसुन और एक वक्त की रोटी लायक आटा दे दीजिए, कल तीस तारीख है।"

# फालतू सामान

"हाय रे" पत्नी पांव पकड़ फर्श पर बैठ गई!

"क्या हुआ?" उन्होंने झपट कर उठना चाहा, मगर घुटनों ने उनकी चाहत को कराह में बदल दिया।

अखबार फेंक, चश्मा ठीक कर वो अपनी समझ में बड़ी जल्दी-जल्दी चले। पत्नी के पांव में कील चुभ गई थी शायद! वह दोनों हाथों से पांव पकड़े कराह रही थी।

"दिखाओ जरा।" फर्श पर बैठना सजा है, पर क्या किया जाए! घुटने ऐसे चरमराए, जैसे लकड़ी के पुराने दरवाजे हों।

बड़े कष्ट से पत्नी का पांव उठाया। अंगूठे में कील घुस गई थी। पतली सी कील, आधी अंदर धंसी थी। पत्नी दर्द के मारे तड़प रही थी।

उन्होंने अंगूठा पकड़, एक झटके से कील निकाल ली।

"अरे रे रे, मार डाला तुमने तो!" पत्नी रो पड़ी! कील निकलते ही अंगूठे से टप-टप खून टपकने लगा।

वो घुटनों पर हाथ रख उठने ही वाले थे कि बेटा आ गया। किसी ने खबर कर दी होगी या मां की चीख-पुकार सुन ली होगी।

"क्या हुआ? दिखाओ जरा! उसने पांव पकड़ ऊपर उठाया, और जहां से खून टपक रहा था, वहां अपना अंगूठा दबा दिया।"

बहू भी आ पहुंची।

"जरा दो-चार आइस क्यूब लाओ। मोहन से कहो, फर्स्ट एड बॉक्स लाए।"

बाहर से आती ठक-ठक, ठुक-ठुक की आवाजे थम गई।

"क्या हुआ", "क्या है" कहते हुए कई लोग उनके कमरे में झांकने लगे।

बेटे ने सबको तुरंत अपने-अपने काम पर लौटने का हुकुम दिया। ठक-ठक, ठुक-ठुक फिर शुरू हो गई।

"आप जरा पलंग पर बैठो!" बेटे ने मां को सहारा देकर पलंग पर बिठाया और टांगें सीधी कर घायल पांव ऊंचे स्टूल पर टिका दिया।

"क्या करती रहती हो? कैसे लगा ली यह चोट?" बर्फ आ गई, आइस क्यूब दबाया, पर मरहम-पट्टी के लिए आइस क्यूब हटाते ही फिर खून टपकने लगा। अब बेटा खीझ उठा।

"चुपचाप बैठ नहीं सकती एक तरफ! देख रही हो सारे घर में काम फैला है, फिर भी इधर से उधर करती रहती हो।"

"हां-हां, शौक है न नाचने का! सो सारे दिन इन कील कांटों पर नाचा करती हूं।" पत्नी फूट-फूट कर रो पड़ी। वह बुरी तरह चिढ़ गई थी। एक तो कील चुभने का दर्द, ऊपर से बेटे का यूं डांटना!

"नहाने गई थी! अब कहो तो नहाने भी न जाऊं। तुम कहो, तो पलंग से नीचे भी न उतरूं!"

बेटा रूई, दवा वगैरह लिए चुपचाप मरहम-पट्टी करता रहा। बड़ी कुशलता से पट्टी बांधी और फिर पत्नी से बोला,

"मां को थोड़ा ग्लूकोज दो! मोहन, कार निकालो। एंटी टिटेनस लगवाना पड़ेगा।"

"कहीं नहीं जाना मुझे। यहीं मरने दो।" पत्नी मुंह ढांप, पीठ कर लेट गई।

"मम्मीजी, थोड़ा ग्लूकोज पी लीजिए!" बहू गिलास लिए खड़ी थी।

"ऐसा कीजिए, आप थोड़े दिन के लिए आगरा या झांसी चले जाइए। हम भोपाल में सैटल हो जाएं, फिर आपको बुला लेंगे।" हाथ धोते हुए बेटे ने कहा।

वो फर्स्ट एड बॉक्स उठाकर चला गया। जाते-जाते पत्नी को भी आवाज देता गया।

''सुनो, जरा बॉक्स की पैकिंग देख लो।'' बहू गिलास सिरहाने की मेज पर रखकर भागी। फर्श की सफाई करते मोहन ने उठकर गिलास बढ़ाया।

''मांजी, ग्लूकोस पी लो। बहुत खून निकला है, कमजोरी आ जाएगी। चक्कर आने से कहीं गिर-गिरा पड़ी तो बड़ी मुसीबत हो जाएगी।''

पत्नी कुछ नहीं बोली।

अब तक हत्प्रभ बैठे बाबू रामसहाय उठे और पत्नी के सिरहाने पहुंचे। धीरे से उसका सिर सहलाया।

''उठो, ग्लूकोज पी लो।'' उन्होंने गिलास ले लिया। ''मोहन ठीक कह रहा है। कमजोरी हो गई तो चक्कर भी आएंगे।''

''मोहन ऽऽऽ'' बहू की आवाज आई।

''हां जी, मेमसाबजी,'' मोहन बाहर भागा। उसके जाते ही पत्नी फट पड़ी,

'' भला इस नासपीटे की क्या मुसीबत! ये भी उनकी सी हांक रहा है। हुंह, गिर-गिरा पड़ीं तो मुसीबत आ आएगी। हमें भी पैक करके रख दे एक कोने में।''

''उठो, यूं रूठने-नाराज होने से कोई फायदा नहीं। अपनी सेहत पर ध्यान दो। पहले ही तुम्हें हाई ब्लड प्रेशर रहता है।''

पत्नी उठी। आंचल से मुंह पोंछा और गिलास हाथ में ले, एक सांस में सारा पानी पी लिया। गिलास खट् से मेज पर। शायद पानी पीने से, ग्लूकोज से कुछ आराम मिला।

''क्या कह रहा था मुन्ना।''

''श श श...'' बाहर बरामदे में फिर चहल-पहल शुरू हो गई थी। खिड़की से बहू-बेटे इधर से उधर आते-आते दिखाई दे रहे थे। अगले ही क्षण मोहन कमरे में आ गया।

''साहब ने कहा है, खाना यहीं लगेगा।'' उल्टे पांव लौट गया। उनकी इच्छा-अनिच्छा, सहमति-असहमति जानने की कोई जरूरत नहीं समझी उसने। समझे भी क्यों? उसके मालिक बेटा-बहू हैं, वो दो बूढ़े नहीं। इसलिए जो मालिक कहेंगे, करेगा। उन पति-पत्नी को भी यही करना चाहिए।

नौकरों ने टेबल-स्टूल वगैरह लगा, खाने की थालियां लगा दीं। पत्नी ने कुछ कहना चाहा, फिर न जाने क्या सोच कर चुप रह गई। पूरे आडंबर से खाना लगा।

अरहर की दाल, चावल, दही, सलाद में मूली, खीरा, प्याज, टमाटर, नींबू काशीफल की सूखी सब्जी, लौकी की रसेदार सब्जी, पापड़ और चटनी।

''दादाजी, खीर लाऊं या आइसक्रीम!'' मोहन ने पूछा!

"खीर ले आओ।" आईसक्रीम तो हरदम ही फ्रिज में रहती है। खीर शायद ताजा बनी है।

वो बहुत धीरे-धीरे खा रहे थे। असल में वो उस एकांत से डर रहे थे, जो खाना खाने के बाद कमरे में आ पसरेगा।

लेकिन, उसे तो आना ही था।

कब तक खीर चाटते रहते! नौकर बर्तन उठा ले गए। टेबल-स्टूल सब ठिकाने से रख गए। जग भर कर ठंडा पानी भी रख गए और फिर परदा खींच दरवाजा बंद कर गए। खिड़की का परदा भी खींच दिया।

उन्होंने उठकर अंदर से सिटकनी लगा ली

"मुन्ना क्या कह रहा था?" पत्नी भरी बंदूक सी उनकी तरफ तनी थी।

"तुमने सुना तो, क्या कह रहा था।"

भरी बंदूक नीचे झुक गई।

"आगरा या झांसी चले जाएं! पर, हमें तो अगले हफ्ते लखनऊ जाना है!"

वो अखबार ठीक से तहाने लगे।

"सुनी नहीं तुमने? हमें बिन्नू की शादी में जाना है। आगरा-झांसी कैसे चले जाएं!"

"यही बात मुन्ना से कही होती।"

"तुम बाप हो! तुम कहो!"

बात टालने के लिए वो बाथरूम चल दिए। दांत निकाले, धोकर डिब्बे में रखे, थोड़ा सा कॉलगेट टुथ पाउडर डाला। डिब्बा बंद किया! हाथ-मुंह पोंछ बाहर आए। पत्नी उसी तरह तनी बैठी थी।

"सुनो! तुम बात करो! हम कहीं नहीं जाएंगे। हमें अगले हफ्ते लखनऊ जाना है!"

उन्होंने अखबार संभाल कर रखा, चश्मा उतारा, केस में रखा। तकिया ठीक किया और फिर तकिये पर अपना सिर टिका छत की तरफ देखने लगे बाबू रामसहाय!

"कितनी मुश्किल से तो 'रिजर्वेशन मिला है' पत्नी की बड़बड़ाहट चल रही थी।"

"अब, सो जाओ। थोड़ा आराम कर लो! शाम को बात करूंगा।' पत्नी लेट गई, मगर उसकी बड़बड़ाहट बदस्तूर जारी थी।

"ये अच्छा तमाशा है। जरा सी कोई परेशानी हो, इत्ती सी बात मुंह से निकले और फरमान जारी, आगरा चले जाओ, झांसी चले जाओ। बताओ बेटी-दामाद क्या कहेंगे? क्या है उनके यहां, जो चले जाएं। जाने कैसी नौकरी है। जब देखो, तब तबादला। इस बार तो छह महीने भी पूरे नहीं हुए और सामान बंधने लगा। ठुक-ठुक, ठक-ठक के मारे जीना मुहाल है। क्यों जी, इस बार तो शयद छह महीने भी पूरे नहीं हुए।"

"हां...इस बार तो हद ही हो गई।" दबे सुर में उन्होंने जवाब दिया!

"इतनी जल्दी-जल्दी नौकरी क्यों बदलता है मुन्ना।"

"नयी कंपनी वाले ज्यादा तनखा देते हैं।"

"पुरानी कंपनी वाले नाराज नहीं होते? यह नहीं कहते छह महीने में कहां चल दिए? साल तो पूरा करो।"

"नहीं कहते होंगे या शायद कहते होंगे। बांड-वांड तो भरवाते ही होंगे।"

"फिर? कैसे चल दिए छह महीने में ही ये लोग।"

"बांड के रुपये भी नयी कंपनी वाले भर देते होंगे।"

"उन्हें यह डर नहीं सताता कि जो आदमी दूसरी कंपनी छह महीने में छोड़ सकता है, ज्यादा रुपया मिलने पर उनकी कंपनी चार महीने में ही छोड़ भागेगा।'

"जरा धीरे बोलो, नौकर-चाकर सुनेंगे तो क्या कहेंगे!"

"किसे फुरसत है हमारी बातें सुनने की! जिस देखो कील-हथौड़ा लिए ठोकमठोक में लगा है। जहां देखो तार, प्लास्टिक और न जाने क्या अला-बला! दिन में दस बार पांव उलझता है। उस पर कहता है पलंग से उतरी क्यों? बोलो। नहाने-धोने भी न जाऊं? पलंग पर ही हगूं-मूतूं!"

"ओफ्फोह! अब बस भी करो। दोनों सुबह से पैकिंग में लगे हैं। उन्हें क्या मालूम तुम नहाने गई थी। पलंग से उतरने को मना नहीं किया उसने। इधर-उधर घूमने से मना किया है।"

"मैं इधर-उधर घूमती हूं?'

"अपना सामान टटोलती नहीं घूमती? 'हाय, यह चक्की कबाड़ी को दे दी? ये गेहूं रखने की टंकियां फेंके दे रहा है।" अनजाने ही पत्नी के स्वर की नकल करने लगे वो। फिर थोड़ा संभले। ये 'नाचने का शौक' कहकर तुमने ही बात बढ़ाई। क्या जरूरत थी यह कहने की। जरा चुप ही रह जाती।"

"ऐसा करो।" मारे गुस्से के पत्नी उठ बैठी।

"मोची बुलवाकर फटे जूते की तरह मेरे होंठ सिलवा दो! बस्स! किस्सा खत्म।"

खट-खट कोई दरवाजा खटखटा रहा था।

उठकर दरवाजा खोला। बेटा अंदर आया।

"बैठी क्यों हो! पांव में दर्द है क्या?" उसने धीरे से मां का पांव उठाकर देखा। कंधों को बांहों से घेर, सिर से सिर सटा बड़े प्यार से बोला, "घबराओ मत, ठीक हो जाएगा।" फिर उठा और जग से पानी लाया। "ये गोली खा लो और सो जाओ। इस गोली से आराम मिलेगा, घाव पकेगा नहीं। शाम को डाक्टर के पास ले चलूंगा।"

पत्नी की आंखें भर आईं।

"तूने खाना खा लिया?" बेटे की जरा सी हमदर्दी ने मां को पिघला दिया।

"खाना तो खा लिया, पर अभी इन 'पैकर्स एंड मूवर्स' को देखना है।" मां को लिटा, चादर उढ़ा, बेटा लौटा गया।

मन में आया पत्नी से कहें, अब जब बेटा लाड़-लड़ा रहा था तो कहा क्यों नहीं कि हमें आगरा-झांसी मत भेजो। हमें लखनऊ जाना है।

"कितना दुबला हो गया है।" पत्नी का गाना सुर-ताल सब बदल गया। "अभी उमर ही क्या है और कनपटियों पर बाल सफेद हो चले हैं। बहूजी खुद तो हर हफ्ते ब्यूटीपार्लर जाती हैं, यह नहीं होता कि इसके बालों पर भी कुछ रंग-वंग करवा दें। चाहे तो खुद ही घर पर मेंहदी लगा सकती हैं, पर नहीं! इसका ध्यान नहीं रखती। आजकल तो मर्द भी ब्यूटीपार्लर जाते हैं, फेशियल वगैरह करवाते हैं, पर इसे समझ कहां। दिन भर काम। आराम नाम को नहीं। आज यहां जा रहा है, जरूरी मीटिंग है, कल वहां भागा जा रहा है, जरूरी काम है। आंखें देखो। कैसी थकी-थकी सी लगती हैं। जैसे कई रातों से ठीक से सोया न हो! जरा सुनो ए.सी.ऑन नहीं किया।"

"ए.सी.सुबह से ही 'ऑन' है। बराबर लोग आ-जा रहे हैं, इसलिए ठंडक नहीं हुई! थोड़ी देर में कमरा ठंडा हो जाएगा।"

"थोड़ा और बढ़ा दो न!"

उन्होंने उठकर बाईस पर चलते ए.सी. को सोलह पर कर दिया। पत्नी थकी है, उनींदी है, थोड़ी देर में सो जाएगी। उसे खूब नींद आती है। दिन में भी, रात में भी!

नींद न आना बाबू रामसहाय की समस्या है।

वैसे और कोई गंभीर समस्या नहीं है। उम्र के हिसाब से स्वास्थ्य अच्छा है। सुबह-शाम, दो-तीन किलोमीटर घूम आते हैं। हाजमा भी दुरुस्त है। किसी किस्म की कोई तकलीफ नहीं है। मजे में हैं।

मजे में न होंगे!

दूर-दूर तक देख लो। कोई है बिरादरी में जो मुन्ना से होड़ कर सके। विदेशी कंपनी में सी.ई.ओ. है। उसके ऊपर तो बस विदेशी मालिक लोग ही हैं। जहां जाता है, खूब बड़ा बंगला या फ्लैट मिलता है। ढेरों नौकर-चाकर, दो गाड़ियां। एक गाड़ी मुन्ना के लिए, दूसरी घर के लोगों के लिए! तीन कमरे बाथरूम उनके और पत्नी के लिए हैं। फोन करो तो डाक्टर-नर्स घर पर हाजिर। सुख-सुविधा की कोई सीमा है? किसी का बेटा मुन्ना से आगे नहीं गया!

अब वो भी क्या करे! पत्नी तो कुछ समझती नहीं। आजकल मंदी का दौर चल रहा है। हर कंपनी छंटनी कर रही है। मेहनत भी करनी पड़ेगी और कंपनी के इशारे पर बीमार फैक्ट्रियां संभालने भी जाना पड़ेगा।

फिर क्या है, जो कहीं चुभ रहा है! क्या तकलीफ है उन्हें? आखिर समस्या क्या है उनकी?

कैसा खुला बंगला है! बड़े-बड़े कमरे। बाहर खूब बड़ा बरामदा! झूला पड़ा है! बड़ा सा बगीचा है। माली है, चौकीदार है। सिरहाने घंटी लगी है। छूने भर की देर है, मोहन आएगा। पूछेगा, क्या चाहिए। फोन भी है। सीधे मुन्ना के सिरहाने बजेगा। रात को अगर कोई जरूरत हो तो!

फिर क्या है, जो कसकता है।

मुन्ना पढ़ने में तेज था। उन्होंने ने भी पेट काट-काटकर पढ़ाया। आई. आई. टी. टॉप किया मुन्ना ने! सोचा था, नौकरी करेगा, पर वो तो आई.आई. एम. करने अहमदाबाद चला गया। रिटायरमेंट के बाद भी उसकी पढ़ाई का खर्च झेला किसी तरह। खैर जी! एम.बी.ए. पूरा भी नहीं हुआ था कि मल्टीनेशनल वालों ने चुन लिया उसे! अब मुन्ना है, और अंधी दौड़ है। यह जो निरंतर रोज-रोज की भागदौड़ है, गलाकाट स्पर्धा है, उसमें बाबू रामसहाय स्वयं को और पत्नी को भी मुन्ना के गले में लटका बोझ मानते है। उन दोनों की वजह से मुन्ना और बहू उतना तेज नहीं दौड़ पा रहे, जितनी उनकी महत्त्वाकांक्षा है और शायद क्षमता भी है।

यही तकलीफ है।

वो दोनों अपने आपको अपने ही बच्चों की उन्नति और सुख-चैन की राह में रोड़ा मानते हैं। मानते क्या हैं, हैं।

अब, यही देख लो न! सारे घर में पैकिंग चल रही है। बेटे-बहू जुटे पड़े हैं। इन लोगों की सबसे बड़ी चिंता यही है कि अगले सोमवार को नयी नौकरी पर पहुंचना है। अगर वो दोनों ही होते तो 'मूवर्स एंड पैकर्स' पर छोड़ देते! उनका क्या है? पीत्सा, बर्गर, सैंडविच, कुछ भी खाकर काम चला लेते, मगर मां-पापा का क्या करें? उनके कारण 'किचन' पैक नहीं हो सकता। आखिरी दिन तक 'किचन' खुला रखना पड़ेगा। आगे-पीछे, इशारों-इशारों में उन्होंने इस 'असुविधा' के बारे में सुना है। मां-पापा को रोटी-दाल-सब्जी वगैरह चाहिए। सीधा-सादा हिन्दुस्तानी खाना! चाईनीज, थाई, कौन्टीनेन्टल था स्पेनिश से उनका काम नहीं चलता। दोनों लाचार-बूढ़े कछुए की तरह, गर्दन सिकोड़ हाथ-पांव समेटे बैठे रहते हैं। कैसे क्या करें कि उनकी वजह से किसी को कोई असुविधा न हो।

कमाल है! बच्चे मां-बाप के लिए कभी असुविधा नहीं होते। हां! लाचार मां-बाप जरूर इस अपराध के दोषी हैं। क्या कहावत थी? मां-बाप चार-चार बच्चों को पाल-पोस कर लायक बना देते हैं। चार बच्चे मिलकर भी मां-बाप को अमन-चैन की जिंदगी नहीं दे सकते।

खट-खट...दरवाजा खटकाया जा रहा है।

अरे! पांच बज गए। मोहन चाय लेकर आया होगा। उठकर दरवाजा खोला।

मोहन ही था। मोहन के साथ-साथ ठुक-ठुक, ठक-ठक की कर्कश आवाजें भी अंदर घुस आईं।

उन्होंने खिड़की का परदा हटा दिया। बाहर घनघोर चहल-पहल थी। वही ठक-ठक, ठुक-ठुक।

चाय पीते-पीते यही सब देखते रहे दोनों।

कील ठोंक बक्से बंद किए जा रहे हैं। अब बंद बक्सों को खिसकाने की बेहूदा आवाज! इन बक्सों को बरामदे के कोने तक पहुंचा दें, फिर दूसरे बक्सों पर जुट जाएंगे।

चाय पीकर पति-पत्नी घूमने जाते हैं।

"आज आप अकेले ही घूम आओ! मैं टी.वी. देखूंगी!" पत्नी बोली।

वो तैयार हो, बाहर तो निकल आए, पर अकेले कहीं जाने का मन नहीं किया। बरामदे में एक आरामकुर्सी पड़ी थी। उसी में जा लेटे और 'पैकिंग' देखने लगे।

आज सात दिन से यही सब हो रहा है। दिन का चैन और रात की नींद हराम है। सारे घर में, अनजान-अजनबी लोग घूम रहे हैं। जिन चीजों को वो अपना, नितांत अपना समझते थे, उन्हीं चीजों को अजनबी हाथ बेदर्दी से कूड़ेदान के हवाले कर रहे हैं। बाबू रामसहाय ने कातर निगाहें चारों तरफ दौड़ाईं। न जाने क्या ढूंढ़ रहे थे! कुछ ऐसा, जो मिल ही नहीं रहा था। कोई पहचान, थोड़ा सा आसरा, जरा सी सहानुभूति। सारी जिंदगी के संघर्ष के लिये थोड़ा-सा सम्मान!

मुन्ना और बहू कहीं नजर नहीं आ रहे थे। वो बेंत का सहारा लेकर उठे और उस सामान के पास जा पहुंचे जो 'कबाड़' था और बरामदे से नीचे खुले में पड़ा था।

चक्की, सेवइयां बनाने की मशीन, अनाज रखने की बड़ी-बड़ी टंकियां, भगौने, पतीलियां, बड़ी-बड़ी कढ़ाईयां और अनगिनत झारे!

"यह सब फालतू सामान तो बहुत पहले ही ठिकाने लगा देना चाहिए था। पिचके-दुचके बेकार बर्तनों का क्या होगा? हटाओ इन्हें! कबाड़ी को दे दो।" बेटे की कड़क आवाज थी। न जाने कब आ गया।

बेवजह वो बर्तनों को छू-छू कर देखते रहे।

"कितने ब्याह-शादी-मुंडनों में काम आए हैं ये बर्तन।"

"अब कौन चक्की पीसता है? क्या होगा इन सबका? अब तक बंगले मिलते थे, तो गैराज में पड़ा रहता था यह सामान। इस बार फ्लैट मिलेगा। कहां रखेंगे इस कबाड़ को?"

"ये टंकिया" उन्होंने कमजोर सी कोशिश की।

"आजकल आटा आता है। पांच किलो का पैक। इतनी बड़ी टंकी में पांच किलो आटा रखेंगे?"

"ये भगौने-कढ़ाई वगैरह तो रख लो। पाटी-वार्टी तो होती ही रहती है तुम्हारे यहां।"

"वो सब सिरदर्द इवेंट मैनेजर का है! कैटरर्स जाने और उनका काम। अब तो ब्याह-शादी तक मैरिज हॉल से होती है।" मुन्ना हाथ झाड़, चला गया।

वो भी तो पुराना मॉडल है, कोई यूज नहीं रहा उनका। 'थ्रो' करने के उपाय ढूंढ़ रहा है समाज।

कहीं "ओल्ड होम" में।

उन्होंने भी 'ओल्ड ऐज होम' की संभावनाएं तलाशी थीं। रिटायरमेंट के तुरंत बाद इष्ट मित्रों ने यही नेक सलाह दी थी। लेकिन मन नहीं माना। कैसे रहेंगे

एक या दो कमरों में सिमट कर! नितांत अपरिचितों के बीच! क्या किसी आदमी का अस्पताल में मन लगता है? जरा सा ठीक होते ही वो कहने लगता है, मुझे घर ले चलो।

घर...

ठंडी सांस ली बाबू रामसहाय ने!

बाजार हाट, घर-गृहस्थी, बिजली-पानी के बिल जैसे काम तो निपटा लें किसी तरह, पर अचानक तबीयत खराब हो जाए, तब? जोर को बुखार चढ़ आए, तब?

तब लगता, कोई पास होता तो अच्छा था। डाक्टर बुला लाता, दवा ला देता, पथ्य का इंतजाम कर देता। पत्नी ने कभी घर के बाहर के काम नहीं किए थे। ऐसी परिस्थितियों में वह बुरी तरह घबरा जाती थी। पड़ोसी भी उनसे कतराते थे। कारण? उन दोनों को निरंतर सहायता की जरूरत रहती थी, और तो खुद किसी की कोई सहायता नहीं कर सकते थे। अपने जमाने के किस्से सुनाने के अलावा, वो और कोई बात तक तो कर नहीं सकते थे, काम क्या करेंगे? किस्से, जो पहले भी छत्तीस बार सुना चुके थे।

अचानक एक रात उन्हें दिल का दौरा पड़ा। पड़ौसियों ने अस्पताल पहुंचाया! रिश्तेदारों ने तीमारदारी की। बेटे-बहू को छुट्टी लेकर आना पड़ा। पत्नी की हिम्मत जवाब दे गई। वो घर का काम फिर भी किसी तरह संभाल सकती थी, पर आधी रात को डाक्टर जुटाना उसके बस का रोग न था। इसलिए, घर किराये पर उठा दिया, बड़ा सामान औने-पौने दामों में बेच दिया। बेटे-बहू के पास आ गए।

शुरू-शुरू में बड़ा अच्छा लगा था। उन्हें भी, बेटे-बहू को भी! वो निश्चिंत होकर नौकरी पर जाते और दादा-दादी नन्ही रिंपल से दिल बहलाते। तीन साल का सनी, साढ़े ग्यारह बजे ही घर आ जाता था। दादी कपड़े बदला देती, खाने-पीने का ध्यान रखती। पत्नी और उन्हें बड़ी शांति, बड़ा आराम मिला। पत्नी को भी रसोईघर के झंझटों से आजाद होकर अच्छा लगा। खूब बड़ा बंगला, ढेर से नौकर-चाकर, दो-दो गाड़ियां, वर्दीधारी ड्राइवर और क्या चाहिए?

धीरे-धीरे पता चला, कुछ और भी चाहिए था। रिंपल और सनी बड़े हो गए, होस्टल भेज दिए गए और वो दोनों एक बार फिर बेकार! उन्हें तो यह पता ही नहीं था कि इस देश में ऐसे स्कूल भी हैं, जो सात और पांच साल के बच्चों को होस्टल में रख लेते हैं। उनके पास अब फिर कोई काम नहीं। उनकी कोई जरूरत भी नहीं रही। अपने कमरे में बैठो, वक्त पर चाय, नाश्ता, खाना सब मिल

जाएगा। जिंदगी का यही मतलब रह गया था। बेटे-बहू नियम से पूछते 'और क्या चल रहा है। तबीयत तो ठीक है।' रस्मी बातचीत।

बच्चों को होस्टल भेज, बेटा-बहू जुट गए-ऊपर-ऊपर और ऊपर उठने में और वो? नीचे, नीचे और बहुत नीचे छूटते गए। अगर वो दो बूढ़े न होते तो बेटा-बहू भी जर्मनी, जापान, स्विट्जरलैंड कहीं भी, किसी भी मल्टीनेशनल कंपनी का प्रस्ताव स्वीकार कर लेते। अब क्या करें? मां-बाप को तो होस्टल में नहीं भेज सकते न!

धीरे-धीरे यह अहसास गहराने लगा-वो अपने ही बच्चों की उन्नति की राह में रुकावट हैं। उनकी ऊंची उड़ान में बाधक हैं, फालतू घरेलू सामान की तरह। किसी को उनकी जरूरत नहीं।

"अरे आप यहां क्यों सो रहे हैं?" मुन्ना उन्हें हिला रहा था।

"सो कहां रहा था। ऐसे ही जरा ऊंघ गया था।"

"अच्छा। अंदर जाकर लेटिए। ये कुर्सियां भी पैक होंगी।"

चश्मा संभालते उठ खड़े हुए बाबू रामसहाय। उठना ही पड़ा, पर अब जब उठ ही गए हैं तो साफ बात भी कर लें।

"हम लोगों को तो अगले हफ्ते लखनऊ जाना है, बिन्नू की शादी है। अब आगरा-झांसी कैसे चले जाएं?"

"क्यों? क्या आगरा या झांसी से कोई ट्रेन लखनऊ नहीं जाती?"

"जाती क्यों नहीं? पर इतनी जल्दी रिजर्वेशन कहां"

"मैं टिकट बुक करवा दूंगा, फ्लाइट से चले जाना।"

इस पूरी बातचीत के दौरान एक बार भी बेटे ने बाप से नजरें नहीं मिलाईं। हथौड़ा लिए बक्सों में कीलें ठोकता रहा।

अब इसके आगे क्या कहें? उनके लिए तो रेल से सफर करना ही एक झंझट और भीषण तनाव का कारण है। हवाई जहाज से जाना। मारे घबराहट के पत्नी को बुखार चढ़ आएगा।

जैसा पिछली बार हुआ था।

छह महीने पहले की ही तो बात है। यह पैकिंग पूना में चल रही थी। और पत्नी ने कह दिया था रात-दिन की ठक-ठक, ठुक-ठुक से उन्हें बड़ी तकलीफ हो रही है।

"आप छोटी दीदी के यहां चली जाइए। हम जब सैटल हो जाएंगे, आपको बुला लेंगे।"

बड़की का नाम इसलिए नहीं लिया, वो जमींदार घराने में ब्याही है और गांव में रहती है। वहां ढंग का डाक्टर नहीं मिलता और उन दोनों के लिए दवा और डाक्टर रोटी-दाल की तरह जरूरी है।

दूसरे दिन उनके लिए टिकट भी आ गए।

आगरा जाने की बात सुनते ही उन दोनों के हाथ-पांव फूल गए। अब कुछ भी करना इतना आसान नहीं लगता। सारी तैयारी बेटा-बहू करते हैं, तब भी उन दोनों का रक्तचाप बढ़ जाता है। उनका सारा दिन अपनी दवाएं इकट्ठी करने में बीतता है। डाक्टरी दवाइयां जो हैं, वो तो हैं ही, पूरा आयुर्वेद भी साथ चलता है। न जाने कब किस चीज की जरूरत पड़ जाए। वो इनहेलर पैक कर रहे थे। दिन में तीन-चार बार लेना पड़ता है।

"ये ईसबगोल भूल आए आप।" पत्नी कई डिब्बे-डिबियां लिए खड़ी थीं।

"त्रिफला रख लिया?"

"हां! कल ही नया डिब्बा मंगवाया था।"

"ये छोटी हरड़ और मिश्री भी रख लो। ऊपर ही कहीं रखना। रात को ही जरूरत पड़ सकती है।"

"लाओ! विक्स और कफौल के साथ ही रख लेता हूं। सुनो जरा-सा बुकनू भी पैक कर लो। लवण भास्कर और हिंग्वाष्टक चूर्ण मत भूल जाना।"

रात भी इसी उधेड़बुन में कटती। कहीं कुटिका-चिरायता तो नहीं भूल गए। थोड़ी सी मैथी भी रख लेनी चाहिए।

कभी वो झुंझलाते--सारा घर ही बांध ले चलो।

कभी पत्नी झींकती--ऊंह सौंफ-मैथी-काला नमक जैसी चीजें यहां से क्या ले जाना। ये तो हर घर में मिल जाता है। जिस दिन जाना है, उस दिन की न पूछो। दस बार हर चीज को चेक करना, बीस बार बेटे से ट्रेन का टाइम पूछना।

एक घंटा पहले ही स्टेशन के लिए चल दिए। जो गाड़ी नौ बजे आनी थी, रात के डेढ़ बजे आई। इतनी देर तक बेंच पर बैठे रहने से बाबू रामसहाय और पत्नी के हाथ-पांव अकड़ गए। थकान के मारे बुरा हाल। एक कदम भी आगे रखना मुश्किल। इधर गाड़ी में लोग कंबल ताने सो रहे हैं। रोशनी भी धीमी! गाड़ी पांच मिनट ही रुकेगी। उनकी सीट पर कोई और सो रहा था। उन्हें उठाना, सामान रखना और फिर खुद बिस्तर बिछाकर सोना। इनहेलर बैग में ऊपर ही रखकर अच्छा किया। वाकई! उन दोनों का दम फूल गया है। बेटा-बहू सीट खाली करवा, सामान लगा ही रहे थे कि गाड़ी ने सीटी दे दी और उन्हें जाना पड़ा।

गाड़ी सही वक्त पर चलती तो सुबह आगरा पहुंच जाती। लेट थी और लेट ही रही। सुबह का सारा कार्यक्रम गड़बड़ हो गया। खैर, जैसे-तैसे आगरा पहुंचे। वहां पहुंचते ही उल्टी मुसीबत गले पड़े गई। यात्रा की थकान समझें या उम्र का असर। दोनों को बुखार चढ़ आया। दवा-दारू की। बुखार तो उतर गया, लेकिन अपराधबोध छाती पर चढ़ बैठा। निरंतर उनका गला घोंटता हुआ, वो निस्पंद लेटे बेटी का थका-हारा चेहरा देखते रहते। वह सरकारी स्कूल में पढ़ाती है। उसने हफ्ते भर की छुट्टी ली और मां-बाप की सेवा में जुट गई। बेटी के तीनों बच्चे शादीशुदा है; अपनी-अपनी घर-गृहस्थी में मस्त! अगले साल रिटायर होने वाली उम्रदराज बेटी चकरघिन्नी की तरह नाचती रहती है, पांच बजे से रात के ग्यारह बजे तक। पहले दामाद बाबू को सादी चाय, बिना शक्कर की, फिर उनके लिए अदरक-तुलसी-काली मिर्च की चाय। दस बजे तक खाना बन जाना चाहिए। दामाद बाबू टिफिन लेकर जाते हैं। फिर उनके लिए दलिया, खिचड़ी, मूंग दाल और लौकी की सब्जी। जब ये लोग अकेले रहते हैं, तो दलिए वगैरह का झंझट नहीं रहता। उनकी वजह से बेटी का काम कितना बढ़ जाता है। वैसे नौकरानी है, पर उनके आते ही छुट्टी लेकर गांव चली गई। बेटी ने अधिक तनख्वाह का आश्वासन भी दिया था, फिर भी तयशुदा काम से जरा सा ज्यादा काम करना उसे नहीं सुहाया। यह भी अजीब मजाक है। बाबू रामसहाय जहां आते हैं, नौकर नौकरानियों को सौ-पचास रुपये देते ही हैं, फिर भी उनका चेहरा उतरा रहता है। पीले पत्ते किस पेड़ को सुहाते हैं, जो बूढ़े लोग सुहाएं!

हफ्ते भर बाद बेटी को स्कूल जाना पड़ा। सोमवार की शाम स्कूल से लौटी ही थी कि उन्हें खांसी का भयंकर दौरा पड़ गया। सांस फूल गई। चेहरा लाल। लगा-अब नहीं बचेंगे। पत्नी इनहेलर ले आई। कुछ आराम मिला, मगर दो मिनट बाद फिर वही हाल। खांसी का दौरा। फिर खांसी। बेटी तुरंत उन्हें ले डाक्टर के पास भागी। डाक्टर उन्हें जांचता रहा, वो बेटी का थकान से निचुड़ा चेहरा देखते रहे। उसके ढेर से कामों में एक काम और बढ़ गया। पापा को डाक्टर के यहां लेकर भागना और दवाएं लाना।

इसी भागदौड़ के बीच बेटी की बड़ी ननद आ पहुंची। उनकी बिटिया का ब्याह था, सो भात न्यौतने आई थी। जब वो चली गई तो बेटी की जबान खुली।

''ये लो! दस दिन बचे हैं ब्याह में और सीधे भात न्यौत रही है। पहले से कुछ खबर होती तो हम भी तैयारी कर रखते। अब दस दिन में क्या-क्या करें? कपड़े-लत्ते करें कि नथ-पाजेब का जुगाड़ बिठाएं। पहला भात है, वह भी

बेटी का। चूनर-पाग सबका इंतजाम करना होगा।' पति-पत्नी चुपचाप सुनते रहे, सहमति में सिर-हिलाते रहे। मन ही मन सोच रखा था, रुपये-पैसे से बेटी की मदद कर देंगे।

पर जब भी खर्च की बात उठी, बेटी टाल गई। अनमनी सी सुनती, फिर उठकर किसी काम-धंधे में लग जाती। चार दिन बाद उसकी दुविधा का रहस्य खुला। कैसा धर्म संकट है। ब्याह में न जाएं तो हजार ताने सुनें और जाएं तो कैसे? मां-पापा को किसके भरोसे छोड़े? बड़ी ननद की इकलौती बेटी का ब्याह है। आजकल किसके आधा दर्जन औलाद होती है कि चलो इस ब्याह की कसर अगले ब्याह में पूरी कर देंगे।

उन दोनों ने ही खूब दिलासा दिया। ऐसी कोई बात नहीं है। रह लेंगे वो दोनों, पर अंदर ही अंदर उनका कलेजा कांप उठा। अकेले, बिल्कुल अकेले कैसे रहेंगे। माना पड़ौसी है, डाक्टर वगैरह के फोन नंबर हैं। रिश्ते में कोई भतीजा रात को सोने भी आएगा। फिर भी डर लग रहा है। कहीं फिर दिल का दौरा पड जाए तो? पत्नी इतना काम हर्गिज न संभाल पाएगी? कहीं बीमार पड़ गई तो? काम करते-करते कहीं फिसल गिरी तो? कोई हड्डी-वड्डी टूट गई तो?

"कितने दिन में लौट आओगे तुम लोग।" उन्होंने पूछा।

"अभी घर से निकले नहीं, ये बता दें कब लौटेंगे।" दामाद बाबू ने जवाब दिया।

सिटपिटा गए बाबू रामसहाय।

सचमुच! वो सबकी राह का कांटा है। ऐसा कांटा, जिसे निकाला नहीं जा सकता। उसकी चुभन के साथ ही जीना पड़ता है।

बड़ी मुश्किल से कटे वो पंद्रह दिन। दामाद बाबू जरा ज्यादा ही उत्साही रहे भांजी के ब्याह में। इधर बेटी की सांसें अधर में टंगी रहीं। रोज ही फोन करती, "आप लोग ठीक हैं न।" वो होंठों तक आई बात "कब आओगे तुम लोग" जबरन रोक लेते।

अपनी व्यर्थता का अहसास गहराता जा रहा था। इस बात को कुल छह महीने बीते हैं और अब फिर, वही ठक-ठक, ठुक-ठुक।

नए घर में सामान खुलने और ठीक जगह पर लगने में ही काफी दिन लगे। बेटे-बहू के पास वक्त ही कहां था। अभी सामान के नए ठिकाने से जान-पहचान शुरू ही हुई थी कि 'मूवर्स एंड पैकर्स' आ गए।

उन्हें फिर से आगरा जाने का हुकुम मिला है।

"दादाजी, खाना।" मोहन और रामू डिनर लगाने आ गए थे।

अरे, इतनी देर हो गई। वो उठे और हाथ-मुंह धोने बाथरूम में गए। इसी कोशिश में रहे कि आईने पर नजर न पड़े। नहीं, ऐसे तो काम नहीं चलेगा। मुंह पोंछ, आईने में देखा उन्होंने। अपने आप से नजरें चुराने से काम नहीं चलेगा।

खाना खाने के बाद वो वापिस अखबार खोल कर बैठ गए।

कहीं ओल्ड ऐज होम का विज्ञापन था।

हताश बाबू रामसहाय ने ओल्ड ऐज होम का विज्ञापन ढूंढ़ निकाला।

पहले सोचा पत्नी से चर्चा करें। फिर सोचा, क्या फायदा?

दूसरे दिन नाश्ता कर वो इसी काम पर जुटे। विज्ञापन काटकर निकाला। सब जरूरी जानकारी भरी, लेकिन डिमांड ड्राफ्ट, डी.डी? वह तो बेटा ही बनवाकर लाएगा और जब डी.डी. बनेगा तो वह पूछेगा पांच लाख का डी.डी. क्यों बनवा रहे हो? हो सकता है, नाराज हो! पूछे—यहां आपको क्या तकलीफ है।

मगर ऐसा कुछ नहीं हुआ।

उसने हाथ बढ़ाकर चेक, कागज वगैरह ले लिए। दूसरे दिन डी.डी. भी बनकर आ गया और इंटरनेट से डाउनलोड कर ओल्ड ऐज होम का फार्म भी। मोहन लिफाफा दे गया। दादाजी फार्म वगैरह ठीक से बंद कर दें तो वो रजिस्ट्री कर देगा।

ठीक है...ठीक ही है।

अब वो आगरा-झांसी कहीं नहीं जाएंगे। वो वहीं जाएंगे जहां उन्हें बहुत पहले ही चला जाना चाहिए था। बेकार, लाचार, बीमार, अपंगों, अनाथों का संग्रहालय ओल्ड ऐज होम।

यह निर्णय ऐसा ही है, जैसे तेज दौड़ते महत्वाकांक्षी उच्चैश्रवाः के रास्ते से हट् जाना। वहां सब लोग उनकी ही उम्र के होंगे। एक जैसी जरूरतें, एक जैसी समस्याएं और एक जैसी प्रतीक्षा! लगभग!

यह कील की तरह चुभता-सालता अहसास तो न होगा कि अपने ही बच्चों की रंगीन-मस्त जिंदगी में 'असुविधा के लिए खेद है' की तख्ती बने बैठे हैं। उनके आने-जाने में बाधा, उनके रहन-सहन में व्यर्थ का व्यवधान, उनकी पार्टियों में अतिरिक्त जंजाल।

एक शब्द में कहें तो फालतू सामान।

## सच्चा मन

सिंह ने चौथी बार वही बात दुहराई!

"ट्रेन बारह बज कर दस मिनट पर आती है। इसलिए टिकट तीन अक्टूबर का लेना। बारह बजे तारीख बदल जाती है।"

और भी न जाने कितनी हिदायतें देता रहा।

निर्देशों की ठीक पालना हो रही है या नहीं, यह भी पता करता रहता।

"हां...जी हां...तीन अक्टूबर दो हजार नौ का टिकट है। प्रतीक्षा सूची में है, एक और दो! अब भी कोई शक-शुबहा हो तो टिकट फैक्स कर दूं।"

अब सिंह प्रतीक्षा सूची पर अटक गया।

"महीना भर पहले बुक किया है, तो भी वेट लिस्टेड है।"

"घबराओ मत! एक और दो है। कन्फर्म हो जाएगा! और चाहो तो एक टिकट तुम वहीं से बुक करवा लो। तारीख वगैरह सब ठीक से जांच के। अब तो पूरे देश में कहीं से भी किसी स्टेशन का टिकट लिया जा सकता है!"

सिंह ने फोन काट दिया।

दिल्ली में चार दिन का सम्मेलन है। सिंह राजस्थान के दौरे पर है। गांव-गांव घूमकर आंकड़े इकट्ठे कर रहा है। रेगिस्तान में जल-प्रबंधन पर

अंतर्राष्ट्रीय जमावड़ा है। हम दोनों अजमेर से ट्रेन पकड़ेंगे और तीन अक्टूबर की सुबह दिल्ली पहुंच जाएंगे। दक्षिण भारत से आने वाली इस ट्रेन का समय ऐसा अटपटा है कि साधारणतया सीट मिल ही जाती है।

इस बार भी ऐसा ही हुआ!

फोन पर पी.एन.आर. नंबर डायल करने से पता लगा कि दोनों यात्रियों का आरक्षण हो चुका है। शायिका नंबर बारह और अठारह।

यह सुखद समाचार सिंह को फोन पर बता दिया।

''अब आप चैन की सांस ले सकते हैं! आरक्षण मिल गया है! सीट नंबर बारह और अठारह।''

दो अक्टूबर को सिंह भागता-दौड़ता आ पहुंचा। सामान उठा स्टेशन पहुंचे। वहां पहुंच कर पता चला ट्रेन डेढ़ घंटे लेट थी। उनींदे से सामान के पास बैठ रहे!

पर सिंह के लिए ज्यादा दर एक जगह बैठे रहना संभव नहीं। वो सामान मेरे जिम्मे कर प्लेटफार्म पर टहलने लगा। एक हाथ में कट चाय और दूसरे हाथ में सिगरेट। प्लेटफार्म के एक कोने से दूसरे कोने तक टहलता हुआ न जाने किस-किस को जगा रहा था। रात के एक बजे मोबाइल पर बात करने वाला अकेला बंदा था सिंह। बाकी लोग ट्रेन की प्रतीक्षा में गुड़ी-मुड़ी होकर ऊंघ रहे थे।

पौने दो बजे ट्रेन आई। सिंह सामान उठा ट्रेन की तरफ लपका। जाते-जाते निर्देश दे गया।

''एक बार टिकट चेकर से भी बर्थ नंबर कन्फर्म कर लो। बाद में कोई झंझट न हो!''

टिकट चेकर कट चाय सुड़क रहा था।

''जरा चार्ट देखकर मेरा सीट नंबर बता दीजिए! फोन पर तो बारह और अठारह नंबर बताया था।''

उसने टिकट देखा और वापिस कर दिया।

''यह तो कल का टिकट है। आज दो अक्टूबर है!''

''क्या? ये टिकट कल का है? अरे भैया। बारह बजे तारीख बदल गई। ये टिकट इसी ट्रेन का है और आज का है।''

''नहीं, कल का है।''

ऐसी बेतुकी बात पहले कभी नहीं सुनी थी, पर इस समय चार्ट उसके हाथ में था और ट्रेन कुल सात मिनट रुकती है।

''आप देखिए तो सही! हमारा नाम होगा। मैं...मैं कैसे सिद्ध करूं कि ये टिकट आज का है।''

''स्टेशन मास्टर से लिखवा लाइए।''

''तब तक ट्रेन चली जाएगी।'' मैंने असहाय भाव से मुड़ कर ट्रेन की तरफ देखा!

सिंह का कहीं पता न था।

हां! डिब्बे के दरवाजे पर एक युवक खड़ा था। लुंगी बांधे और गले में सफेद अंगवस्त्रम् डाले। बड़े अचरज से अनजान-अपरिचित स्टेशन को देख रहा था।

इतने में एक और यात्री आ पहुंचा।

''मेरा टिकट, जरा बर्थ नंबर बता दीजिये!''

टिकट चेकर की चाय खतम हो चुकी थी।

उन सज्जन का नाम, बर्थ नंबर वगैरह देखा तो हमारा भी मिल गया। इसने यह नाटक जानबूझ कर किया था या सचमुच का अज्ञानी है!

तुरंत अपनी सीट पर कब्जा किया। बैग रखा पैताने और लंबायमान हो नींद का आह्वान मंत्र पढ़ने लगे! मुश्किल से आधा पौन घंटा ही गुजरा होगा कि हाय-तौबा मच गई।

''अरे, मेरा पर्स।''

''कौन है, कहां है'' का शोर!

''कोई सफेद कपड़े पहने यहां खड़ा था। उसने मेरे तकिये के नीचे हाथ डाला तो मेरी नींद खुल गई। करवट ले उसे देखा तो वो भाग गया। पर्स चेक किया तो गायब! वही था! पर्स ले भागा।''

(क्या वही युवक था जिसे मैंने दरवाजे पर खड़े देखा था।)

''आ हां हां...मेरे पैताने भी कोई खड़ा था। सफेद कपड़े पहने। सफेद चादर से मुंह ढंके, मैंने पूछा, भाई कोन है, तो भाग गया।

(जरूर यह नकियाई आवाज मालवा की है। तब ही कौन को कोन कह रही है)

''आप भी अपना पर्स देख लो।''

''देखूं! यहीं रखा था बगल में, हाय...हाय मेरा पर्स भी ले गया।''

तब तक दो-चार स्वर और बिलख उठे। मेरा पर्स, मेरा वॉलेट, मेरा बैग, मोबाइल!

कोई चतुर यात्री उठा और उसने चेन खींच दी।

कांखती-कराहती ट्रेन रुक गई। अब पुलिस का इंतजार था।

''क्या था पर्स में?'' सहानुभूति के स्वर!

''बीस लाख नकद, हीरो के टॉप्स, दस लाख के होंगे, घर की चाबियां, टिकट।''

''कितनी बार मना किया है! रात को भी टोका था! टॉप्स मत उतारो। अब लो, गए दस लाख!'' झुंझलाया पति स्वर।

''अजी बेतरह चुभते हैं सोते वक्त। इसलिए उतार देती हूं।''

''भाई साहब, आपके वॉलेट में कितना था!''

''कैश तो ज्यादा नहीं था। होगा कोई डेढ़-एक हजार! हां, क्रेडिट काड्र्स हैं, पैन कार्ड है, जरूरी कागजात हैं।''

''अरे, मेरे पर्स में तो मोबाइल भी था, और रिटर्न टिकट भी।''

(मैंने उठ कर बैग खोला, टिकट निकाला और पर्स में रख लिया।)

''क्या हुआ?'' ये पास वाले डिब्बे के यात्री थे।''

''चोर था चोर! मेरे पैताने खड़ा था, सफेद कपड़े पहने। मैंने.कहा—भई कोन है, कोन है, वो कुछ नहीं बोला।''

(देखें ये कितनी बार यही डायलॉग दुहराती है!)

''और फिर क्या हुआ?''

''अजी। होना क्या था। उसने कोई जवाब ही नहीं दिया। बस्स, चुपचाप चला गया! मैं भी सो गई। फिर इन बहनजी ने हल्ला मचाया, कोन है, कोन है, कोई इनका पर्स ले गया। तब मैं भी उठी, अपना पर्स देखा! गायब था।''

''क्या हुआ?'' ये दाईं तरफ के डिब्बे वाले यात्री थे।

''चोर था चोर! कइयों के पर्स और मोबाइल ले उड़ा।''

''क्या कहा? कइयों के पर्स ले गया और आप सब सोते रहे!''

''उस समय लगा ही नहीं कि चोर है। मैंने सोचा होगा कोई! पैताने खड़ा था, सफेद कपड़े पहने! मैंने कहा, भाई कोन है और वो गायब हो गया।''

''इस डिब्बे में किसी ने चेन खींची है?' ये रेलवे कर्मचारी थे। शायद गार्ड और टिकट चेकर थे।

''जी हां, हमने खींची है।''

(युवा स्वर! शायद इसका ही वॉलेट गया है।)

''यहां कोई चोर घुस आया और कई लोगों के पर्स उठा ले गया!''

''संभाल कर रखना चाहिए था न! ऐसे कैसे ले गया सबके पर्स!''

''अरे वाह। रात है तो सोएंगे ही। आप बताइए, इस कोच का अटेन्डेंट कहां है? उसने क्यों नहीं देखा कि कोई आदमी बिना टिकट घूम रहा है!''

''हां, अटेन्डेंट को बुलाइए। उसने भी देखा होगा। मैंने देखा था। सफेद कपड़े पहने कोई पैताने खड़ा था। मैंने पूछा भाई कोन है, भाई कोन हैं, उसने जवाब नहीं दिया और भाग गया।''

''जी हां, वही था। उसने मेरे तकिये के नीचे हाथ डाला, मेरी नींद खुल गई। मैंने करवट ली तो भाग गया। उठकर देखा तो पर्स गायब था।''

''जब ये बहनजी चिल्लाईं तो मैंने भी अपना पर्स टटोला, वह भी गायब था।''

''मेरा वॉलेट ले गया।'' (वही युवा स्वर!)

उसमें मेरा क्रेडिट कार्ड है, आईकार्ड है, पैन कार्ड है। रुपया भी है डेढ़ हजार। आप रिपोर्ट लिखिए।

''देखिए रिपोर्ट तो अगले स्टेशन पर लिखी जाएगी।''

''नहीं! यहां लिखी जाएगी। आप रेलवे पुलिस को बुलाइए।''

''अब आधी रात को कहां, किसे बुलाएं! कल सुबह दिल्ली में रिपोर्ट लिखाइएगा!''

''जी नहीं! कानून बदल गया है।'' अब यात्री गुस्से में आ गए।

''आपको रिपोर्ट यहीं लिखनी पड़ेगी।''

''लगता है ये सब चोर के साथ मिले हुए हैं!'' कोई पीछे से बोला!

''हम ट्रेन चलने नहीं देंगे!'' ये नया स्वर है।

''आप चलाइए, हम जंजीर खींचेंगे। जो जुर्माना होगा, भर देंगे।''

''हां, मेरे पर्स में बीस लाख नगद है, दस लाख के टॉप्स हैं।''

(क्या बात है! लाखों का माल लेकर यात्रा कर रही हैं।)

''तुम जरा चुप रहो। उतारे ही क्यों टॉप्स और नकदी तो वापिस मिलने से रही।'' यह झुंझलाया पति स्वर आया।

''मेरे पर्स में भी बीस हजार रुपये थे। घर की चाबियां हैं, वापिसी टिकट है और मैंने तो चोर को देखा भी है! वो सफेद कपड़े पहने पैताने खड़ा था। मैंने कहा, भाई कोन है''

''अब ट्रेन तो चलने दीजिए। वैसे ही लेट है। दोपहर तक पहुंचेंगे। हमारा जरूरी अपाइंटमेंट है।''

''अरे वाह, कैसे चलने दें।'' ''नहीं भई, सबको जरूरी काम है, ट्रेन तो चलने दो'' पक्ष-प्रतिपक्ष, तर्क-वितर्क-कुतर्क, वाद-विवाद।

''भाई साहब, जरा सोचिए। आप पर गुजरती तो आप क्या करते? रिपोर्ट नहीं लिखवाते?''

"कल दिल्ली में लिखवाइए न।"

"जी नहीं। चोरी यहां हुई है, रिपोर्ट भी यहीं लिखी जाएगी। दिल्ली में हमारी कौन सुनेगा? उन्होंने मना कर दिया तो? कहेंगे, जहां चोरी हुई, वहीं रिपोर्ट भी लिखवानी थी।"

गार्ड साहब मोबाइल पर अपने अफसरों से बात करने लगे।

"जी सर, नहीं, सर ये सुबह तक इंतजार करने को तैयार नहीं हैं। नहीं सर, नहीं मान रहे। धमकी दे रहे हैं, ट्रेन नहीं चलने देंगे, बराबर-जंजीर खींचेंगे।"

"जरा मोबाइल मुझे दीजिए।" (वही युवा स्वर)

"जी हां मैं बर्थ नंबर चार का यात्री सुरेश अग्रवाल बोल रहा हूं। यहां इस डिब्बे में लगभग आधा दर्जन यात्रियों के पर्स, मोबाइल वगैरह चोरी हुए हैं। अभी चोर ट्रेन में ही कहीं होगा। आप रिपोर्ट लिखवाइए, रेलवे पुलिस को कहिए आगे की कार्यवाही करे। नहीं, नहीं बिल्कुल नहीं अगर इसी समय रिपोर्ट नहीं लिखी गई तो हम ट्रेन नहीं चलने देंगे।"

"हां, सारी रात यहीं खड़ी रहेगी ट्रेन और कल सुबह भी नहीं चलने देंगे। हम पटरियों पर जा बैठेंगे।"

(वाह! पटरियों पर बैठ अपनी बात मनवाने का नायाब फार्मूला पब्लिक के हाथ लग गया है।)

"यहां, हमसे बहस कर रहे हैं। यह नहीं होता, चोर को ढूंढ़े। यहीं किसी डिब्बे में बैठा होगा। आधी रात को इस जंगल में थोड़ी उतरेगा।"

यात्रियों के क्रोध का पारा चढ़ रहा था।

"ये क्यों ढूंढ़ेंगे। सबकी मिलीभगत है। इनका भी हिस्सा मिलता होगा। भला-बताइए! टिकट चेकर है, अटेन्डेंट हैं, फिर भी एक आदमी ए.सी. स्लीपर में घूम रहा है। जब इतने लोगों ने उसे देखा, तो इन लोगों ने क्यों नहीं देखा!"

"हां मैंने भी उसे देखा था, वो मेरे पैताने खड़ा था। सफेद कपड़े पहने था! मैंने पूछा भाई कोन है!"

"तब ही आपने हल्ला क्यों नहीं मचाया!"

"मचाया था न! तब ही तो शोर मचा था और इन भाई साहब ने जंजीर खींची थी।"

"हां जी किसका पर्स चोरी हुआ है!"

लीजिए! रेलवे पुलिस आ गई। उन्होंने अपना रजिस्टर खोला और बाकायदा कार्यवाही शुरू की।

"बोलिए जी, क्या चोरी हुआ!"

"मेरा पर्स चोरी हुआ और इनका भी और उन भाई साहब का भी बटुआ निकल गया और इस बच्ची का मोबाइल उठा ले गए।"

"आपका नाम"

"सुशीला, श्रीमती सुशीला गुप्ता"

"कहां जा रही हैं?"

"माता रानी के दर्शन करने, वैष्णो देवी की यात्रा पर जा रहे हैं। दिल्ली से और भी लोग साथ चलेंगे, फिर वहां से"

"क्या-क्या था पर्स में" बीच में बात काट, पुलिस वाले ने पूछा।"

"बीस-पच्चीस हजार नकद थे, वापसी का टिकट था, घर भर की चाबियां हैं, दवाएं हैं!"

"अपना टिकट नंबर बताइए!"

"टिकट तो पर्स में था!"

"आप चार्ट में देख लो न!" (उत्साही युवा स्वर!)

"और आप?'

"जी, मैं उमा बंसल, मेरे पर्स में दस लाख के हीरे के टॉप्स थे, और"

"जी, मेरा नाम रामनारायण बंसल है। दिल्ली में मोटर पार्ट्स का बिजनेस है। यह मेरा कार्ड रखिए।"

झुंझलाए पति ने कमान संभाली। शायद नहीं चाहता लाखों की नकदी और जेवरों की बात उजागर हो।

"ये मेरी पत्नी है। रात में टॉप्स उतार कर पर्स में रख दिए थे। कुछ कैश था।"

"कुछ? अजी पंद्रह-बीस लाख कैश था।"

"हां भाई साहब आपका नाम?"

"सुरेश अग्रवाल, मेरे वॉलेट में कैश तो खास नहीं, यही कुछ डेढ़ एक हजार होगा। हां जरूरी कागजात हैं, क्रेडिट कार्ड, पैन कार्ड वगैरह।"

"यहां दस्तखत कीजिए।"

आवाजें दूर जाने लगीं।

नाम? पता? क्या खोया? दस्तखत कीजिए।

धीरे-धीरे डिब्बे में शांति लौटने लगी। दो-चार खर्राटे भी सुनाई देने लगे।

"अब देखो। हमसे जो बन पड़ा, कर दिया। माता रानी के दर्शनों को जा रहे हैं। सच्ची होंगी मैया तो पर्स मिल जाएगा।"

"कैश तो मिलने से रहा।"

"न मिले, कैश! चाबियां मिल जाएं! वरना सारे घर के ताले तुड़वाने पड़ंगे।"

(अब चुप भी हो जाओ। आपको न सही, हमें नींद आ रही है)

"मैं सच्चे मन से मैया के दरबार में जा रही हूं। हे मैया! मेरी लाज रखना। मेरा पर्स मिल जाए। तेरी कन्याओं को पूरे पांच कपड़े दूंगी। बोल सांचे दरबार की जय।"

"जय, जय, जय हो मैया तेरी।"

अंततः शांति! रेल अपनी लय-ताल में बंधी भागी चली जा रही थी।

नींद खुली तो पता चला ऐसे हड़कंप में भी नींद आ ही गई थी।

चूं-चूं चर्र करती ट्रेन फिर रुक गई थी।

अब क्या हुआ?

क्या सारी रात यही ड्रामा चलता रहेगा? और अब रात बची भी कितनी है।

पुलिस और रेलवे कर्मचारी अन्दर आए।

"हां जी, यहां किसका पर्स खोया था! आपका? देखिए। ये पर्स है क्या?"

"अरे हां! यही है, यही है! कहां मिला?"

"सैकिंड क्लास के बाथरूम में पड़ा था। आप चेक कर लीजिए। सामान सब है या नहीं!"

"देखूं।"

"मेरा पर्स मिला?"

"ये काला वाला आपका है?"

"जी हां, मेरा है, मेरा है। दीजिए जरा।"

"यह वॉलेट मेरा है।"

सबके पर्स मिल गए। खुशी की किलकारियां, लोग अपना-अपना पर्स खोले सामान और कागजात चेक करने में लगे थे।

यह तो कमाल हो गया।

"हां, यह रही चाबियां, टिकट भी है। रुपये! रुपये नहीं हैं।"

"आप अपने हीरे के टॉप्स चेक करो!"

"देख रही हूं! हां, हैं! टॉप्स हैं। कैश सब गायब है। चाबियां हैं। टॉप्स हैं, मोबाइल?, मोबाइल नहीं है!"

''रुपये ले गया, मोबाइल ले गया और हीरे के टॉप्स छोड़ गया?''

''पहचाना नहीं होगा कि हीरे।''

''नहीं नहीं, असल बात ये है कि टॉप्स मैंने दवा की शीशी में डाल दिए थे। देखिए, ये शीशी है न, इसमें दवाएं हैं, पैरासिटामोल, क्रोसिन, डिस्प्रीन वगैरह, इसी में टॉप्स भी डाल दिए। चोर दवाओं की शीशी समझ के छोड़ गया।''

लंबा ठहाका।

कई लोग दस लाख के टॉप्स देखना चाह रहे थे।

मैंने भी उचक के झांका।

चवन्नी के आकार का चमकीला कांच जैसा कुछ था। होगा दस लाख का। हमें क्या पता।

''कैश न मिला, न सही! चाबियां मिल गईं। वहीं बहुत है। रिटर्न टिकट भी मिल गया।''

''मुझे पक्का पता था, पर्स मिल जाएगा। सच्चे मन से मैया को पुकारा था। जरा भी झपकी लगी तो मैया सपने में आई। आहा हा ऽऽ क्या सरूप था। शेर पै सवार, लाल चुनरिया-जगमग मुकुट...बोली फिकर मत कर बेटी, सब ठीक हो जाएगा। जो सच्चे मन से पुकारता है, मैया उसकी बात जरूर सुनती है। बोल, सांचे दरबार की जय'' जय, जय जय हो, जय माता दी।'

जम्हुआते लोग फिर सोने की तैयारी करने लगे।

अच्छा! तो आपने सच्चे मन से पुकारा था! इसलिए आपके दस लाख के हीरे जड़े टॉप्स मिल गए। देवी मैया ने चोरों और पुलिस वालों को सद्‌बुद्धि दी और पचास प्रतिशत पर समझौता हो गया! कैश, मोबाइल ले गए। चाबियां दवाएं छोड़ गए।

और वो लोग! जो गोधरा स्टेशन के बाहर जिंदा जलाए जा रहे थे! उन्होंने सच्चे मन से नहीं पुकारा था! सब देवी-देवता खुदा और इनकी पूरी जमात ''गॉड ऑफ स्मॉल थिंग्स'' है। छोटी-मोटी बात तो सुन लेती है, पर प्राणों पर बन जाए, तो कतरा के निकल जाती है। मामला अपने-अपने दलालों, ठेकेदारों, पंडे-पुजारियों के हवाले कर आंखें मूंद समाधिस्थ हो जाती है।

हुंह, सच्चा मन।

अब सोने भी दो!

# निष्कासन

हुम-हुम की सामूहिक लय के साथ-साथ बड़े-बड़े घुंघरुओं की खन-खन उस लय पर थिरकते किशोर, युवक और वृद्ध! सारा कॉलेज उनके इस आदिम और उत्ताल नृत्य से अवश आलोड़ित हो रहा था। उन सबने कमर में लाल फेंटा बांध रखा था और उसके ही एक छोर से बड़ा सा घुंघरू बंधा था। बारी-बारी दोनों घुटनों से घुंघरू को गतिमान रखने से ही यह प्रचण्ड खनन् खन् खनन् खन् ध्वनि उत्पन्न हो रही थी। कुछ बलिष्ठ युवकों ने इसी फेंट के सहारे एक लंबा बांस उर्ध्वाकार टिका रखा था। यह बांस मयूर पंखों, कौड़ियों और नारियल से सजा हुआ था। एक साथ नृत्य और संतुलन का अद्‌भुत प्रदर्शन था। सारा कॉलेज प्रांगण में उमड़ आया था और इस उत्सव का आनंद ले रहा था।

कुछ देर बार कार्यवाहक प्राचार्या होने के कारण मुझे लगा कि अब यह उत्सव समाप्त हो जाना चाहिए। ये लोग कॉलेज परिसर के बाहर जाएं तो पुनः अध्ययन-अध्यापन का क्रम आरंभ हो।

संकेत करने पर नृत्य रुका और उनके मुखिया ने चरण छूकर सबको प्रणाम करना आरंभ किया। कुछ पुरस्कार की अपेक्षा थी। सब प्राध्यापकों ने अपनी-अपनी श्रृद्धा अनुसार कुछ धनराशि उन्हें भेंट की। मुझसे वो हठ करने लगे कि दो सौ

एक से कम नहीं लेंगे। प्राचार्य जो थी। यह पर्व वर्ष में एक ही बार आता है और भी न जाने कितने-कितने कैसे-कैसे तर्क! यही सही। किसी तरह पुनः अध्यापन तो आरंभ हो!

चपरासी बनवारीलाल को कालांश सूचक घंटा बजाने का आदेश दे मैं पुनः आफिस में लौट आई, लेकिन बाहर हो–हल्ला शांत नहीं हुआ। अब इन लोगों को चले जाना चाहिए! कुछ सक्रिय करूं, उसके पहले बनवारी लाल आ गया। 'इन लोगों को तुरंत परिसर के बाहर जाने को कहो। पहले ही तीन कालांश निकल चुके हैं।'

'साब... ये लोग चन्दन कुमार जी से मिलना चाहते हैं।'

'तो उन्हें बुलवा दो।'

'यही तो मुश्किल है साब, चन्दन कुमारजी कॉलेज में नहीं हैं।'

'ऐसा कैसे हो सकता है? लैब में या लाइब्रेरी में देखो! कैंटीन भेजो किसी को। यहीं कहीं होंगे।'

'सब जगह देख लिया हुजूर, वो नहीं हैं।'

'अगर वो कॉलेज में नहीं हैं तो हम क्या कर सकते हैं? इन लोगों से कहो कि उनके घर जाकर देखें।'

'हुजूर... जरा आप बाहर चलें। मुझसे से संभल नहीं रहे हैं। कुछ कहता हूं तो मारने-पीटने की धमकी देने लगते हैं।'

ये विचित्र हठधर्मिता है! सब उपस्थित प्राध्यापकों ने कुछ न कुछ दिया है। अगर एक अनुपस्थित है तो ऐसी क्या आपत्ति करना! कॉलेज सिर पर उठा रखा है! और चन्दनजी कहां अंतर्ध्यान हो गए हैं!

मैं झल्लाती हुई बाहर आई।

मुझे देखते ही उनका मुखिया गुहार उठा

'हुजूर, माई-बाप चंदन को बुलवा दें। हमारे साथ थोड़ा नाच गा ले, फिर हम खुद ही चले जाएंगे।'

'देखिये चंदनजी कॉलेज में नहीं हैं। आपको उनसे मिलना है तो उनके घर चले जाइए।'

'उनके घर तो हम पहले ही गए थे। वहां ताला बंद है। वो कॉलेज में ही हैं, हुजूर! यहीं कहीं छुपे बैठे होंगे!'

'क्या मतलब? छुपे क्यों होंगे?' यह बूढ़ा तो शिष्टाचार की सीमा पार कर रहा है!

'बात यह है हुजूर कि वो किसी को बताना नहीं चाहता, तो भी हमारी जाति का है?'

मैं सन्नाटे में आ गई। वो सुदर्शन, हँसमुख युवक! मेधावी और कर्मपटु इनकी जाति का है? इधर-उधर जाते छात्र और अध्यापक भी रुक गए। क्या कह रहा है यह बूढ़ा।

उसने मेरा अविश्वास भांप लिया।

'मैं सच कह रहा हूं हुजूर! वो मेरे ही गांव का है। उसके बाप का नाम मंगरू है और चेथरू मेरा भांजा लगता है!'

'चेथरू?'

'जी हां हुजूर उसका असली नाम यही है। अब लाट साहब बन गया है न, तो नाम भी बदल लिया और हमें भी नहीं पहचानता।

अब भीड़ आक्रामक होने लगी।

'बाहर निकालो साले चेथुरवा को! अपनी जात छिपाता है?'

दबी ढंकी हिंसक हुंकारें सुनाई देने लगी।

मैंने मुखिया को समझाने की चेष्टा की।

'अगर वो कॉलेज में हैं ही नहीं, तो हम क्या कर सकते हैं? आप कृपया शांति बनाए रखिए। हमें झंझट में न डालें। चंदनजी को उनके गांव जाकर ढूंढ़ें।'

कॉलेज के सफाई कर्मचारी भी बड़े उत्तेजित हो उठे। इस समय चंदन का वहां न होना संपूर्ण जाति का अपमान लग रहा था।

'देखें, कहां अपनी बहन-बेटी ब्याहते हैं? जात बाहर कर देंगे। चार आखर क्या पढ़ लिए, पंख निकल आए।'

बड़ी कठिनाई से यह तुमुल कोलाहल शांत हुआ।

दूसरे दिन डाक से चंदनजी का प्रार्थना पत्र आ गया। बीमार थे और इसी आधार पर अवकाश चाहते थे। डॉक्टरी प्रमाणपत्र इत्यादि साथ संलग्न था। थोड़ी देर बाद प्राचार्यजी भी आ गए और कार्यभार संभाल लिया। मैं पुनः प्राध्यापक कक्ष में लौट आई।

वहां चंदन-चर्चा चल रही थी।

'देखा, कितना हरामी निकला साला! जरा खबर नहीं लगने दी अपनी जात की!'

'अगर बता देता तो मिस शुक्ला से इश्क कैसे लड़ाता?' श्री मोहन लाल ने अपने उदर पर हाथ फेरते हुए कहा। कोई रसीली बात हो तो उनका हाथ स्वतः ही उनके उदर की विराट परिधि पर आ टिकता है।

'मिस शुक्ला पर तो बड़ी बुरी बीती यार! कहां तो सोच रही थीं कि अच्छा मुर्गा फंसा है। ब्रिलिएंट है आ.ई.एस. में निकल ही जाएगा। बिना दान-दहेज के निपट जाएगा। अब लो मजा, देखें झूठी हांडी कौन छूता है? साला क्या बनता था और क्या निकला!'

'आई.ए.एस. में तो निकल ही जाएगा। सरकारी दामाद जो है।' प्रदीप शर्मा ने कड़वे स्वर में कहा। वो स्वयं तीन बार असफल हो चुके थे।

'वाकई यार! अब तो हम लोगों को अल्पसंख्यक होने का दावा करना चाहिए। ओ.बी.सी. मिलाकर पैंसठ प्रतिशत आरक्षण हो तो गया।' अचानक सुरभि शुक्ला ने कक्ष में प्रवेश किया। सब प्राध्यापक बातचीत बंद कर इस तरह उनका चेहरा देखने लगे जैसे रातोंरात उसके सिर पर सींग उग आए हों!

सींग तो उग ही आए थे। कल तक सब इस स्पष्टतः अभिजात युगल से ईर्ष्या करते थे। आज चंदन के जाति परिचय और पलायन ने अचानक सुरभि को सबके उपहास का पात्र बना दिया था। मात्र चौबीस घंटों में इस लड़की में कितना परिवर्तन आ गया है! कांतिविहीन मुख, भीत हिरणी सी चाल और अवसादपूर्ण व्यक्तित्व।

लोग पुनः नवीन उत्साह से इस भयानक घटना की भयावहता की चर्चा में जुट गए। दिवसांत तक चंदन के जीवन का ताना-बाना अनेक बार उधेड़ा और बुना जा चुका था। पूरे कॉलेज में उसके चरित्र की धज्जियां उड़ रही थीं। हवा का रुख देखकर लगता था कि उन्हें शहर तक पहुंचने में अधिक देर नहीं लगेगी।

अचानक यह सब क्या हो गया? चंदन को अपनी जाति छिपाए रखने की क्या जरूरत थी? न...न...यह सोच सर्वथा अनुचित है। किसी के मूल्यांकन में उसकी जाति की इतनी विराट भूमिका क्यों? क्या वस्तुतः कुछ जातिगत गुण होते हैं? तो फिर वाल्मिकी, रैदास और कबीर? और चंदन? सौम्य शालीन युवक! असाधारण प्रतिभा संपन्न! अपने विषय में प्रवीण एवं अन्यान्य पाठ्येत्तर गतिविधियों में उत्साही कर्मठ युवक! अपने निश्चित कार्यभार के अतिरिक्त अन्य प्राध्यापकों के कार्यभार में सहायता देने को सदैव तत्पर! चंदन और सुरभि का परस्पर अनुराग भी मुझे सर्वथा स्वाभाविक लगा। एक ही क्षेत्र से जुड़े दो व्यक्तियों का विवाह साधारणतया सफल रहता है। सच तो यह है, वो दोनों एक-दूसरे के उपयुक्त संगी

थे। थे, पूर्ण विराम! अचानक चंदन का चेथरू बन जाना...सब कुछ तहस-नहस हो गया! कल तक चंदन अत्यंत लोकप्रिय प्राध्यापक था। आज चौराहे पर खड़ा अरक्षित, क्षतविक्षत विकलांग! भूखे कौओं और सियारों से घिरा! कोई चोंच मार रहा था, कोई टांग खींच रहा था।

पूरे सप्ताह चंदन घिसा जाता रहा और सुरभि उड़ती रही। सोमवार को जब कॉलेज पुनः खुला तो सर्वथा नवीन अध्याय सामने आया। अपने ही जैसे किसी उत्साही मित्र को साथ लेकर मोहन लालजी सप्ताहांत में चंदन के गांव का दौरा कर आए थे। अब वो रस ले लेकर सत्यापित तथ्य अन्य प्राध्यापकों को परोस रहे थे।

'ये साला तो सचमुच वही निकला, यार! गांव के बाहर घर है। सुअर और मुर्गियां पालते हैं। कोई सवर्ण न घर आता है और न इनके हाथ का छुआ खाता-पीता है। यहां साला सबको अपने घर चाय पर बुलाता था।'

'आप जाते क्यों थे?' चंदन का परम मित्र रोहिताश्व बोला। 'अब आगे से जाति प्रमाणपत्र देखे बिना किसी के यहां चाय-पानी मत लीजिएगा।'

'तुम तो बुरा मान गए, यार! पर जरा सोचो बताना तो चाहिए था!'

'क्या बताना चाहिए था? आपने कभी पूछा था उससे? या उसने कभी अपने सवर्ण होने का दावा किया था? सच तो यह है कि उसके आकर्षक व्यक्तित्व से सब ही प्रभावित हुए थे। आपके अहं ने एक क्षण के लिए भी संदेह नहीं किया किया कि ऐसा व्यक्ति गांव के अछूत घर में भी जन्म ले सकता है!'

'तुम तो उसकी पैरवी करोगे ही! क्योंकि...'

'क्योंकि मैं स्वयं अनुसूचित जाति का हूं और चंदन का मित्र हूं। ठीक कहा आपने, पर न तो मुझमें चंदन जैसी योग्यता है, न क्षमता! उसने सदा सर्वप्रथम स्थान का स्वर्ण पदक जीता है और यह भी जान लें आप कि वह सरकारी दामाद नहीं था। उसने कभी कहीं जाति प्रमाणपत्र देकर आरक्षण का लाभ नहीं उठाया है।'

'तुम्हें कैसे मालूम?'

'वो आरक्षित कोटे से आता तो आप जैसे सर्वज्ञ को पता नहीं चलता? फिर भी बता देता हूं? जब आप चेथरू से मिलने उसके गांव गए थे, मैं चंदन से मिलने उसके अभिभावक के घर गया था। पता उसकी व्यक्तिगत पत्रावली से मिला। जो कुछ जानकारी मिली, आपकी सेवा में प्रस्तुत है। आठवीं तक की पढ़ाई चंदन ने जूते पालिश कर और सचमुच सड़क की ट्यूब लाइट के नीचे पढ़कर पूरी की। उसके बाद वह 'ऑल इण्डिया टैलेंट कॉन्टेस्ट' में बैठा और प्रथम आया। चंदन

को देश के सबसे प्रतिष्ठित विद्यालय में प्रवेश मिला। यहां नब्बे प्रतिशत व्यय सरकार देती है, पर जो बाकी दस प्रतिशत था, वह देने की भी सामर्थ्य उसके पिता में नहीं थी। उनके ही गांव के कोई सज्जन वहां लिपिक थे। चंदन की प्रतिभा देख वो स्वयं आर्थिक सहायता के लिए आगे आए और उसके अभिभावक बने, पर उस स्वाभिमानी ने यह सहायता ऋण के रूप में स्वीकार की। फिर तो चंदन निरंतर सफलता की सीढ़ियां चढ़ता चला गया। प्रत्येक परीक्षा में सर्वप्रथम! प्रशासनिक सेवा के वन विभाग से उसे नियुक्ति पत्र भी मिल गया था, परंतु वह मुख्य प्रशासन विभाग में जाना चाहता था। इसीलिए पुनः आई.ए.एस. की तैयारी कर रहा था। लोक सेवा आयोग में भी वह अपमी प्रतिभा के बल पर प्रथम आया। कभी भी उसने जाति प्रमाणपत्र देकर आरक्षण का पल्ला नहीं थामा, लेकिन आज वो सारा परिश्रम व्यर्थ हो गया। आप उसको ऐसे अपराध की सजा दे रहे हैं, जो उसने किया ही नहीं! यदि जन्म पर अपना अधिकार होता तो मैं भी टाटा-बिड़ला या इंदिरा गांधी के घर जन्म लेना पसंद करता।' उत्तेजना से रोहिताश्व का मुंह लाल हो गया।

उसके इस लंबे-चौड़े भाषण का किसी पर कोई खास असर नहीं हुआ। चंदन की लोकप्रियता का सूचकांक, जो एक बार नीचे गिरा तो उसमें कोई सुधार नहीं आया।

मैंने रोहिताश्व को अपने घर पर बुलवाया।

'आपकी चंदनजी से भेंट हुई?'

'नहीं, मैडम! वो तो न जाने कहां चला गया।'

'ये गलती क्यों कर रहे हैं वो? क्या अर्थ है इस पलायन का? जब इस सारे प्रकरण में उनका कोई दोष नहीं है, तो साहस से सबका सामना क्यों नहीं करते?'

'क्षमा कीजिएगा! संकट का सामना साहस से किया जा सकता है, लोकापवाद का नहीं। भला सामाजिक तिरस्कार के सामने साहस कहां टिकेगा? इतना साहस तो आपके आराध्य श्रीराम में भी नहीं था।'

'प्लीज रोहितजी, उत्तेजित मत होइए। मैं चंदनजी के लिए चिंतित हूं। आखिर कब तक मेडीकल लीव पर रहेंगे!'

'मैं क्या कर सकता हूं, बताइए?'

'केवल इतना, अगर वो आपसे संपर्क करें तो मुझसे मिलने को कहिएगा। किसी दूसरे कॉलेज में स्थानांतरण हो सकता है।'

धन्यवाद दे रोहिताश्व चला गया।

अगले सप्ताह चंदन का त्यागपत्र आ गया। आश्चर्य! अधिकांश लोगों को हिंसक विजय की अनुभूति हुई। मेरे दुःख और क्षोभ का पारावार न था! ऐसे योग्य युवक शिक्षा विभाग में आते ही कहां हैं?

उसी दिन डाक द्वारा उसका पत्र मुझे मिला।

आदरणीया,

प्रणाम!

आपने सदा मुझे पुत्रवत् स्नेह दिया है और इस संकट की घड़ी में केवल आप ही मेरी कल्याण कामना कर रही हैं। इस स्नेह के लिए कोटिशः धन्यवाद!

रोहित के द्वारा स्थानांतरण का प्रस्ताव भी मुझे मिला, पर आप स्वयं जानती हैं कि स्थानांतरण इस समस्या का निदान नहीं है। मुझसे पहले मेरी कीर्ति गाथा वहां पहुंच जाएगी!

आज मेरी व्यथा का कोई अंत नहीं! परिश्रम के आधार पर केवल मानव मात्र के रूप में स्वयं को प्रतिष्ठित करने का मेरा स्वप्न चकनाचूर हो गया। यह सब भी झेल जाता, पर सुरभि की आंखों में उगा बबूल का जंगल नहीं झेल पाया। मेरा निष्कासन संपूर्ण हो गया। सब कुछ समाप्त हो गया।

मेरी कथा सुनेंगी आप?

गांव वालों के लिए तो मैं हमेशा से ही 'लाटसाहब' था। एक ही उपयोगिता थी मेरी! उनके लिए प्रार्थना पत्र लिख दूं, ऋण माफ करवा दूं, प्रशासन और पुलिस से उनके लिए लड़ूं! पर मेरे कहने से न तो कोई स्कूल जाएगा, न घर पर चलती शराब की भट्टी बंद होगी।

शिक्षा जगत की अपेक्षाएं कुछ और थीं। सबसे जूनियर हूं। अतः सबसे अधिक कालांश लूं, सबसे अधिक पाठ्येत्तर गतिविधियां करवाऊं। न मेरा कोई परिवार है, न अन्य कोई दायित्व! इसलिए जब किसी को कोई असुविधा होती, मेरा ही नाम विकल्प के रूप में सुझता! लेकिन इस अथक परिश्रम और सद्व्यवहार का परिणाम? व्यक्ति के रूप में मेरी अस्मिता को उन्हीं लोगों ने ध्वस्त किया, जो समस्त मानवीय मूल्यों और ज्ञान के ठेकेदार बने बैठे हैं।

अपनी जाति से तो मैं सदा ही तिरस्कृत रहा। अज्ञान और अंधविश्वास के घने अंधेरे में वो मुझे पहचानते भी तो कैसे? उनका अपराध क्षम्य है, पर ये मेरे तथाकथित उच्च्च शिक्षाप्राप्त बंधु! इन्होंने भी म्यान को जांचा-परखा, तलवार से कोई मतलब नहीं! मेरी आंखों के सामने मेरी आशाओं, आस्थाओं और महत्वाकांक्षाओं की निर्मम हत्या हो गई।

यह मेरा देश कभी अपनी संपूर्णता और समग्रता से नहीं पहचाना जाएगा। यहां खंड-खंड उपखंडवाद ही पनपेगा।

कल की घटना ने मुझे निस्पंद कर दिया है। मेरे जन्म क्षेत्र ने मुझे सदा हाशिए पर रखा, मेरे कर्मक्षेत्र ने मुझे देश निकाला दे दिया। यदि एक ने मेरा वस्त्र-हरण किया तो दूसरे ने अंतर्वस्त्र भी नहीं छोड़े!

आज मेरा कोई परिचय नहीं।

मैंने वन विभाग की नियुक्ति स्वीकार कर ली है। जंगल और जानवरों को मेरी जाति में कोई रुचि नहीं होगी। वो केवल स्नेह और प्रतिभा के आधार पर मेरा मूल्यांकन करेंगे। आदमियों की दुनिया से यह आशा मैंने छोड़ दी है! इस जंगल में दो पांव पर चलने वाला जीव हूं मैं!

इति

शुभकामनाओं सहित
भवदीय
चंदन कुमार

# देवता बोलते नहीं

पत्थर पर पीस-पीस कर रंग बना रहा है ओमना। चिरटा (नारियल का छिलका) जला के काला, मन्यल (हल्दी) से मन्या, नीलम (नील) और मन्यल (हल्दी) मिलाकर पच्चा (हरा), चुन्नाब (चूना) से सफेद और हल्दी-चूना मिलाकर चुवप (लाल)। बचपन से ही यही करता आ रहा है ओमना। सात-आठ साल का होगा, जब गुरु शरण में आ गया था। गुरु महेशन पणिक्कर ने गोपालन, ओमना और कुंगन को मंदिर के बाहर नाचते देखा था।

'अच्छा नाचते हो, नाचकर भीख क्यों मांगते हो? चलो मेरे साथ।' और गुरु उन्हें गुरुकुल ले आए, कालारि में ठहरा दिया। कालारि? व्यायामशाला! तब से अब तक बीस वर्ष। ओमना कथकली सीख रहा है, पहले कुछ वर्ष तो केवल व्यायाम और मालिश। फिर नृत्य, कलासम और हस्तलक्षण दीपिका! रंग किससे और कैसे बनते हैं? टेप्पा (मेकअप के लिए लेप), चुट्टी (पिसे चावल का लेप) और चुट्टीप्पू (सरकंडे के गूदे का फूल) बनाना सीखा। चुंडाप्पू (एक प्रकार का बीज) आंखों में डालना सीखा। चुंडाप्पू आंखों में डालने से आंखें लाल हो जाती हैं। इस बीज से स्नायविक शक्ति मिलती है। औषध है यह बीज। उसके बाद मुखाभिनय, विभिन्न मुद्राएं, आहार्य अभिनय (नेपथ्य-वेशभूषा)। अनेक वाद्य

बजाना भी सीखा। मद्दलम (मृदंग) और इलत्तलम (मंजीरे) बजाना सीखे बिना कोई कैसे कथकली कर सकता है? कठोर अनुशासन, अनवरत अभ्यास। काया की एक-एक मांसपेशी, नस-नाड़ी मस्तिष्क के इंगित पर हिलती-डुलती, कांपती और स्थिर रहती है। मन-शांत-स्थिर। आंखें, भवें और हाथों की मुद्राएं, मंच पर गति, सारी कहानी कह देती है। गुरु अप्पा इतनी लगन से अभ्यास करवाते हैं कि रात को भी गुरु गर्जन सुनाई देता है।

''देवता बोलते नहीं ओमना! मुख बंद रख। कथकली अच्छाई की शाश्वत विजय का उत्सव है। मनुष्य भलाई-बुराई में अंतर समझे, इसलिए दोनों को ही बढ़ा-चढ़ाकर दिखाया जाता है। गीतगोविंद, रामायण, महाभारत। अच्छे चरित्र, बुरे चरित्र। सात्विक, राजसिक और तामसिक प्रकृतियों का परिणाम। ये सब वास्तविक जीवन से कहीं अधिक विराट हैं। इसलिए सब पात्रों के होंठ, भवें, शरीर सब बड़े-बड़े, मोटे-मोटे। सफेद कागज की चुट्टी (दाढ़ी) लगाकर चेहरे को भी विस्तृत करना। मस्तक पर बड़ा-सा किरिड़ा (मुकुट) चरित्र के अनुसार चुट्टी और केश। पोशाक भी ऐसी घेरदार कि पात्र विशालकाय दिखे। उत्तरीयम्, दो और अंग हों जैसे।''

''शांत रह ओमना। तेरी इच्छा और आज्ञा के बिना आंख की पुतली तक न हिले, शांत रह। दुष्ट चरित्र वाले चीखते-चिल्लाते हैं, कूदते-फांदते हैं। तू सात्विक-दैवीय चरित्र है। स्थितप्रज्ञ बन। आत्मनियंत्रण और संयम मूल मंत्र है। अपने चरित्र में उतर। उसे जी ओमना। चरित्र निरूपण से अपनी श्रेष्ठता सिद्ध कर। देख, इन कहानियों में कोई नवीनता नहीं है। सबको मालूम है राम ही जीतेगा। महाभारत में अर्जुन जीतेगा, दुर्योधन हारेगा। भीम जीतेगा, दुःशासन मरेगा। जब पूरा कथाक्रम दर्शकों को ज्ञात है तो वो तेरा नृत्य देखने क्यों आएं? वो ओमना का नृत्य देखने नहीं आते, वो आते हैं भीम को देखने। तू साकार-साक्षात भीम बन। भीम...एकचक्र के ब्राह्मण परिवार का रक्षक। भीम...सदा दुर्बल के पक्ष में खड़ा। भीम...पत्नी को त्रास देने वाले कीचक का वध करने वाला और भीम, पत्नी को अपमानित करने वाले दुःशासन की जंघा तोड़ने वाला।''

रंग और टेप्पा, सब तैयार है। अब आहार्य अभिनय। चरित्र के अनुसार चेहरे का रंग, दाढ़ी, बाल और पोशाक। सब तैयार हो रहे हैं। ओमना भीम है, इसलिए पच्चावेशम (हरा वेश)। कुंगन दुःशासन है, इसलिए चवंडुधारी (लाल वेश-तामसिक चरित्र)। तीन घंटे लगते हैं तैयार होने में। नमन (तिलक) लगाने में ही आधा घंटा लगता है। फिर चट्टी (लेप) की सहायता से चुट्टीप्पू (नकफूल) लगाना। गोपालन बना है द्रौपदी...गुरुदेव कथकली का परिचय दे रहे हैं। रंगों,

नेपथ्य सामग्री, वेशभूषा और मुद्राओं का अर्थ समझा रहे हैं। कथकली का इतिहास बता रहे हैं...सत्रहवीं शताब्दी में विकसित हुई इस कला की जड़ें चक्कियार कोटू कोडियट्टम और रामनाट्टम में हैं। केरल की पारंपरिक शौर्य व मल्ल कलाओं का रस भी इसमें मिला। मंजीरे और मद्दलम की संगति। कालीकट के जमोरिन, कोट्टयम के थामपुरन, ट्रावनकोर के बलराम वर्मा, अस्वाति तिरूनल, स्वाति तिरूनल, रामा वर्मा के राज्याश्रय में यह विधा पनपी। ईशइंमन थंपी जैसे महान कवि ने इसे अपने काव्य से संवारा, पर जैसे-जैसे राजकुलों का पतन हुआ, कथकली नृत्य भी गर्त में गिरता चला गया। कथकली कलाकार भूखों मरने लगे। यहां-वहां एक-दो प्रदर्शन होते थे, पर इतने नहीं कि इस कला की लोकप्रियता और वैभव बना रहे। इस नृत्य विधा को पूरी तरह लुप्त होने से बचाया वल्लतोल नारायण मेनन ने। शोरानुर में केरल कलामंडलम की स्थापना की (1930) और रावुनिन मेनन-कुंजु कुरुप जैसे महान कलाकारों को कथकली को पुनर्जीवित करने का भार सौंपा...' गुरुदेव का भाषण समाप्त होने वाला है। आज मूसलाधार वर्षा हो रही है। इसलिए बहुत कम दर्शक हैं। चार-पांच विदेशी टूरिस्ट भी हैं। गुरुमुख से निसृत एक-एक शब्द लिख रहे हैं। ये ही सबसे ज्यादा प्रश्न पूछते हैं। उन्हें कुंगन की नाक पर चिपका नकफूल समझ में नहीं आ रहा था।

"उसने नाक पर फूल क्यों चिपका रखा है?"

"क्यों न चिपकाएं?" गुरु मुस्कराए। "वो दुष्ट चरित्र है तो क्या हुआ? फूल सुंदर लगता है, अच्छा लगता है, उसने नाक पर चिपका लिया।"

"मगर नाक पर क्यों?"

"उसे फूल का कोई उपयोग नहीं मालूम, इसलिए।"

मंच पर ऊपर से आता है मिलाप्पु और मध्यभाग में रहता है तिराशिला। ये परदे हैं। तिराशिला मध्य भाग में है, इसलिए नृतक का मुख और पांव दिखाई दे रहे हैं। मद्दलम-इलत्तलम के साथ गान आरंभ हुआ। तिराशिला (परदा) हटा दिया गया अर्थात माया का आवरण उतरा। माया, इल्यूजन, टूरिस्ट ध्यान से सुन रहे हैं। माया के हटने से ही सत्य का ज्ञान होता है। अब विलक्कु (दीप) प्रज्वलित करो। दीपक अर्थात ज्योति। ज्योति अग्नि का और अंततः जीवन का प्रतीक है। अब पुरप्पड़ (प्रार्थना)। कथकली प्रार्थना से ही आरंभ होती है। जीवन का जो कुछ भी सुंदर है, उदात्त है, उसकी रक्षा, संवर्धन, प्रचार-प्रसार होना चाहिए। चौबीस मुद्राओं की वर्णमाला और आठ सौ प्रचलित समूहों के द्वारा समस्त भाव, अनुभाव और अनुभवों का सांगोपांग वर्णन। एक-एक नस नृत्यरत है। आंखों की

पुतलियां इतनी तीव्र गति से घूमती हैं कि उन्हें दृष्टिबद्ध करना संभव नहीं। नृतक अपने कौशल से, केवल मुद्राओं और सायास गतियों के द्वारा सारा इतिहास, साहित्य और दर्शन मंचस्थ कर देते हैं।

ओमना भीम के वेश में हैं। अनाथ ओमना...मंदिर के सामने नाच-नाचकर भीख मांगना, जैसे-तैसे चोर-चमंडी (चावल-चटनी) से पेट भरना। फिर गुरुकुल। और अब वो भीम है। पवन पुत्र भीम। सहस्त्रों हाथियों का बल है उसमें। उसके दाएं हाथ में कमल है। कमल कीचड़ में उगता है और कीचड़ भरे तालाब से निरंतर प्रकाश की ओर बढ़ता है। यही इस विधा का सार है...तमसो मा ज्योतिर्गमय...। बाएं हाथ में नखम्। लोहे, पीतल या चांदी के बड़े-बड़े नाखून। ये औजार हैं, हथियार हैं। दाएं हाथ की कमल मुद्रा की रक्षा के लिए।

संस्कृत काव्यपाठ चल रहा है। मद्दलम-इलत्तलम बज रहे हैं। कुंगन कूद रहा है। पांचाली बना गोपालन अपनी लज्जा बचाने के लिए कृष्ण को गुहार रहा है। कुंगन पांचाली को देख...पप्पू, पप्पू...चिल्ला रहा है। भिन्न-भिन्न त्रासदायक स्वर उत्पन्न कर रहा है। पांचाली भय से सिमटी खड़ी है। मुख्य मंच पर दो ही पात्र हैं...कोने में दीपक जल रहा है, दुःशासन की उसकी प्रिया पर पड़ती वासना लिप्त दृष्टि। इस दुष्ट का रक्त पी जाएगा ओमना। इसने मेरी प्रिया पर अश्लील दृष्टि डाली है...घूम-घूम कर मंच पर वृत्त बना रहे हैं दोनों। आंखों, भवों और हस्तमुद्राओं से कथा को सजीव बना रहे हैं।

कुंगन...कुंगन...कुंगन कहां गया? यह तो कार्तिकेयन है। कोच्चि कॉयर फैक्टरी का मालिक, कार्तिकेयन पिल्लई। यही है जो रात को गाता है। "सुरंगिणी, सुरंगिणी, सुरंगिणी के मालकटानवा...माल...माल...माल सुरंगिणी के माल सुरंगिणी के मालकटानवा..." और कंदबकम विह्वल हो उठती है। चटाई पर करवटें बदलती है, उठकर पानी पीती है। चुप-चुप, चोरी-चोरी ओमना को देखती है, सो रहा है या जाग रहा है, पहले सारी-सारी रात कथकली प्रदर्शन होते थे। तब बड़ा वैभव था इस नृत्य में। बड़े चाव से दर्शक आते थे। आय भी अच्छी थी। कुंआरा था ओमना। एक दिन अचानक ही दर्शकों की प्रथम पंक्ति में कदंबकम को देखा। कदंबकम। गांव का हर आदमी उससे शादी करना चाहता था। सुना था, सुधाकरण नायर और सदगोपन मेनन ने भी उसे अपना बनाना चाहा था। कदंबकम ने माला डाली ओमना के गले में। कुछ दिन सब अच्छी तरह चलता रहा। पहले रंगीन सिनेमा, फिर टीवी ने लोकनाट्य समाप्त कर दिए। शास्त्रीय नृत्य और संगीत भी गिने-चुने लोगों का शौक रह गया। अब इन कलाओं की साधना कर घर चलाना

कठिन है। महीने में कुल पंद्रह-बीस दिन दर्शक जुटते हैं। तब गुरुजी का बुलावा आता है। वो भी तीन-चार घंटे का नृत्य। पूरी रात बैठकर देखने का धैर्य अब कहां? उसकी गृहस्थी टूट रही है। कदंबकम् दिन-रात ताने देती है, इस घर में चोर-चमंडी पर ही पेट भरता है। कभी सांभर-रसम मिला, कभी नहीं। मुशी मछली भी महीने में एक-दो बार। वराल, मत्ती और आमला का तो स्वाद भी भूल गई कदंबकम। सुना है, रात को कार्तिकेयन से मिलने उसकी कॉयर फैक्टरी में जाती है। सुबह घर लौटने पर कदंबकम घर में ही मिलती है। अकारण मुस्कराती, तृप्ति से छलकती, अलसाई-सी। घर अस्त-व्यस्त। आंगन में केले के जूठे पत्ते, नारियल के सूखे कटोरे।

लोग हँसते हैं ओमना पर। छिप-छिप कर कटाक्ष भी करते हैं। पूछते हैं, उस जैसे आदमी ने, जिसके पास न खेती है, न वन-तालाब, कदंबकम जैसी सुंदर लड़की से ब्याह क्यों किया? वो क्या बताए? कदंबकम से पूछो न। इसलिए कि तू मूर्ख है। कोई और पति इस तरह अपनी पत्नी को नारिकेल-वन में रासलीला रचाने देता?

ओमना कम जानता है, कम बोलता है, कम कमाता है और घर पर भी कम रहता है। इसका लाभ उठाती है कदंबकम। समुद्र के किनारे, इधर-उधर, फैक्टरी के आसपास घूमती रहती है। शादी के बाद लड़कियां घर-गृहस्थी के काम करती हैं। आंगन में केला-नारियल के पेड़ लगाती हैं, पायर और कप्पा उगाती हैं। तोनी चलाकर समुद्र में जाती हैं। जाल डालकर मुशी पकड़ लाती हैं। पर कदंबकम का मन इन सबमें नहीं लगता। वो घंटों वेलिचेन्ना (नारियल तेल) से मालिश करती है, फिर घंटों नहाती है, फिर काले केशों की लंबी वेणी में फूल लगा घूमने निकल जाती है। अब वो कथकली को श्रेष्ठ नहीं मानती। श्रेष्ठ काम है ढेर से पैसे कमाना, जैसे भी कर। नहीं तो? नहीं तो क्या करेगी? कार्तिकेयन के साथ रहने चली जाएगी। वो जान से मार डालेगा कातिकेयन को। अरे? ओमना कुंगन से टकरा गया। गुरु अप्पा ने नेपथ्य में बुलाकर डांटा।

''क्या करता है रे ओमना! तेरी तबीयत तो ठीक है? ये क्या किया? रौद्र रस है, क्रिया नहीं। मन में क्रोध मत ला ओमना। नृत्य नहीं कर पाएगा। तू भीम है, देवपुत्र। कुंगन को नहीं, बुराई को मारना है। सात्विक भाव जगा। सत् के सामने तम अपने आप भाग जाएगा।''

कान पकड़कर गुरु चरणों में सिर झुकाता है ओमना। एक यही आश्रय है आंधी में उड़ते इस नारिकेल पत्र का। यहां गलती करने से कैसे चलेगा?

वेलिचेन्ना (नारियल तेल) लगाकर रंग छुड़ाते-छुड़ाते, नहाते-धोते रात के दो बज गए। तेंगिनटोरम (नारिकेल वन) में शांति थी। चुपचाप गांव की ओर जा रहे हैं कुंगन, गोपालन और ओमना। बचपन से इसी रास्ते से आ-जा रहे हैं। समुद्री हवा के आदेश पर सिर झुकाते वृक्ष, नृत्य करती वनस्पति। गहरा नीला चमकता आकाश और मछली के पेट की तरह उजला चांद। कितना सुंदर है हमारा देश! ईश्वर का अपना वासस्थान।

अपना मुंडु (अधोवस्त्र) खोलकर फिर से कसता हुआ कुंगन बोला, "इतना गुस्सा नई, ओमना।"

ओमना चुप।

"वो पैसे वाला, ऊंची जाति का, ये जंगल, बाग-तालाब के मालिक हमारी औरतों को बराबर लालच देते हैं, अपने पास बुलाते हैं। अब इतना गुस्सा क्या? कौन समझेगा? कौन सुनेगा? न पुलिस, न पंचायत।"

ओमना चुप।

"तुझे याद है? बचपन में छोटी-सी तोनी लेकर मछली पकड़ते थे हम लोग। तब वो मछुआरा कांतम् क्या बोला था? सुनहरी मछली नईं पकड़! क्या करेगा इसका? पेट भरेगा नहीं और मछली भी मर जाएगी। सुंदर सुनहरी मछली पालने के लिए कांच का घर है तेरे पास? वशल पकड़, भत्री, पकड़, आमला पकड़! सबसे अच्छी मुशी। हम गरीब लोग, पेट भरना पहला काम।"

ओमना चुप।

"अच्छा!" लंबी सांस ले कुंगन अपने घर की तरफ मुड़ गया, गोपालन उसके पीछे-पीछे। ओमना चुपचाप सिर झुकाए चलता रहा।

'कइसा है रे ओमना?' कार्तिकेयन उसके घर की तरफ से आ रहा है। अंधेरे में उसके उजले कपड़े चमक रहे हैं और उजले दांत भी। केशों में सुगंधित तेल।

"ठीक है।" बुझा-बुझा-सा बोला ओमना। "...तो इस राक्षस का साहस इतना बढ़ गया उसके घर तक आ पहुंचा।"

"कंबी, कंबी..." उसने पत्नी को पुकारा।

"सुरंगिणी, सुरंगिणी।" गुनगुनाते हुए द्वार खोल दिया कंदबकम ने। उसका अंग-अंग नाच रहा था। खिली-खिली आंखें, चमकते काले केशों में फूल और होंठों पर मुस्कान।

"नाच आया?"

ओमना चुप।

"आज चोर-चमंडी (चावल-चटनी) भी नहीं है। घर में अरी (चावल) खतम।"

ओमना चुपचाप चटाई पर लेट गया।

"देख! ये नाच-वाच छोड़! कार्तिकेयन अपना फैक्टरी में काम देगा हम दोनों को। अच्छा पइसा देगा। ये महीना में दस दिन भूखा रहना..." हल्के-हल्के झूम रही है कदंबकम।

ये भूखी है। जलती आंखों से उसे घूरा ओमना ने। घर में कल्ल (ठर्रा) और फ्राइड चिकिन की गंध भरी है, आंगन में केले के जूठे पत्ते पड़े हैं, लेमन राइस पर चीटें चढ़ रहे हैं...कदंबकम भूखी है?

"कार्तिकेयन की फैक्टरी में दोनों को काम मिलेगा। चल न सुबह, बात करते हैं।"

"तुझको तो मिल भी गया न, तू जा।" मुंह फेरकर लेट गया ओमना।

दूसरे दिन...

भूखा है, थका है। फिर भी आज जैसा नृत्य कभी नहीं किया ओमना ने। गुरु पणिक्कर की आंखें चमक रही हैं। मुख पर आनंद है, होंठों पर मुस्कान। मद्दलम-इलत्तलम बजाने वाले और पाठ करने वाले भी स्वर और दृष्टि से उसी की मुद्राओं का अनुसरण कर रहे हैं। तन्मय होकर नृत्य कर रहा है ओमना। वह भीम है। पांच पांडवों में मध्यम। देवपुत्र भीम। उसकी भुजाओं में सहस्रों हाथियों का बल है। उसने विष पचाया है, विषैले सर्पदंश सहे हैं। वो सबका सहारा है, लाड़ला किसी का नहीं। न उसे राज्य का लोभ है, न सत्ता की आकांक्षा। वह अपने अग्रज की गरिमा की रक्षा के लिए संघर्ष कर रहा है। हार-जीत, हानि-लाभ, मान-अपमान के झूले-झूलता। फिर भी वह भीम है। पवनपुत्र अंजनिपुत्र हनुमान का कनिष्ठ भ्राता...शांत मन, स्थितप्रज्ञ। बाएं हाथ के नखम् से शूचीमुख मुद्रा। दायां हाथ कमल की तरह पंक से, अंधकार से ऊपर उठा हुआ। उसकी पत्नी है पांचाली। द्रुपदसुता, यज्ञजा, अप्रतिम सुंदरी पांचाली। निर्वासित, मुक्तकेशी पांचाली। अश्रुपूरित नेत्रों से रिक्त अक्षयपात्र निहारती पांचाली।

रातभर सोया नहीं है ओमना, फिर भी थकान नहीं है। अंतस में प्रकाश है, जो छलका पड़ रहा है। बड़ा उत्फुल्ल है ओमना। उसने विजयी मुद्रा में गदा उठाई। पताका मुद्रा। हर्षोल्लास के साथ तमस पर विजय की घोषणा। सामने मृत पड़ा है दुःशासन।

नृत्य समाप्त। करतल ध्वनि से रंगशाला गूंज उठी। नर्तक दर्शकों का साधुवाद स्वीकार कर रहे हैं। गुरु अप्पा दर्शकों के प्रश्नों का उत्तर दे रहे हैं। आज

टूरिस्ट ज्यादा हैं, ओमना जैसे नशे में हो। भीम है वह। पवनपुत्र भीम। भावावेश में बाहर निकल आया ओमना। मस्तक पर किरिड़ा, हाथ में गदा, भीमकाय भीम। पच्चावेशम, उत्तरीयम्, आरक्तनेत्रम्, भीम। आज कार्तिक पूर्णिमा है। पूरा चांद निकला है। समुद्र उछालें मार रहा है। आकाश से चांद चुरा लेगा क्या? चांद छू सकता है कभी? नारिकेल वन में चांदनी फैली है। मंथर गति से थिरकता ओमना कॉयर फैक्टरी की ओर जा रहा है। पांव के नीचे सूखे पत्ते मद्लम की तरह ताल दे रहे हैं। कोई पंछी बोला। टिट.टिट.टिट.टिट... जैसे इलत्तलम बज रहा हो।

मद्धम-मद्धम हँसी, कोई भागा, किसी ने पुकारा, "चक्करे...एंडे कर लै... एंडे पंजारे...(मधुरा मेरी प्रिया)।" किसी ने लपककर खिलखिलाती छाया को जा पकड़ा। अययई, रससिक्त स्वर...फिर सब शांत? तेज सांसों की आवाज, हल्का-हल्का मद्दलम बज रहा हो कहीं। अब समुद्र पीछे लौट रहा है। रेतीले किनारे पर सिर पटक-पटककर हताश हो गया है। धीरे-धीरे सब शांत हो गया है। अंधेरे में दो प्राणी गुंथे हुए हैं। मंथर गति से थिरकता ओमना उनके पास जा खड़ा हुआ।

चांदनी में किरिड़ा, कुंडलम और उत्तरीयम् चमक रहे हैं। चमक रहा है पच्चावेशम, नखम्...तीव्र गति से चक्रायित काली पुतलियां, लाल आंखें, विराट भवें और मंद स्मित में सजे लाल होंठ। विकार का नाश करती हस्त मुद्राएं, नृत्यरत विशाल काया।

"अप्पई।" भय से चीख पड़ी कदंबकम। कार्तिकेयन उठा। अम्मई...ये कौन है? चांद के आलोक में साक्षात देवता। दाएं-बाएं झुकते भवें उठाते-गिराते! कार्तिकेयन विस्फारित। पीछे हटा, और पीछे। वो अपनी आंखें नहीं हटा पा रहा। आतंक से रक्त जमा जा रहा है। अपलक देख रहा है संहारकारी मुद्राएं। बिना मुड़े पीछे हट रहा है कार्तिकेयन। अचानक देवता ने वज्र फेंकने की मुद्रा में हाथ उठाए। भय से चार कदम पीछे हटा कार्तिकेयन और लड़खड़ाकर गिरा...नारियल तोड़ने के सीधे खड़े, तेज, तीखी धार वाले पारा (चाकू) पर। अंतिम चीख, तीखी! प्राणांतक! आंखें भय से आक्रांत। अपने ही रक्त से लाल रंगा कार्तिकेयन।

पास ही रेत पर सुनहरी मछली पड़ी थी। कोई जाल से निकाल कर यूं ही फेंक गया था।

• • •